설룡 新무협 판타지 소설

死神

사
신

# 사신 10

설봉 新무협 판타지 소설

초판 1쇄 찍은 날 § 2002년 10월 9일
초판 1쇄 펴낸 날 § 2002년 10월 20일

지은이 § 설봉
펴낸이 § 서경석

편집장 § 문혜영
편집책임 § 장상수
편집 § 박영주 · 김희정 · 권민정 · 이종민
마케팅 § 정필 · 강양원 · 김규진

펴낸곳 § 도서출판 청어람
등록번호 § 제1081-1-89호
등록일자 § 1999. 5. 31
어람번호 § 제2-0137호

주소 § 경기도 부천시 원미구 심곡1동 350-1 남성B/D 3F (우) 420-011
전화 § 032-656-4452  팩스 § 032-656-4453
http://www.chungeoram.com
E-mail § eoram99@chol.net

ⓒ 설봉, 2002

값 7,500원

ISBN 89-5505-348-7 (SET)
ISBN 89-5505-498-x 04810

설봉 新무협 판타지 소설

死神

사신

도서출판
청어람

10

취피부장(取彼斧斨)

묶은 가지 도끼로 찍어내니

◇
목

차

◆第百章◆

# 혈운(血雲)

절강성(浙江省)은 중원에서 동남(東南) 쪽에 위치한다.

절강성의 한가운데는 금화부(金華府)이며 금화부의 중심은 동산(東山)이다.

결국 동산이 절강성의 가장 중심에 위치한 셈이다.

동산은 크고 넓다. 공자(孔子)가 동산에 올라 노(盧)나라가 작음을 알았다고 하니 가히 짐작할 만하다.

동산은 세인들에게 잘 알려진 산이다.

숲이 무성하고 진귀한 식물이 많으며 높이 이십여 장에 이르는 폭포도 있다. 특히 직경이 백칠십여 장에 깊이가 삼십여 장을 훌쩍 넘는 천동(天洞)은 동산을 찾는 사람들이라면 한 번씩 들르는 곳이다.

많은 시인묵객(詩人墨客)들이 시흥에 도취되어 동산을 찾는다. 많은 유람객들이 아름다움을 좇아 동산으로 들어선다.

그러나 그들과는 다른 목적으로 동산을 찾는 사람들도 있다.

아름다움과는 거리가 무척 먼, 살인을 청부하기 위해 동산을 오르는 사람들.

여느 사람들과 마찬가지로 잘 알려진 산길을 따라 산행(山行)을 하다 보면 오가는 사람들이 소원을 빌며 돌을 올려놓은 돌탑이 나타난다. 그곳이 청부자들의 목적지다.

처음에는 단순히 소원을 비는 장소에 불과했지만 몇십 년, 몇백 년의 세월이 흐르는 동안 돌탑도 하나의 명소가 되었다.

사방 백여 장에 이르는 커다란 공지에 돌탑이 빼곡이 들어서 있다.

석탑군(石塔群)이다.

높은 것도 있고 낮은 것도 있고, 무너진 것도 있다.

돌탑은 세월을 담고 있다. 구경 온 사람들의 나이보다 훨씬 많은 세월의 흔적을 파묻고 있다.

돌탑에는 또 하나의 구경거리가 숨어 있다.

흑석(黑石)으로만 쌓아 올린 흑탑(黑塔)이 그것이다.

흑오석(黑烏石) 중에서도 단단하고 모양 좋은 것만 골라서 쌓아 만든 흑탑은 돌탑 가장 안쪽, 숲과 이어진 곳에 자리 잡았다.

가까이 다가가서 구경하거나 만져 볼 수 있는 구경거리는 아니다.

사람들은 곁눈질로 흘깃 쳐다보기만 할 뿐 가까이 다가서려고 하지 않는다.

흑탑에는 공포가 숨어 있다.

사람의 생사(生死)를 결정한다는 생사판관(生死判官) 염라전(閻羅殿)이 쌓아놓은 것이니 감히 만질 사람이 없다.

가까이 다가서는 사람, 흑탑을 만지는 사람은 목적이 있어야 한다.

그렇지 않을 경우 반드시 하루를 넘기지 못하고 죽는다.

목적이 있다면 죽지 않는다. 대신 다른 사람이 죽는다.

평소 흑탑에는 한가운데에 옥의 티마냥 하얀 백석(白石) 하나가 박혀 있다.

청부를 받는다는 표식이다.

목적이 있는 사람은 백석을 뽑아내고 그 안에 자신이 적어온 서신을 밀어 넣어야 한다.

그런 행동을 하는 사람은 목적이 있는 것이고, 그 외에는 모두 목적이 없는 사람으로 간주된다.

청부를 받지 않을 때는 백석이 사라지고 오로지 흑석 일색이 된다.

요즘 들어 흑탑에는 백석이 보이지 않았다.

하루나 이틀 정도 백석이 보이지 않는 경우는 있었지만 요즘처럼 달이 넘어가도록 흑색 일색인 경우는 없었다.

석탑은 또 하나의 사건을 세월의 앙금 속에 집어넣었다.

'흑석탑에 백석이 박히지 않은지 한 달이 넘었어'라고.


깊은 밤, 줄에 줄을 이어 동산을 오가던 사람들의 발길도 뚝 끊어진 야반 삼경에 십여 명의 사람들이 석탑군으로 들어섰다.

목적이 있는 사람들이다.

석탑에 소원을 빌지도 않고, 구경하려고도 하지 않는다. 석탑군에 여러 번 와본 사람처럼 일로직진하여 흑석탑으로 향했다.

별도 달도 숨은 밤, 흑석탑은 어둠에 동화되어 시커먼 그림자만 나타냈다.

청부자들은 주로 밤에 산을 오른다.

원한이 깊은 자는 사람들의 이목을 고려하지 않고 이를 갈며 흑탑으로 다가서지만 대부분은 야반에 들러 살짝 서신만 들여놓고는 사라진다.

그럴 경우를 대비하여 백석에는 인을 발라놨다. 한밤중에도 반짝거려 청부자들이 쉽게 알아볼 수 있도록.

공동묘지의 귀린(鬼燐)을 연상시키는 백석.

그것도 구경거리다.

대담한 자들은 야밤에 반짝반짝 빛나는 돌을 보기 위해 석탑군으로 들어서곤 한다. 물론 멀리서만 볼 뿐이지 흑탑에 다가갈 엄두는 내지 못하면서.

야밤에 찾아온 십여 명의 사람들은 흑탑으로 곧장 다가왔다.

청부자의 경우 귀린처럼 반짝이는 백석이 보이지 않을 때는 발길을 돌린다. 아니면 주저앉아서 귀린이 보일 때까지 기다린다. 지금까지는 길어야 한 시진에서 두 시진 정도밖에 공백이 없었으니까.

"이게 염라전의 흑석탑이군."

십여 명의 사람들 중 한 사내가 말했다.


숲 속 높은 나무에 올라가 앉았던 다섯 사내의 눈이 빛났다.

흑석탑으로 다가온 사람들의 의도가 순수하지 못하다.

그들은 백석이 없는 것은 뻔히 알면서도 흑탑에 다가왔다. 몇 사람은 흑오석을 들어보기까지 한다.

죽여야 할 자다.

다섯 사내는 경거망동(輕擧妄動)하지 않았다. 다른 때 같으면 벌써 나무를 기어 내려가 접근하고 있을 터지만 나무 위에서 꼼짝하지 않고 지켜보기만 했다.

—당분간 살행을 접는다. 하남성에서 묵월광의 빈자리를 차지하려던 혈잠화가 몰살했다. 사곡이 한 명도 살아남지 못했고, 비망사도 비망신사만 간신히 몸을 뺐을 뿐 몰살당했다.

시절이 하수상하다.

흑탑을 잘 감시하고 누가 와서 어떤 짓을 하든 간에 숨어서 지켜보기만 해라. 보고만 하면 된다. 철저히.

감시 인원도 늘렸다. 평소에는 두 명이 지켰지만 다섯 명으로 대폭 늘렸다.

다섯 명 중 두 명은 십사(十死)다. 여타 문파 무공(武功) 교두(敎頭)에 해당하는 사람들로 염라전 살수들의 무공을 수련시키기도 하고, 무공이 강한 무인의 청부가 들어오면 직접 살행에 나서기도 한다.

전주(殿主)와 부전주(副殿主) 두 명 다음으로 실권이 강한 열 명의 살수들이다.

십사 중 두 명을 흑탑 감시에 보낼 만큼 살수들은 불안했다.

다섯 살수는 숨은 나무에서 움직이지 않았다.

흑탑에 다가선 사람들이 흑탑을 무너뜨려도 나서지 않을 생각이다. 전주에게 보고를 해야 하지만 그것도 발각될 경우를 고려해서 사람들의 돌아간 다음에나 시행한다.

다섯 살수는 손가락 하나 움직이지 않으면서 눈동자만 굴려 사람들의 신분을 알아내려고 노력했다.

무인인지 아닌지부터 알아내야 한다. 병기를 휴대하고 있는가? 그렇다. 휴대하고 있다. 단지 호신용인가? 무공은 익힌 무인인가? 무인이다. 몸이 가볍고 행동에 절도가 있다. 무심히 행동하는데 경계를 풀지 않는다.

알 수 있으면 문파까지 알아내면 좋다.

가장 크게 분류해 본다. 승(僧), 도(道), 속(俗) 중 어디에 속하는 무인들인가? 그게 분류하기 곤란하다. 승인처럼 머리를 완전히 밀어버린 자도 있고, 기른 자도 있지만 옷은 모두 속인 차림이다.

머리를 단정하게 묶지 않고 거지처럼 산발한 자는 옷만 누더기 옷을 입히면 꼭 개방도 같기도 한데, 평범한 속인 복장을 하고 있다. 개방도가 누더기 옷을 걸치는 것은 방규인지라 결코 어기는 법이 없으니 개방도는 아닌 것 같은데……

병기로 분류해 보자. 검인가, 도인가. 아니면 창인가, 봉인가. 그것도 곤란하다. 십여 명은 각기 다른 병기를 휴대하고 있다. 검도 있고, 도를 휴대한 자도 있고, 병기를 휴대하지 않은 자도 있고……

사내와 여인이 섞여 있기도 하다.

도저히 종잡을 수 없는 자들이다.

다섯 살수는 진득이 살폈다.

사람은 움직인다. 움직이다 보면 반드시 익숙한 행동을 드러내게 되어 있다. 말을 하다 보면 은연중에 속마음이 드러나는 것처럼 행동도 말을 한다.

기다리다 말을 하면 정보 하나라도 더 캐내는 것이고, 말을 하지 않아도 어쩔 수 없다. 움직이지 않고 지켜보고 있는 동안 하나라도 더 알기 위해 노력하는 것뿐이다. 전주 말대로 요즘 세상은 너무 어수선하다. 그런데,

"으윽!"

다섯 살수 중 한 명이 고통을 꾹 눌러 참는 듯한 신음을 토해냈다.

칠사(七死)는 급히 눈길을 주었다.

스으윽……!

신음을 토한 자는 소리를 낸 것도 모자라서 신형을 비틀거렸다. 그것뿐인가, 중심을 잃더니 나무 아래로 곤두박질쳤다.

칠사와 십사 중 한 명인 삼사(三死)는 단번에 변괴를 알아챘다.

차앙!

신속하게 검을 뽑았다. 십사의 발검은 눈부셔서 다른 두 살수가 검을 잡아갈 즈음 그들은 검을 뽑고 사방을 두리번거렸다.

"으음……!"

또 한 명이 신음을 터뜨리더니 먼저의 살수처럼 굴러 떨어졌다.

그래도 칠사와 삼사는 움직이지 않았다.

급습을 받을 경우에는 침착함이 최선이다. 적을 발견하기 전까지는 절대 움직여서는 안 된다. 움직일 경우에는 좀 더 완벽하게 몸을 보호할 수 있는 장소를 찾았을 때뿐이다.

"끄윽!"

이번에 비명을 지른 사람은 놀랍게도 삼사다.

삼사는 자신의 가슴을 뚫고 삐져 나온 검을 왼손으로 움켜잡았다.

등을 뚫고 심장에 구멍을 내고 가슴 앞으로 삐져 나온 검날에 붉은 피가 묻어 있다.

삼사는 몇 번 고개를 흔들었다.

믿지 못하겠다는 의사 표시가 아니라 극통을 견디지 못해 울부짖는 몸부림이다.

아직 목숨이 붙어 있다면 비명을 질렀을 테지만 그는 이미 숨졌다.

머리를 흔든 것은 살점들의 경련에 불과하다.

검이 스르륵 빠져나갔다. 검이 움직일 때마다 조금씩 잘려 나가던 손가락이 마침내 완전히 잘려 우수수 떨어졌다.

삼사는 다른 살수들과 마찬가지의 모양새로 곤두박질쳤다.

그는 외롭지 않았다. 그가 신음을 토해낼 때, 다른 나무에서는 또 한 명의 살수가 병기조차 놓친 채 양손으로 목을 움켜잡고 있었다.

한 자루 검이 뒤에서 다가와 목젖을 베어내고 지나가자 목에 또 하나의 입이 생겼다.

칠사는 순식간에 수하 세 명과 십사 중 일인이 죽어버리자 경각심이 있는 대로 곤두섰다.

마음은 이미 틀렸다고 말하고 있지만 생존 본능이 살고 싶어 안달을 낸다.

칠사는 자신이 배운 모든 무공을 총동원했다.

청각과 감각을 곤두세웠고, 진기도 단 한 번의 일격에 모두 쏟아낼 수 있도록 만반의 준비를 했다.

이런 준비조차 필요없다.

삼사가 수하들과 같은 방법으로 죽었다.

상대는 살수다. 은신술의 대가다.

혈배를 들고자 하는 누군가로 생각하지 않을 수 없다.

다른 지역 살수들이 공격을 가해오는 경우도 있지만 지금은 그럴 수 없다. 구파일방의 눈치를 살피느라 살행조차 삼가고 있는 마당에 구대문파의 묵인을 받은 다른 문파를 칠 리가 없다.

혈배를 들고자 하는 놈들이라면…… 이토록 강한 놈들이 숨어 있었던 것을 까마득히 모르고 있었다니. 이 정도의 무공, 은신술을 지닌 놈들이라면 벌써 소문이 났을 텐데.

칠사는 연신 눈동자를 굴리며 사방을 둘러보았지만 캄캄한 어둠밖에 보이지 않는다.

보인다!

흑탑에 서 있던 사람들이 걸어오고 있다.

그들은 자신이 숨어 있는 것을 알고 있기라도 한 듯 곧장 걸어온다. 완전히 무방비 상태다. 경계도 하지 않는 모습이다

상황은 명확해졌다.

그들이 흑탑으로 다가선 것은 주의를 끌기 위한 유인책이다.

살수들이 종종 쓰는 수법인데 미련하게 당하고 말았다. 염라전의 영역이고, 감히 누가 염라전에 검을 들이대겠냐는 방심이 유인책에 말려들게 만들었다.

그사이 뒤로 돌아간 자들이 살수들을 베어냈다.

그 정도 살법(殺法)은 어느 살수문파나 쉽게 시도할 수 있다.

이들은 그렇게 평범한 살수가 아니라 무서운 자들이다. 무섭다는 것은 염라전 살수가 어디에 숨어 있는지 정확히 알아낸 것만으로도 증명된다.

은신해 있는 곳을 정확히 파악하고, 죽일 자와 살릴 자를 결정했고, 깨끗하게 실행했다.

이들이 자신마저 죽이려고 했다면 땅으로 곤두박질한 삼사처럼 벌써 죽었으리라.

"내려와!"

나무 밑으로 다가선 십여 명의 사람들 중 한 명이 말했다.

칠사는 무릎을 꿇고 앉아 있지만 마음은 편안했다.

목숨을 포기하니 마음도 절로 가벼워졌다. 나무에서 내려올 때까지만 해도 살고 싶다는 욕망이 꿈틀거렸지만, 이들이 무릎 관절을 으스러뜨린 후에는 생에 대한 욕구가 완전히 사라졌다.

마음은 더욱 살고 싶어했지만 살수행을 하며 단련된 본능이 마음을 짓눌렀다. 이런 상황에서는 죽을 수밖에 없다면서.

"모두 몇 놈이냐?"

눈이 큰 자는 마음이 순하다고들 하던데…… 틀린 말인 것 같다.

사내치고는 눈이 커서 시원해 보이지만 마음이 독사보다도 독해 보인다.

"말할 것 같나?"

"물론."

"흥!"

"……."

사내는 말이 필요없다는 듯 고개만 끄덕였다.

슈욱!

등 뒤에서 공기를 깨뜨리는 소리가 들렸다.

'검?'

역시 검이다. 등 뒤에서 찔러 가슴 앞으로 삐져 나왔지만 결정적인 사혈은 피했다.

고통이 엄습했다. 죽지는 않았지만 검에 찔린 육신은 부들부들 떨었다. 자신은 떨고 싶지 않은데 몸은 계속 떨어댔다.

정말 놀라운 무공이다. 사람을 찌르는데, 그것도 등 뒤에서 찔러 가슴 앞까지 삐져 나오게 했는데 어쩌면 이렇게 끔찍한 고통만 안겨줄까,

죽이지도 않고.

"몇 명이냐?"

사내가 다시 물었다.

"배…… 백육십육 명……."

칠사는 결국 대답하고 말았다.

몸을 관통한 검이 살짝살짝 비틀어질 때마다 육신이 톱에 썰리는 듯한 고통을 안겨와 견뎌내지 못했다.

"죽은 자까지 포함해서? 아니면 빼고."

"포, 포함해서……."

"밖으로 나간 놈은?"

"어, 없……."

말이 끝나기도 전에 검이 비틀리기 시작했다.

"…으아악……!"

가슴을 뚫은 검이 수평으로 뉘어졌다.

수직으로 찔린 검이 수평으로 뉘어지는 것만도 끔찍한 고통이다. 그런데 검은 옆으로 누운 다음 수평으로 살점을 베어 나갔다.

"으으윽! 으아아악……!"

칠사는 있는 힘껏 고함을 질렀다. 소리가 들린다면…… 염라전 살수들이 비명 소리를 듣고 대비하라고. 밤이고 거리도 그리 멀지 않으니 충분히 들었을 테지만 그런 마음을 아는지 모르는지 검은 칠사로 하여금 목청껏 고함을 지르게 만들었다.


칠사가 숨어 있던 숲에서 오십여 장 들어가면 나무에 해골이 매달려 있다.

절강성을 공포에 젖게 한 염라전으로 그곳부터가 염라전 살수 외에는 출입이 금지된 절대금역(絶大禁域)이다.

칠사의 비명 소리가 밤하늘을 울리고, 숲을 뒤흔들고, 절대금역 안으로 파고들었지만 염라전은 조용하기만 했다.

대신 염라전도 숲을 뒤흔들었다.

진한 피비린내와 죽음을 알리는 사기(死氣)는 신선하고 맑은 숲을 뒤흔들기에 충분했다.

염라전에서 한 명 두 명 모습을 보였다.

수십 명에 달하는 사람들이 염라전을 나와 칠사가 비명을 터뜨린 곳으로, 흑탑 쪽으로 걸어갔다.

한마디 대화도 없었고 걸음걸이 감정도 깃들어 있지 않았다.


"모두 몇 명이야?"

"백육십한 명."

"여기 다섯 놈이니 빠져나간 자는 없군. 좋아, 확인은?"

"살아나면 불사신(不死身)이지. 심장을 도려내고 목을 잘랐는데도 살아난다면."

"전주는 누가 죽였나?"

"제칠비주."

묻던 사내가 한쪽에 서 있는 여인을 쳐다봤다.

눈가에 아련한 슬픔이 배였다.

독심미화 여숙상은 죽음만 골라 다닌다. 싸움을 할 경우에는 가장 강한 자와 부딪친다.

여숙상은 사람 머리 하나를 들고 있다.

수염이 텁수룩하게 난 사납게 생긴 사내 머리인데 목 부근에서는 아직도 붉은 피가 뚝뚝 떨어졌다.

머리를 들고 있는 자는 또 있다. 한두 명도 아니고 여러 명이 머리를 잘라 들고 나왔다.

"여긴 됐어. 가자."

제일비주 유홍이 등을 돌렸다.

비객 무인들이 유홍의 뒤를 따랐다.

머리를 들고 있던 비객이 흑탑 위에 머리를 올려놓았다. 굴러 떨어지지 않게, 소원을 빌며 돌을 올려놓듯이 조심스럽게 올려놨다.

머리가 없는 비객은 무심히 지나쳤다.

여숙상은 염라전주의 머리를 흑탑 맨 위에 올려놨다. 한 번에 세워놓지 못하여 '떼구르르……!' 굴러 떨어졌다.

여숙상은 흙이 묻은 머리를 주워 다시 올려놨다.

가녀린 손이 부들부들 떨리고 있었다.

비망사가 중원 살수들 중 가장 강하다고 평가된다면, 가장 찾기 힘들다고 알려진 살수는 남경(南京)의 귀혈총(鬼血塚)이다.

귀혈총은 팔부령 싸움에 서른두 명을 파견했고, 몰살당했다.

특정한 성(省)을 차지하지 않고 남경 오직 한곳에서만 활동한다는 점을 감안한다면 귀혈총은 막대한 피해를 입었다.

귀혈총은 다른 살수문파들과는 비교도 되지 않을 만큼 소수로 운용된다.

그렇기에 깊이 숨어서 활동할 수밖에 없고, 숨는 방법은 더욱 발전했다. 오죽하면 같은 살수들조차 귀혈총 살수들을 만나지 못한다.

살수에게 살수를 죽여달라는 청부가 들어오는 경우도 있다.

그런 경우에는 상황에 따라 받아들이기도 하고 거절하기도 하지만 귀혈총 살수를 죽여달라는 청부는 일절 거절한다.

남경 어디에 터전을 두고 있는지, 인원은 얼마나 되는지 아는 사람이 아무도 없다.

알려진 것은 고관대작(高官大爵)과 선이 닿아 있다는 정도다.

실제로 벼슬을 하고 있는 사람들 중 의문의 죽음을 당한 사람들이 종종 나타나기도 하니 알려진 사실이 맞는 것 같기도 하다.

귀혈총은 부귀와 명예가 있는 곳에 스며 있는 죽음의 손이다.


강신도(姜信道)는 효자로 소문났다.

남의 논을 빌어먹어 근근 입에 풀칠만 하는 농사꾼이지만 그를 모르는 사람은 없다.

지체가 높은 사람도 낮은 사람도, 하다못해 거지까지도 강신도를 보면 눈인사를 건넨다.

도와줄 게 있으면 하나라도 더 도와주고 싶다.

강신도는 남의 논을 빌어서 농사짓고 있지만 제 논이라도 되는 듯 열심히 일했다. 덕분에 추수철이 되면 그의 논에서 수확한 쌀이 다른 논보다 훨씬 기름졌고, 수확량도 많았다.

살림은 좀처럼 나아지지 않았다.

집에 입이 너무 많다.

칠순에 이른 부모에 구순을 넘어선 조부모, 그리고 백수를 훌쩍 넘긴 증조부모. 그가 봉양하고 받드는 어른만 여섯 분이다. 증조부모 같은 경우에는 십여 년 전부터 정신을 놓아버려 대소변까지 모두 받아내는 처지다.

그는 오십이 넘도록 혼인을 하지 못했다.

어른이 무더기로 있는, 찢어지게 가난한 집에 선뜻 발을 들여놓을 아낙은 없다.

효심(孝心)이 지극한 것은 지극한 것이고 삶은 현실이다.

강신도가 움직이는 범위는 아주 좁게 한정되어 있다. 일 년에 몇 번, 탈곡을 한다든지 하는 아주 특정한 날을 빼놓고는 거의 고정되어 있다. 낮에는 논에 나가면 볼 수 있고, 밤에는 집으로 찾아가면 백이면 백 만날 수 있다. 논과 집을 다람쥐 쳇바퀴 돌듯이 오간다.

"저 사람 저거 또 나왔군 그래."

"글쎄 말이야. 잡초 놈들도 그래. 좀 오래 살려면 자네 논에나 가서 자라지 왜 저 사람 밭에 뿌리를 내린 거야."

"예끼! 이 사람! 그러는 자네는 어떻고?"

논을 얼마나 깔끔히 관리하는지 논 주인들도 강신도가 소작을 달라고 하면 흔쾌히 내준다. 어떤 사람은 소작비를 적게 받을 테니 논을 일궈달라고 청까지 넣어온다.

사람들은 열심히 일하는 강신도를 보면서 개울로 내려갔다. 더운 여름이니 개라도 한 마리 잡아먹어야 하지 않겠는가.

"이 사람아! 개 잡아놓을 테니까 이따 두어 시진쯤 지나서 내려와!"

강신도가 손을 흔들었다.


뚜벅, 뚜벅, 뚜벅……!

풀을 뽑아내던 강신도의 손끝이 미미하게 떨렸다.

논둑길을 걸어오는 자는 분명 사람인데 단단한 바위가 굴러오는 것 같다. 천천히 발걸음을 내딛는데 우르릉 거친 소리를 터뜨리며 굴러떨어지는 바윗덩이 같다.

강한 자를 무수히 많이 만나보았지만 이처럼 강해 보이는 자는 처음이다.

벼는 익으면 고개를 숙인다.

사람도 영글면 고개를 숙인다. 마음이 온후해진다. 세상 이치를 꿰뚫어 보니 급할 게 없다. 누가 사소한 실수를 저질러도 웃어넘기는 여유도 세상을 볼 수 있기 때문이다.

사내는 그만큼 강하다.

다른 점이 있다면 고개를 숙이지 않는다는 것, 아주 잘 익은 벼이지만 고개를 뻣뻣이 들고 있다는 것이다.

사내가 작은 논둑길을 굽이굽이 돌아 강신도에게 왔다.

"강신도?"

"그렇소만……?"

"귀혈총 제삼살수?"

"하하! 사람 잘못 본 것 같소이다. 난 그저 땅이나 일구는……."

"어디가 좋을까? 여기도 괜찮나?"

"이보시오!"

"논이 잘 가꿔져 있군. 물도 적당히 대어져 있고. 좋지, 피를 먹고 자란 벼는 맛도 좋을 거야."

"……."

강신도는 더 이상 변명하지 않았다.

사내는 모든 걸 알고 왔으며, 죽이러 왔다.

정말 기막히다.

귀혈총에는 예순두 명의 살수가 있지만 기실 그들은 실행에 나서지 않는다. 무림에 보여주는 형식적인 살수들이다. 귀혈총의 총단이 발각되었을 경우 그들이 볼 수 있는 사람은 껍데기인 예순두 명의 살수다.

살행에 나서는 사람은 단 다섯 명뿐이다.

귀혈총은 다른 살수문파들처럼 많은 살행을 하지 않는다. 기껏해야 일 년에 한두 번 정도 살행에 나선다. 종류도 달라서 원한보다는 정적(政敵)을 제거할 경우가 많다.

청부금도 엄청나다.

청부 한 번으로 여타의 살수문파들이 일 년 동안 벌어들인 은자와 맞먹는 돈을 벌어들인다.

귀혈총은 고급살수가 필요하지 많은 살수가 필요하지는 않다.

팔부령에서 많은 살수가 죽어 큰 손실을 입은 것으로 알려져 있지만 기실 귀혈총은 약간의 손실밖에 입지 않았다. 죽은 자들과 같은 자는 얼마든지 구할 수 있으니까.

숨어 지내는 다섯 살수가 귀혈총의 전부다.

강신도는 귀혈총에서 살행에 나서는 다섯 살수 중 한 명이다.

그의 소재를 알고 있는 사람은 세상에 단 한 명, 귀혈총 대살수(大殺手)뿐인데…….

"어떻게 찾았소?"

강신도는 손에 닿은 풀을 뽑아냈다.

"대살수인가 하는 작자가 말해 주더군. 그자가 말하지 않았다면 몰랐을 거야. 힘줄 몇 가닥 뽑아냈더니 술술 불더군."

강신도의 검미가 꿈틀거렸다.

살아 있는 사람의 힘줄을 뜯어내는 짓거리는 살수들도 하지 않는다. 얼마나 잔혹한가? 하기는, 사람을 고문하는 데 인성을 갖추라고 말할 수도 없는 바에야.

"대살수는 죽었겠군."

"글쎄? 머리를 십자(十字)로 갈랐고, 상반신과 하반신을 따로따로 떼어놓았는데…… 그래도 산다면 할 수 없지. 인간의 목숨처럼 모진 것도 없으니까 알 수 없지. 살았을까?"

강신도는 집에 계신 노부모가 떠올랐다. 조부모도 증조부모도.

자신이 없으면 하루도 견디지 못할 분들이다.

실수가 될 때 오늘 같은 일이 있을 줄 예상했다. 남의 목숨을 끊어놓는 자가 자신의 목숨인들 온전하기를 바라겠는가.

'결국 모두 천수를 누리지 못하시는군. 불효자식을 둔 덕에.'

강신도는 부자다. 보통 사람들이 상상할 수 없을 만큼 많은 재산을 가진 부자다. 한 번 살행을 할 때마다 배당된 청부금도 엄청나고, 일 년 동안 살행을 한 적이 없어도 귀혈총은 은자를 보내왔다.

그런데…… 사람을 죽여 번 돈은 쓸 수도 없는 무용지물(無用之物)이다.

사람들은 자신을 너무 잘 알고 있다.

부모를 공경하는 것이 무슨 큰일이라고 모르는 사람이 없다. 촌구석에도, 거리를 나가도 모두 아는 척을 한다.

그들은 자신의 수입까지도 잘 알고 있다.

소작을 짓는다는 것도, 수확량까지도…….

일가붙이 하나 없다는 것도 소문이 날 대로 나 있다.

몇 대째 한 자리에서만 살아왔으니 당연하다.

살행을 해서 번 돈은 이곳에서는 쓸 수 없는 돈이 되었다.

남경을 벗어나 다른 지방으로 가면 떵떵거리며 살 수 있지만 귀혈총에 몸담고 있으니 그럴 수도 없다.

무공을 올바르게 썼다면 벌써 자리를 잡았을 텐데…… 그놈의 한순간의 젊은 객기가…… 일확천금(一攫千金)을 꿈꾼 대가가 평생을 소작농으로 보내게 만들었다.

돈을 벌지만 쇠붙이보다도 못한 돈.

부모, 조부모, 증조부모…… 모두 돈의 혜택을 보지 못했다.

사내가 말했다.

"세상에 남겨둔 게 많은 모양이지? 망설이는 걸 보면. 내가 알기로는 아무것도 없는데 말야."

문득 불안감이 치솟았다. 가슴이 마구 뛰었다.

"그, 그게 무슨 소리냐!"

강신도는 고개를 빼 들고 집을 쳐다봤다.

워낙 연로하신 분들이라 언제 무슨 일이 벌어질지 모른다. 그래서 소작도 언제든지 달려갈 수 있도록 집 가까운 곳에 있는 논만 골랐다.

집은 언제나처럼 평온했다. 그러나 사내의 말을 들은 후여서인지 죽음과 같은 정적에 휘감겨 있다는 생각이 들었다.

"자식을 잘못 낳은 죄는 천 번 죽어 마땅하지. 살수 자식 같은 놈은 낳지 말았어야 해."

"뭐, 뭣이!"

"곱게 보내 드렸어. 아까 말한 대로. 모르겠네, 아직 살아 있을지."

강신도는 참지 못했다.

이자를 제치고 빨리 가봐야 한다.

"노옴!"

강한 자인 것을 틀림없지만 자신도 만만치 않다. 고관대작들은 호위하는 무인들을 거느리고 있다. 거의 대부분 친소에까지 무인들을 배치시켜 놓는다.

그들을 뚫고 들어가 목적을 달성한 무공이다.

강신도의 신형이 허공으로 솟구쳤다.

촤라라락……!

허리춤에서 솟구친 예광(銳光)이 햇볕을 갈랐다.

강신도의 병기는 연검(軟劍)이다. 세상 아무도 모르던 강신도의 병기가 처음으로 백일하에 모습을 드러낸 순간이다. 그러나,

쉐엑!

그보다 훨씬 빠른 검이 연검을 제치고 들어와 허리춤으로 파고들었다.

"크윽!"

강신도는 짧은 비명을 토해냈다.

불로 지지는 듯한 뜨거움이 옆구리를 파고들어 다른 쪽 옆구리로 빠져나갔다.

그는 자신의 허리가 베어졌다는 것을 자각했다.

그냥 베어진 정도가 아니라 뼈마디에 장기까지 깨끗하게 베어냈다. 허리가…… 양단되었다.

너무 두려워서 고개를 내려 쳐다보지도 못했다.

아직 눈 높이가 맞으니 상체가 굴러 떨어지지 않고 있는 것은 확실하지만.

"난 칠성검문 소문주 진조고야."

"치, 칠성검문 따위가……."

"그래, 그런 말 할 자격이 있어. 너도 검문(劍門) 출신이지? 대살수라는 작자 말로는 상곡(上斛) 검문(劍門)에서 무공을 닦았다고? 후후! 알아둬. 네놈 덕분에 상곡 검문도 피바다가 될 거야."

믿지 못하겠다. 어찌 칠성검문 따위의 검공에 당할 수 있단 말인가. 칠성검문의 검공이 언제 이렇게 빨라졌는가. 칠성검문에 자질이 뛰어난 소문주가 있다는 말은 들은 적이 있지만……

"말은 끝났어. 날씨도 더우니 이만 가봐야지. 잘 가."

검이 한 바퀴 허공을 갈랐다.

강신도의 머리는 몸에서 분리되어 허공을 떠올랐다.

진조고의 검이 다시 바람을 일으켰고, 정확히 열십자로 갈라진 머리는 강신도가 그토록 애써 가꾸던 논에 떨어져 나뒹굴었다.

개울로 내려간 사람들이 강신도를 부르러 왔을 때는 이미 죽은 시신만이 반겼다. 너무도 끔찍하게 죽은. 그것뿐만이 아니다. 그의 노부모에게 황급히 강신도의 죽음을 알리려 문을 밀치고 들어섰을 때, 강신도의 죽음과 똑같은 죽음이 널브러져 있는 것을 보았다.

"세상에!'

사람들은 할 말을 잊었다.

너무도 참혹한 죽음이었다.


"끝났지?'

"……."

"뿌리는?'

"완전히. 닭 한 마리까지 모두."

"오물을 치우는 것도 재미란 게 있군."

"하하하!'

살기가 진득하게 묻어나는 칠 인은 여유있게 웃었다.

세상에 그 무엇도 자신들을 막을 수 없다는 자신감이 물씬 풍겼다.

그들이 하루 만에 죽인 숫자는 무려 오백여 명이 넘는다.

귀혈총 살수들은 몇 명 되지 않지만 그들과 연관있는 사람들까지 모두 죽음을 면치 못했다.

"살수인 줄 알면서도 방조한 놈들은 살수들보다 더 나쁜 놈들이야. 악의 씨는 뿌리를 뽑아야 돼."

그들의 손은 세상을 뒤덮었다. 죽음으로.

"다음은?"

"삼산(三山). 오룡괴마(五龍怪魔)라는 작자들이 있어."

"모두 갈 필요 있나?"

"강서로 넘어가는 길목이야. 강서에는 혈리파란 놈들이 있지. 중간에 냄새나는 놈들을 치우는 것도 괜찮아."

남경을 벗어나며 주고받은 말이다.

◆第百一章◆

# 긍긍(兢兢)

야이간은 팔부령으로 숨어들어 꼼짝도 하지 않았다.

날이 풀려 먹을 것이 지천으로 널려 있으니 다행이다. 자신이 원하는 생활과는 거리가 멀지만 목숨이 붙어 있는 것만도 천만다행이다.

'병신들… 그렇게 쉽게 물러서다니…….'

아무리 생각해도 팔부령 싸움은 구파일방이 이길 싸움이었지 물러설 싸움은 아니었다.

도대체 소림 오선사가 뭐란 말인가! 고작해야 소림에서 좀 오래 무공을 연마한 고수에 지나지 않지 않느냔 말이다. 그런 사람들이 죽었기로서니 그렇게 물러설 수가 있단 말인가.

야이간은 생명의 위협을 느꼈다.

하후가는 살수를 살려두지 않는다.

가주의 눈빛만 봐도 알 수 있다.

그가 믿을 곳은 중원 명문정파로 자리를 굳건히 한 진주언가뿐이다. 팔부령 싸움에서 별 도움이 되지 못했으니 더욱 진주언가에 매달려야 한다.

그것도 고작 계집 하나 건드리는 것으로 끝나 버렸다.

시간이 조금만 더 있었다면 백화탄금까지 어떻게 했을 텐데, 물러서는 발걸음은 어찌 그렇게 빠르던지……

백화탄금의 마음만 사로잡았다면 하후가주나 진주언가주의 사나운 눈초리를 접했을망정 산속으로 숨어드는 일 따위는 없었을 텐데.

야이간은 현정 도인이 퇴보(退步)를 명하기 전에 기미를 눈치 채고 팔부령으로 들어왔다.

행동은 순간적인 판단으로 이루어져야 한다. 미련이 남았다고 망설이다가는 쥐도 새도 모르게 죽고 만다. 등하불명(燈下不明)인 게다.

설마 팔부령으로 숨어들어 갔으리라고는 생각하지 못할 게다.

과연 그의 생각대로 하후가 무인들은 얌전히 물러갔다.

야이간은 한동안 속이 후련했다. 목줄을 움켜잡고 있던 하후가 무인들을 보지 않는다는 것만으로도 속이 다 시원했다. 하후가주의 섬뜩한 눈길을 대하지 않으니 날고기를 먹어도 소화가 잘되었다.

그러나…… 문제는 지금부터다.

바위 단식 사건으로 얼굴이 알려져 버렸다. 당시에는 최선의 행동이었으나 지금은 발목을 잡는 족쇄가 되고 말았다.

사람이 두엇만 모여 있는 곳을 가더라도 단번에 드러나고 말 것이다. 그렇게 되면 단지 실수였다는 이유만으로 철천지원수나 되는 양 이를 가는 자들이 달려올 것이다.

야이간은 백팔나한과 육십칠단승이 있는 팔부령에 둥지를 틀었다.

이곳만은 쉽게 들어올 무인이 없으리라는 판단이었고, 예측은 맞아 떨어져 그림자 한 명 볼 수 없었다.

'이대로 있을 수만은 없지. 이대로 산귀신이 되어 죽을 수는 없어.'

야이간은 생각을 행동으로 옮겼다.


무인들이 모두 물러간 팔부령은 한산하기까지 했다.

살문이 대래봉에 웅크리고 있어 입산하는 사람이 없는 탓도 크다.

팔부령에서 상미현(霜眉縣)까지는 이십여 리 길이지만 야이간에게는 그리 먼 길이 아니다.

야이간은 무복 대신 평복을 입고, 병기도 휴대하지 않은 채 상미현으로 부지런히 발길을 옮겼다.

밤이 이슥해진 후에야 산을 내려왔기 때문에 부딪치는 사람도 없고, 설혹 부딪친다 해도 잠시 몸을 피할 곳은 얼마든지 있다. 무인이 아닌 다음에야 곤륜파의 신법을 잡아낼 이목은 없다.

낮이 긴 여름이고, 완전히 어둠이 깔린 다음에 하산했기 때문에 상미현에 들어섰을 때는 시간이 삼경으로 치닫고 있었다.

그가 목표로 할 집을 찾기는 어렵지 않았다.

상미현에는 부자가 많지만 고래등 같은 장원을 소유한 사람은 단 네 사람뿐이다. 그중에 부모를 잘 만나 평생 놀고 먹는 사람이 두 사람이고, 한 사람은 농토를 백여 필지나 가지고 있는 지주(地主)다.

마지막 남은 사람, 그는 한 푼의 이익만 있더라도 중원 어디나 찾아간다는 장사꾼이다. 한 번 장삿길에 나설 때는 인마가 장사진을 이뤄 장관을 연출한다는 거상(巨商)이다.

야이간을 주변을 둘러본 후, 높은 담을 훌쩍 타 넘었다.

장원은 보기만 해도 주눅이 들 만큼 컸다. 자신도 소고의 돈으로 장원이라는 것을 꾸민 적이 있고, 재미를 많이 보았지만 이곳처럼 크지는 않았다.

집 안에 숲이 있고 연못이 있다.

전각이 즐비하여 어디가 어딘지 알 수가 없다. 모르는 사람이 함부로 들어왔다가는 길을 잃기 십상이다.

야이간은 이번 행동에도 망설이지 않았다.

쉬익!

한 마리 야조가 허공을 가르고 전각 위에 올라섰다.


야이간은 큰 전각, 작은 전각, 아름다운 전각, 위용스러운 전각을 모두 지나쳤다.

눈길도 주지 않았다.

그가 목표로 한 전각은 가장 은밀한 곳에 있다.

안으로 치달려 장원 안의 장원을 찾아 들어갔다.

내원(內院)은 생각대로 불이 꺼져 있다.

모두 곤히 잠들어 있을 시각에 찾아왔으니 불이 켜져 있다면 오히려 조금 귀찮았을 게다.

내원에도 전각은 여러 채 있지만 고를 필요가 없다.

특정한 목표를 선정하고 들어선 것이 아니다. 아무 곳이나, 누구나 상관없다.

쉬익!

내원으로 내려선 야이간은 가장 가까운 전각으로 걸어갔다.

자신의 장원을 거니는 듯 태연한 걸음으로.

"누구……?"

잠을 자다 이상한 기척에 깨어난 여인이 놀란 눈을 했다.

갑자기 입을 틀어막는 무지막지한 손길에 저항할 기력은 썰물처럼 사라져 버렸다.

"대래봉에서 왔다."

여인이 꿈틀거렸다.

대래봉이라는 말에 상당히 놀란 듯했다. 어둠 속이라 보이지는 않지만 안색도 새파랗게 질려 있을 게다.

대래봉이라는 말은 곧 살수와 직결된다.

돈이 많은 사람은 돈이 있다는 자체만으로도 질시의 대상이 되니 청부가 들어가지 않는다는 보장이 없다.

야이간은 양물이 꿈틀거렸다.

전각에 들어설 때까지만 해도 그럴 생각은 없었는데 여인의 풋풋한 살내음을 맡자 주체할 수 없는 욕정이 치밀었다.

'아무래도 땀 좀 빼고 가야겠어.'

야이간은 한 손으로는 여인의 입을 틀어막고 다른 손으로는 머리를 움켜쥔 채 여인을 침상에 눕혔다.

여인은 반항할 의사를 잃은 듯 바들바들 떨면서 누웠다.

"너를 위해 말하는데…… 조용히 해라. 피차 좋은 거야."

입을 막은 손바닥이 느낀 여인의 입술은 도톰하면서도 탄력이 있다. 부릅뜬 눈은 크고 살포시 풍기는 내음은 싱그럽다.

부인은 아니다. 아마도 첩실인 듯싶다.

입을 막고 있던 손이 스르르 미끄러져 잠옷을 파고들며 가슴을 더듬었다. 도톰하면서도 탄력이 있다. 살갗의 매끄러운 감촉이 녹을 듯이 만져진다.

"아!"

여인은 사내의 목적을 안 듯 바르르 떨었지만 비명을 지르지는 못했다. 잠옷이 벗겨질 때도, 사내의 타액이 전신 곳곳을 누빌 때도, 묵중한 체구가 실려올 때도…….

대래봉은 죽음의 사신이었다.


"몇 째야?"

"네?"

여인은 서방에게 안긴 듯 가슴에 푹 파묻혀 있다가 고개를 들며 되물었다.

"몇 째 첩이야?"

"둘째요. 첩은 저밖에 없어요."

"서방은?"

"장사 나갔어요."

"그래서 그런가?"

"……?"

"강간당하면서 절정을 느끼는 계집은 흔치 않지."

여인은 야이간의 가슴에 얼굴을 파묻었다.

거상이 집에 머무르는 날은 일 년 중 두어 달도 되지 않는다.

거상이 집을 비울 때는 총관과 정실부인이 장원을 꾸려 나간다. 첩들은 수나 놓고 화원이나 거니는 것이 고작이다.

여인은 양물이 삽입되는 순간부터 교성을 토해냈다.

어떻게 해야 사내가 흥분하는지를 아는 여인이다. 그러다…… 정말 신음을 토해내기 시작했다. 몸을 비틀며 죽을 듯이 흥분했다. 야이간이 사정을 한 다음에도 여인은 야이간을 놓아주지 않았다.

여인이라면 신물이 날 만큼 겪어본 야이간도 이 여인에게만은 놀라지 않을 수 없었다.

살결이 찰싹 달라붙는다. 양물은 깊은 수렁에 빠진 듯 한없이 빨려들어간다.

여인은 수천 명 중에 한 명 있을까 말까 하다는 음녀(淫女)다.

음녀는 교접한 사내를 놓아주지 않는다. 음녀는 놓아주더라도 사내가 달라붙어 떨어지지 않는다. 음녀의 치마폭에 휘감기면 평생 벗어나지 못한다.

소문이 사실이었다.

여인은 요물이다.

눈 높은 거상이 첩으로 들어앉힐 만한 여인이다.

첩이 한 명뿐이라면 거상은 여자를 밝히지 않는 사내다.

열 여자 마다할 사내가 있으랴마는 중심을 굳게 잡은 사내다. 하기는 그러니까 거상도 되었겠지만.

다른 한 편으로 생각하면 이 여인이 있기에 다른 여인은 눈에 들어오지 않는다고 할 수도 있다. 객지에 나가 있으니 외로움도 달래야 할 것이고 여인을 품에 안는 날도 있을 것이다. 그러나 이 여인만한 쾌감은 얻을 수 없었을 테니…….

여인의 혀가 가슴을 누비는 순간 야이간은 또다시 음욕(淫慾)이 솟구치는 것을 느꼈다. 양물은 벌써부터 반응하고 있었다.

'이거 잘못하다가는 뼈도 추리지 못하겠군.'

야이간은 정신을 수습했다.

"살문에 대한 말은 들었지?"

"그럼요. 하악!"

여인의 몸이 또 뜨거워졌다.

여인의 손과 혀가 전신을 누볐다.

"무… 림 돌아가는 상황을 파악해야겠어. 여기는… 그만! 말 좀 하자."

"말해요. 듣고 있으니까."

여인은 멈추지 않았다.

'미치겠군. 이건…… 내가 그물을 친 거야, 그물에 걸린 거야?'

여인이 뱀처럼 찰싹 달라붙어 위로 올라왔다.

"이렇게 날…… 만족시켜 준 사내는 처음이야."

여인의 음성이 귓전에서 살랑거렸다.

결국 야이간은 하고 싶은 말을 하지 못하고 충동에 몸을 맡겼다.


그때부터 여인과 야이간의 밀월 관계는 시작되었다.

거상은 인편으로, 혹은 서신으로 꾸준히 연락을 취해왔고, 그것이 아니더라도 장원에 전해지는 소식은 상당히 정확했다.

거상은 많은 상인들을 거느리고 있다.

그들이 급변하는 중원 정세를 꾸준히 보고해 왔고, 그런 정보는 장사할 품목을 결정하는 데 중대한 자료가 되었다.

거상에게는 이윤을 남기는 정보다.

야이간에게는 다른 용도로 사용되었다.

여인은 마음먹지 않아서 그렇지 마음만 먹는다면 장원으로 굴러드는 정보는 손쉽게 접할 수 있다.

야이간이 상인의 장원을 택했고, 내원으로 잠입한 것도 그런 이유에 서였다. 대래봉 살문을 팔면 어느 여인인들 입을 열지 않을까. 여인이 아니라 총관, 혹은 거상과 직접 대면하더라도 정보를 얻을 수 있었으리라. 죽기 싫은 사람은 없을 테니.

야이간은 사오 일에 한 번씩 장원에 들렀고, 여인은 중원 정세를 알려주었다. 또한 날이 샐 때까지 꼬박 밤을 밝히며 욕정을 불태웠다.

세상에는 궁합이라는 것이 있다.

궁합을 보지는 않았지만 만약 본다면 야이간과 여인 취국(翠菊)은 찰떡궁합으로 나오리라.


'살수들을 죽이고 있어!'

야이간의 몸은 얼어붙었다.

여인의 혀가 살을 녹일 듯 전신을 누비고 있지만 오늘만은 양기가 뻗치지 않았다.

'살수문파 모두 무너지고 있어. 사실이 맞는다면 살수들을 죽이는 곳은 두 곳이야. 한 곳이 아냐. 하후가주도 아냐. 하후가주도 강하지만 그렇게 무너뜨리지는 못해.'

"오늘 왜 그래? 영 시들하네?"

"가만…… 조금 있다가."

"죽었다는 사람들 중에 아는 사람이라도 있는 거야?"

'돌대가리.'

조금만 생각해 보면 알 일을 생각해 보지도 않고 묻는다.

여인은 생각이라는 것이 아예 없는 것 같다.

'조만간 이곳에도 피바람이 몰아칠 거야. 그만한 파괴력을 지닌 자들이라면 살문을 내버려 둘 리 없지. 아니, 다른 곳은 다 내버려 두더라도 살문만은 쳐 없앨 거야. 여기 있으면 위험해.'

야이간은 하후가주와 있을 때처럼 또다시 위험을 감지했다.

'벗어나야 하는데, 어떻게 어디로……'

문득 야이간은 여인에게 눈길을 돌렸다.

'이 여자! 그래, 지금은 네가 내 살 길이다.'

"우리 같이 여길 떠날래?"

"왜?"

"여길 떠나서 우리끼리 사는 거야. 자식도 낳고……."

"싫어."

"뭐?"

"이대로가 어때서 그래? 지금 좋잖아. 괜히 좋은 관계 깨지 마."

'뭐 이런 여자가 다 있어?'

야이간은 어처구니가 없었다.

"넌 남의 첩실이 좋아?"

"첩실이면 어때? 나만큼 호강하는 여자도 드물어. 어린애같이 굴지 말고, 우리 이렇게 즐기기나 해. 도망가자느니 어쩌자느니 말할 거면 오지도 마. 나도 세상 돌아가는 것 안 알아내 줄 거야."

'이건 나보다 한술 더 뜨는 계집이잖아?'

야이간은 기가 막혔지만 그것보다 가슴 밑바닥에서 스멀거리는 모멸감이 더 크게 느껴졌다.

야이간은 여인을 밀치고 일어섰다.

'떠나야 해. 팔부령에 머물러 있을 수는 없어.'

야이간의 머리 속에는 두 가지 보물이 그려졌다.

거상과 천 노인이다.

상미현 같은 조그만 도읍에 천 노인과 버금가는 재력가가 있다는 것은 큰 행운이다.

상미현은 몽고로 가는 길목이다. 서역으로 갈 수도 있다.

무심히 들른 상미현이 뜻밖의 요지(要地)다.

상미현과는 비교도 할 수 없을 만큼 큰 태원부(太原府) 양곡성(陽曲城)이 지척에 있지만 한적함을 좋아하는 거상의 성격이 상미현에 터전을 마련하게 했다.

상미현과 양곡성은 마차로 반 시진 거리이니 크게 불편한 점도 없었으리라.

머리 속에서 계획이 정리되어 갔다.

'완전히 다른 사람이 되는 거야. 완전히 다른 사람.'


야이간은 하산 준비를 했다.

지겨운 팔부령도 마지막이다.

챙길 것도 없다. 부러뜨린 보검 대신 동전 열닷 냥을 주고 산 청강장검이 소지하고 갈 유일한 물건이다.

야이간은 대래봉을 쳐다봤다.

뾰족한 산봉이 어둠 속에 묻혀 쓸쓸함을 자아냈다.

'넌 똑똑한 놈이지만 실수를 고집하는 게 탈이야. 준걸(俊傑)은 시세를 안다고 했는데 넌 준걸은커녕 미련하기 짝이 없는 놈이야. 잘 죽어라.'

야이간은 경공을 전개했다.

쉬익! 쒜에엑……!

"크윽!"

아닌 밤중에 홍두깨라고 평화로운 밤을 즐기던 장원에 느닷없이 피바람이 불었다.

살수는 정확했다.

비명이 튀어나오지 않도록, 튀어나오더라도 옆에 잠든 사람조차 모를 정도가 되게끔 목젖만 골라 쳤다.

잠든 하인들은 영문도 모르고 죽임을 당했다.

간혹 깨어나는 자도 있었지만 죽음을 조금 더 앞당겼을 뿐이다.

야이간은 차분차분 도륙해 나갔다.

하인만 이백여 명에 이른다는 송가장(宋家莊)은 죽음의 괴기로움에 파묻혔다.

야이간은 총관의 전각으로 들어섰다.

침상에 누워 깊은 잠에 빠져 있는 총관의 모습이 보였다.

야이간은 발걸음을 죽이려는 노력조차 하지 않았다. 그냥 소리가 나는 대로 뚜벅뚜벅 걸어갔다.

총관이 부스스 눈을 뜨더니 머리맡에 놓은 장검을 낚아챘다.

총관은 무인이다. 거상이 사정사정해서 총관을 맡았다는 풍문이 돌 만큼 무예가 높다.

취국 말로는 좌우로 움직이며 공격하는 모습이 번개 같다고 했으니 환검문(幻劍門)의 환음검법(幻陰劍法)을 익힌 것 같은데.

"웬 놈이냐!"

검을 뽑아 든 총관은 당당했다.

야이간은 걷던 걸음을 멈추지 않았다.

"야심한 밤에 월장한 놈이니 의도가 불순할 터!"

"거참, 되게 말 많은 놈이네. 목이 필요하니 목이나 줘."

쉬이익……!

야이간은 시간을 오래 끄는 것이 싫었다.

총관과는 주고받을 말도 없다.

"고, 곤륜!"

총관은 야이간의 신법을 알아봤다.

곤륜파의 신법은 중원의 신법과는 판이하게 다르다.

중원의 신법보다 간결하면서도 화려하다. 허식(虛式)을 배제한 대신 몸의 굴절을 최대한 이용했기 때문이다.

쒜에엑……!

검을 아래에서 위로 올려 뻗었다.

총관은 좌측으로 움직였다.

'역시 환음검법!'

야이간은 좌측으로 따라가는 듯 검을 휘둘렀다.

총관이 허리를 낮게 구부리며 우측으로 방향을 꺾었다. 일면 검을 향해 몸을 던지는 것 같지만 검을 피해 우측으로 빠져나가는 신법이다. 그는 빠져나감과 동시에 검을 찔러올 게다.

환음검법은 좋은 무공이다. 산서성에서 환검문은 꽤 널리 알려져 있고, 총관의 움직임 정도면 이름도 날렸을 게다.

거상이 소문처럼 애원해서 데려올 정도는 아니지만 총관에 앉힐 만한 자다.

아쉽게도 환음검법에는 단점이 있다.

초식이 너무 많이 알려져 있다. 고수와의 싸움에서 알려진 초식을 사용하는 것처럼 우둔한 짓은 없다. 경이로운 속도나 태산도 무너뜨릴 만한 패력(覇力)이 깃들었다면 몰라도.

쉬이익!

어김없이 찔러왔다.

야이간은 오른발로 검을 든 손목을 차올렸다. 동시에 좌측으로 흘러가던 검의 방향이 꺾이더니 총관의 등을 후려쳤다.

"크윽!"

총관은 비명을 지르며 넘어졌다.

척추를 베였는지라 움직이지 못하는 것은 당연하다. 손가락 하나 꼼지락거리지 못한다. 다리는 부들부들 경련만 일으킬 뿐 일어설 엄두조차 내지 못한다.

이제 총관은 가만 내버려 두어도 목 위만 움직일 수 있는 불구가 되었다.

"네 처지는 너도 알 거야. 머리만 움직일 수 있지. 한데 말야, 난 움직일 수 있는 부분이 필요해."

쉬익!

청강장검이 허공을 갈랐다.

총관의 머리가 뚝 떨어져 데굴데굴 굴렀다.

야이간은 총관의 머리는 쳐다보지도 않고 죽은 육신이 붙잡고 있는 검을 바라봤다.

"무공도 약한 놈이 검은 좋은 걸 가지고 있군."

야이간은 검을 뺏어 들어보았다.

무게도 적당하고 손에 착 감기는 느낌이 든다. 날이 곤두서 있으며 푸른빛을 뿜어낸다.

거상이 힘들게 구해줬고, 총관이 정성을 들여 손질했으리라.

"바보 같은 놈…… 이런 검을 들고 그 정도밖에 무공을 펼치지 못하다니. 검아, 네가 불쌍하구나. 이제 새 주인을 만났으니 땅에 떨어지는 일이 없도록 해라. 하하하!"

검집까지 주워 허리에 찔러 넣었다. 그런 다음에야 방바닥을 구르고 있는 머리를 집어 들었다.


대래봉에서 온 살문 살수.

살이 후덕하게 찐 중년부인은 벌벌 떨리는 손으로 은자며, 금이며, 패물이며 가진 것을 모두 꺼내놓았다.

잘린 총관의 머리도 무섭지만 직접 보고 있는 앞에서 시녀들을 도륙하는 모습은 인간 같지 않았다. 살아서 걸어다니는 염라대왕 같았다.

벌벌 떨기는 취국도 마찬가지다.

어젯밤만 해도 같이 육욕(肉慾)을 불태웠지만 손아귀에 쥐었다고 생각했던 사람이 살수라는 것을 새삼 인식해야만 했다.

"모자라. 겨우 이것 때문에 이백여 명이나 죽인 줄 알아? 너! 뭐 알고 있는 것 있어?!"

"모, 모르는데요."

시녀가 사시나무 떨듯이 떨었다.

"모르면 할 수 없지."

야이간이 걸어갔다.

"드, 드릴게요. 더 있어요, 더!"

중년부인이 다급히 외쳤지만 야이간의 검은 허공을 갈랐다.

"아악!"

시녀가 처절한 비명을 지르며 쓰러졌다.

가슴을 일직선으로 그어 내린 검은 심장을 살짝 비켜갔다.

시녀는 죽는다. 하지만 쉽게 죽지 못한다. 육신에서 피가 흘러나와 방바닥을 흠씬 적신 후에야 죽는다. 그것이 여인들 앞에서 사람을 죽이는 방법이다.

중년부인은 부들부들 떨며 침상을 밀었다.

아직 죽지 않은 시녀가 둘이나 있지만 야이간의 눈치만 살필 뿐 도울 생각도 못하고 있다.

중년부인이 힘들게 침상을 밀치고, 바닥을 드러내자 하얀 은광(銀光)이 눈부시게 새어 나왔다.

'족히 오만 냥은 되겠군. 좋아, 이 정도면……'

야이간의 검이 다시 허공을 갈랐다.

시녀 두 명이 맥없이 쓰러지고 슬금슬금 뒤로 물러서던 중년부인도 눈을 부릅뜬 채 널브러졌다.

"넌 어떻게 죽여줄까?"

"사, 살려……"

"살려달라?"

"네, 네, 네!"

"같이 갈래?"

"네, 네!"

야이간은 속으로 웃었다. 이런 상황에서 싫다고 할 여자가 아니지만 싫다고 했다면 곤란할 뻔했다. 이 여자가 없으면 무사히 빠져나가 다른 사람으로 변신할 수 없으니.

2

중원이 발칵 뒤집혔다.

살수들이 무더기로 죽어 나갔다. 살수들은 각 성에서 활개를 쳤지만 눈으로 볼 수는 없었다. 보는 것도 원치 않았다. 살수를 보게 될 경우는 자신이 죽을 때이니까.

요즘은 살수를 너무 쉽게 본다.

잔혹하게 죽은 시신은 어김없이 살수다.

누가 되었든 상관없다. 허리가 잘리고, 머리가 열십자로 갈라진 시신은 틀림없이 살수다. 또 머리가 베여져 청부를 받던 곳에 놓인 자도 살수다.

그들 중에는 평소 부담없이 웃고 떠들던 자도 있고, 만만하게 보고 주먹질을 한 자도 있었으며, 모두가 조롱하던 미친 자도 있다.

잔혹하게 살해당한 자는 살수다.

이런 생각은 또 다른 살인을 불러왔다.

머리가 쌓인 청부 장소에 머리가 늘었다. 하루가 지나면 하나둘씩 새로운 머리가 얹어졌다. 잔혹한 죽음이 발견된 날, 하루 만에 갈 수 없는 곳에서 또 다른 잔혹한 죽음이 발견되었다.

유사 살인이다.

사람들은 살수에게 청부하는 대신 자신이 직접 살인을 하고 살수로 뒤집어씌웠다.

진위를 판가름하기는 어렵다.

살인 현장을 목격하기 전에는.

중원이 발칵 뒤집힌 또 다른 사건도 많다.

한량(閑良)이 길 가던 여인에게 지분거렸다는 이유로 죽임을 당했다. 여자를 두들겨 팼다는 이유로 죽은 자도 있고, 사람을 위협했다는 이유로 죽은 자도 있다.

그들을 죽인 자는 무인이었다고 한다.

여자도 있고, 사내도 있었다. 공통점이라면 한결같이 뛰어난 무공을 지녔다는 것이다.

중원은 무법천지가 되었다.


살수들만큼이나 발등에 불이 떨어진 곳은 하오문이다.

하오문은 마부(馬夫)들이 모인 마문(馬門)을 제외하면 모두 환영받지 못하는 직업이다.

배수(扒手), 당연히 꺼린다.

배수 때문에 일생을 망친 사람도 있다. 어떤 사람이든 자기 것을 슬쩍해 가는 사람이 곱게 보일 리 없다.

소투(小偸), 미치도록 싫다.

도곤(賭棍), 자기 돈으로 자기가 노름하는데 무슨 상관이냐고 하겠지만 노름꾼에게 거덜난 경험이 있는 사람의 말은 다르다. 도곤이야말로 세상에서 사라져야 할 사람들이라고 말한다.

기녀(妓女)…… 그나마 조금 낫다. 세상의 반을 차지하고 있는 사내들에게는 한 명이라도 더 있으면 있을수록 좋으리라. 물론 돈이 넉넉한 사내들에게만.

기녀를 미워하는 사람도 있다.

기녀의 목적이 술과 몸을 팔아 돈을 불리는 것이니 어찌 미워하는 사람이 없을 수 있을까. 기녀에게 서방을 빼앗긴 여인은 물론이고 어제까지만 해도 '너 없이는 못 살겠다'는 말을 중얼거리던 사내도 재산을 모두 탕진하고 하루아침에 알거지가 되었을 때, 또는 기녀에게 쌀쌀한 냉대를 받았을 때는 원수처럼 미워해 칼부림을 하는 경우도 왕왕 본다.

어쨌든 하오문은 약간의 잘못만으로도 사람을 죽이는 무인들의 표적이 되었다.

하오문주는 다급히 모지 회합을 열었다.

각 성(省)에 있던 모지들은 한달음에 달려왔다.

죽음이 이어지고 있는 절강성과 강서성이 가장 큰 피해를 입고 있는 상태였다.

"죽은 자가 몇 명이나 되는지 헤아릴 수도 없습니다. 그놈들은 인간도 아닙니다. 무조건 죽여댑니다. 어떻게 백주대낮에 이런 일이 벌어질 수 있는지……"

"그만! 그런 말을 듣자고 회합을 연 게 아니다. 놈들이 누구인지 파악해 냈나?"

"……."

아무도 대답하지 못했다.

개방과 버금가는 정보력을 지닌 하오문이지만 무작정 살상을 벌이고 있는 무인들에 대해서는 조그만 정보도 알아내지 못했다.

그들은 기루에 들지 않는다. 기루에 들렀을 때는 사람을 죽일 때뿐이고, 그럴 때면 으레 살아 있는 목숨 모두를 죽인다. 사람뿐만이 아니라 개, 고양이까지도.

그들은 완벽하게 죽임으로써 자신들을 철저히 숨기고 있다.

"천 모지, 뭐라고 한마디라도 해보지?"

개봉 망주에서 하오문주 복위를 성사시킨 공로를 인정받아 하남성 모지가 된 천은탁이 고개를 숙였다.

구파일방이 팔부령 싸움에서 물러나고 소림사가 봉문을 선포했을 때, 하오문주는 무림에 대변화가 일어날 것이라며 구파일방을 주시하라고 했다.

사전에 변화의 조짐을 읽은 것이다.

그렇지만 알아내지 못했다. 변화가 있기는 한데 무슨 변화인지 감도 잡지 못했다.

현재는 죽음이 시작되었고, 회합을 벌이고 있는 이 시점에서도 누군가가 죽어가고 있을 터인데 단서 하나 잡지 못하고 있다.

그들은 하오문 영역을 철저히 벗어나 있다.

이런 경우는 세상에 하나의 경우밖에 존재하지 않는다.

사람들을 피해 깊은 산속에 숨어버릴 경우.

인간 같지 않은 살귀들은 그런 존재다.

"당분간 하오문 활동을 중지한다. 마문만 빼고 모두 활동을 중지시켜. 기루도 닫고 도방(睹房)도 닫아. 배수나 소투도 절대 움직이지 말라고 해."

"옛!"

근본적인 대안은 될 수 없지만 현재는 그럴 수밖에 없다.

"천 모지."

"넷!"

"팔부령에 다녀와."

"네?"

"내가 직접 다녀오고 싶지만 난 살천문주를 만나야 돼. 천 모지는 살문주하고 안면이 있으니까 천 모지가 직접 다녀오도록 해."

"가서……."

"흉수들이 누군가 물어봐."

"……."

천은탁은 대답하기 곤란했다.

살문 외장은 하오문이나 개방에 못지않은 정보망이다.

중원에 숨은 싸움이 있다면 세 문파가 암중에서 캐내는 정보 싸움이다. 개방이 하오문도에게 얻어가는 정보도 있고, 반대도 있다. 살문의 외장도 끼어들어서 서로 물고 물리는 정보 싸움이 벌어지고 있다.

정보를 얻어들이는 근원이 다르니 정보의 질이나 방향도 다르다.

정보의 양으로 따지면 개방이 단연 앞선다. 하지만 정보의 깊이로 보면 하오문이 낫다. 살문 외장은 중간이다. 양으로 보면 개방보다는 못하지만 하오문보다는 낫고, 질로 보면 하오문보다는 못해도 개방보다는 낫다.

살문 외장의 장점은 집중력에 있다.

살문이 알고자 하는 초점이 정해지면 수가 얼마나 될지 추측할 수조차 없는 많은 사람들이 초점에 매달린다.

가장 빨리, 가장 깊이 알고자 하는 정보를 파악해 내는 데는 단연 살문이다.

살문은 살인을 저지르는 자들이 누구인지 알고 있으리라.

천은탁은 살문주 종리추에게 흉수가 누구냐는 말을 묻기가 껄끄러웠다.

물론 천은탁은 종리추를 크게 도와주었다. 현재 살문 외장을 움직이고 있는 등천조도 그가 보내주었고, 살문 총관을 맡고 있는 벽리군도 하오문 사람이다.

모두 그가 보내주었다.

그러나 십은비가 하오문주로 복위하면서 사태가 달라졌다.

하오문은 일절 살문에 개입하지 않았고 단 한 줄의 정보도 건네지 않았다.

살문이 팔부령에 에워싸여 곤궁에 빠져 있을 때도, 돈이 없어 외장조차 움직이지 못할 때도 강 건너 불 구경하듯이 지켜보기만 했다.

'이제 와서…….'

"곤란해할 필요 없어. 그 정도로 토라질 살문주가 아냐. 하하! 천 모지, 천 모지는 살문주를 정확히 파악하지 못하고 있군. 나보다 더 많이 만나고 접했으면서."

"죄송합니다."

"살문주는 대인(大人)이야. 아주 큰 그릇이지. 그래서 안심하고 관계를 끊을 수 있었던 것이고. 가서 물어봐, 틀림없이 가르쳐 줄 테니."

"알겠습니다."

이제야 조금 마음이 가벼워졌다.


＊　　　　＊　　　　＊


중원에서 부는 혈풍은 구대문파에도 큰 영향을 미쳤다.

차라리 봉문을 한 소림사가 편해 보였다.

용두방주는 장로들을 소집했다. 육결인 법개(法丐)도 불렀고, 하남성에 있는 오결제자들 중 임무가 급하지 않은 제자는 빠짐없이 참석하라는 지시도 내렸다.

개방이 파악하지 못한 무인 집단이 있다는 것은 큰 실책이다.

한두 명도 아니고 무리를 지어 다니는 듯한데 어떻게 모를 수 있단말인가.

또 하나의 골칫거리도 있다.

비객들이 말을 듣지 않는다.

구대문파 장문인들은 살수들을 추살하라는 연서를 띄우지 않았다.

그런데 살수들이 당한 곳을 조사해 보면 구대문파의 무공이 골고루나오고 있다. 흔적을 없애려고 변형을 시키기는 했지만 자파의 무공에정통한 사람들을 속일 수는 없다.

꼭 특이한 사흔(死痕)을 남기지 않더라도 병기가 살을 파고든 각도와 깊이 등을 면밀히 살펴보면 짐작되는 바가 있다.

비객이 독자적으로 움직이고 있다고밖에 볼 수 없다.

개방은 비객의 종적조차 잡아내지 못하고 있다.

비객의 일원이 된 개방도는 방주의 명령조차 무시하고 살인에 적극

가담하고 있다.

파문감이다.

어차피 그들은 비객이 되는 순간 문파와는 거리가 멀어졌다.

안면이 있는 제자가 눈앞에서 죽어가도 아는 척을 할 수 없는 입장이다. 장문인들이 그러면서 제자들에게만 문파에 애착을 가지라고는 할 수 없다.

그러나 아무리 그렇더라도 이렇게 안면을 바꿀 수 있는가.

"어떻게 생각하느냐?"

용두방주는 지혜가 뛰어난 후개에게 물었다.

장로들과 법개, 오결제자들이 모두 모이려면 앞으로도 사나흘 정도는 더 있어야 한다.

용두방주는 그 시간조차도 아까웠다.

마음이 몹시 쫓겼다.

"당연한 일입니다. 비객이란 말이 나왔을 때부터 이런 일은 예상했어야 합니다."

후개는 차분했다.

"뭐라고? 이런 일을 예상했어야 한다?"

"자고로 힘을 가진 사람은 써보고 싶어하는 게 이치입니다. 구대문파는 비객에게 면죄부(免罪符)를 주었습니다. 구대문파의 모든 것을 이용할 수 있는 권한까지 주었습니다. 중원에서 그들처럼 강한 권력을 지닌 문파는 없었습니다. 그들은 비객이 아니라 문파입니다."

"음……!"

용두방주는 신음했다.

그도 같은 생각을 했다, 비객의 행동이 어긋나는 순간부터.

"그럼 어찌하면 좋을까?"

"지금이라도 비객에게 준 권한을 회수하는 게 유일한 대안입니다. 저희 개방은 정보를 주지 말아야 합니다. 아무 정보도, 아무리 하찮은 정보도 줘서는 안 됩니다."

"그래서?"

용두방주는 후개의 말을 이해했다. 그러면서도 물은 것은 후개가 자신의 생각과 다른 말을 할 수도 있기 때문이다.

"비객을 장님에 귀머거리로 만들어야 합니다. 가능하다면 팔다리라도 잘라서 움직이지 못하게 해야죠. 정보는 필요할 때만 주면 됩니다. 살문을 치고자 한다면 살문에 대한 정보만 주면 됩니다. 그러잖아도 힘을 쓰지 못해 안달난 사람에게 싸우라고 채근하면 안 됩니다."

"그래, 그렇지. 휴우! 십망이 있을 때가 훨씬 나았어. 십망이 있었을 때는 많은 마두를 중원 밖으로 몰아냈지. 무림에는 죽었다고 공표했지만…… 중원 밖으로 몰아낸 것만도 성공이야. 그들은 다시는 중원에 들어오지 못했으니까."

"혈영신마도 그럴 운명이었습니다. 혈영신마는 피하지 않을 생각이었으니 죽였겠죠. 이쪽도 많은 사람이 죽었겠지만."

"그래, 그렇게 끝냈어야 돼. 종리추…… 그자가 무림을 이렇게 몰아갔어."

"방주님답지 않으십니다."

"……?"

용두방주는 후개를 바라봤다.

"잘나면 제 탓, 못나면 부모 탓이라는 말이 있습니다."

"어조가 신랄하구나."

"장로님이 그런 말씀을 하셨다면 이렇게까지 드릴 말씀은 아니지만 방주님께서 하셨으니 이리 말씀드리는 겁니다."

"결국 비객을 만들지 말았어야 했다는 이야기군."

후객은 소림승들의 얼굴이 떠올랐다.

혜명 대사는 비롯해 산속에서 풀을 뜯어 먹으며 무공 수련에 맹진하고 있는 무승들……

왜 개방은 그러지 못하는 것일까.

"살문 대 개방. 좋은 승부가 날 것 같은데요?"

"네 말이 과하구나. 감히 살문 따위를 개방과 비교하다니! 쯧!"

"일 대 일을 말씀드리는 겁니다."

"……!"

"일 대 일로…… 살문 살수와 무공을 겨룰 수 있는 문파를 알고 있습니다."

"……?"

"소림사입니다."

"무엇을 본 게냐?"

"방주님께서 들으신 것을 보았습니다."

팔부령에는 개방도들이 머물러 있다. 민가에 머물고 있는 그들은 소림 무승들이 각고의 수련을 하고 있는 장면을 목도했다.

용두방주는 오래전에 그런 보고를 받았다.

"이번에 분운추월을 따라갔다가 깊은 인상을 받았던 게구나."

"개방에는 그런 사람들이 없습니다."

용두방주의 안색에 노기가 스몄다. 그러나 후개는 태연했다.

"개방도 절대강자를 키워야 합니다. 비객 같은 편법이 아니라 개방

자체의 힘을."

"네가 맡아."

"……!"

후개의 눈이 빛났다.

"무재를 직접 뽑고 양성해. 이번 비객 사건에는 관여하지 말고."

용두방주는 시선을 돌렸다.

'역시 방주님!'

용두방주는 아무나 되는 것이 아니다. 수천 명의 개방도 중에 선택되고 선택된 사람이 될 수 있다. 무공도 제일이어야 할 뿐 아니라 다른 면도 탁월해야 한다.

후개를 선정하는 일은 그래서 어렵다.

보통 방주 직을 삼십 년 동안 이어간다 할 때, 삼십 년 동안 후개 한 명 찾아내기가 힘들다.

후개가 되었다고 해서 방주 직을 자연히 이어받을 수는 없다.

개방주로 적합한지의 여부를 결정하는 일은 후개가 되면서부터 시작된다고 봐야 한다.

수십, 수백 가지의 시험에서 통과해야 한다.

용두방주는 그렇게 해서 방주 직에 오른 분이다.

'방주님…… 방주님의 가장 큰 장점은 인심술(人心術)이 뛰어난 거죠. 사람을 다루는 능력. 그것보다 큰 장점은 없을 겁니다.'

후개는 끊임없이 배웠다.


근 이백여 명에 달하는 사람들이 모여 있건만 바늘 떨어지는 소리도 들릴 만큼 조용했다.

방주가 소집한 회의지만 거지들이 이토록 조용히 침묵하기는 처음이다. 그들은 언제나 웃고 떠들었으며, 술을 마셨다. 중원을 통틀어 가장 자유분방한 회의를 하는 곳이 개방이다.

오늘은 침묵과 묵직한 기류만 가득했다.

용두방주가 말을 시작했다.

"중원에 살인이 벌어지고 있는 것을 잘 알고 있을 터……."

개방도의 고개가 더 숙여졌다.

입이 열 개라도 할 말이 없다. 살인은 벌어지고 있는데, 중원에서 가장 소식에 정통하다는 개방이 단서조차 잡아내지 못하고 있으니.

"난 우리가 아무 정보도 얻지 못했다는 데 실망을 금치 못한다. 정말 그렇게 무능력했던가?"

용두방주가 이렇게 질책을 한 적은 없다.

지금 용두방주는 아주 상심에 젖어 있다. 전 같았으면 이런 일도 없었지만 정보를 얻을 수 있는 방법을 제시해 주곤 했다. 하오문을 주시하라든지, 아니면 누구를 집중적으로 파고들라든지.

"난 그렇게 생각하지 않아. 우리는 충분히 정보를 얻었어. 세 개 성에서 수많은 사람들이 죽었는데 아무 정보도 얻지 못했다면 말이 안 되지. 문제는 너희들이 내게 말하지 않는다는 거야."

개방도들의 머리가 거의 동시에 들렸다.

그들은 용두방주를 쳐다봤다.

침착한 사람은 후개뿐이다.

그도 내심으로는 그렇게 생각했다. 단지 너무 큰일인지라, 자칫 개방의 위치가 흔들릴 수도 있는 중차대한 일인지라 쉽게 입을 열지 못했을 뿐.

하지만 그도 방주가 이렇게 제자들을 모아놓고 단도직입적으로 말할 줄은 미처 몰랐다.

"어느 곳이나 악을 미워하는 사람들은 있기 마련이야. 우리 개방도 마찬가지지. 일부는 내 방침이 미온적이라고 생각하는 사람도 있을 것이고. 서두에 정보를 얻지 못해서 슬프다고 말한 것은 이런 뜻이야. 언제부터 우리 개방이 이렇게 분열되었는지."

"바, 방주님! 지금 그 말씀은……!"

분운추월이 말을 꺼냈으나 너무 놀라 마무리를 짓지 못했다.

개방도 중에 반심(叛心)을 품은 자가 있다는 말이지 않은가. 반심까지는 아니더라도 방주의 뜻과 어긋나는 행동을 하고 있다는. 그것도 개방 전체가 침묵하고 있을 정도라면 상당히 저변이 넓게 확산되어 있다고 할 수 있다.

"터무니없이 강한 자들…… 그런 자들은 중원천지에 몇 되지 않지. 사흘이면…… 사흘 안에 정보를 얻을 수 있을 거야. 모두들 그렇게 알고 부지런히들 뛰어봐."

말을 마친 용두방주는 뒤도 돌아보지 않고 들어갔다.

전에는 오랜만에 만난 제자들을 다독거리셨다. 무공은 어떤지, 고민은 없는지 꼼꼼히 물었다.

방주가 들어가고 난 다음에도 침묵은 계속 이어졌다.

방주는 마지막 수를 던졌다.

제자들에게 마음을 돌려 개방도가 될 것을 요구했다.

육결제자 법개를 동석시킨 것은 그런 의미다.


법개와 오결제자들이 돌아가고 난 후에도 후개와 팔장로는 움직이지 못했다.

팔장로의 대형 흑봉광괴가 말했다.

"공수래공수거(空手來空手去). 빈손으로 왔다 빈손으로 가는 게 인생이오. 우리 개방은 그것 하나만은 지켜왔소이다. 욕심도 버리는 것이 공수래공수거가 아니오. 이번 일은…… 사제들…… 뭐라고 말들 좀 해보시게."

"……."

아무도 입을 열지 못했다.

겉으로 내심을 드러내지 않는 몇몇 천외천 사람을 빼고는 충격이 너무 컸다.

"하나만 분명히 하겠소이다. 난 개방 사람이오. 가진 것이 없지만 하나는 가지겠소이다. 개방. 개방을 욕되게 하는 사람은 내가 용서하지 않겠소."

흑봉광괴가 일어나 휘적휘적 걸어나갔다.


모자도로 돌아온 흑봉광괴는 서신을 전통에 넣고 밀봉했다.

그의 앞에는 오결매듭을 한 걸개가 서 있다.

흑봉광괴는 걸개에게 전통을 주었다.

"발각될 시에는……."

"분사(焚死)하겠습니다."

흑봉광괴는 고개를 끄덕였다.

◆第百二章◆

# 폭사(爆死)

"크으! 술…… 야! 여기 술 더 가져와!"

석심광검은 술에 만취되어 탁자에 고개를 처박았다. 그러면서도 계속 술을 찾았다.

주루 주인은 이러지도 저러지도 못한 채 쩔쩔매기만 했다.

야시장에서 석심광검의 말 한마디는 법이다.

야왕이 있을 적에는 야왕의 말이 법이었지만, 죽거나 패배한 자는 과거의 영광을 모두 반납해야 한다.

야왕은 모든 권한을 내놓고 과거의 사람이 되었다. 사람들의 기억에서도 지워져야 한다. 그래야 순리다.

사람들은 야왕을 잊지 않았다. 석심광검이 야왕의 수족이었다는 사실도 생생하게 기억하고 있다. 야왕이 죽었을 때 싸움판에서 죽겠다고 공언하고 다녔던 석심광검이 검 한번 뽑아보지 못한 사실도 뚜렷하게 기억한다.

야시장 상인들은 꼬박꼬박 자릿세를 낸다. 야왕이 있을 때와 조금도 다름없이.

바뀐 것이 있다면 눈빛이다.

석심광검을 보는 눈이 예전처럼 호의적이지 않다.

아니다. 자격지심(自激之心)인지도 모른다. 상인들은 야왕이 되었든 석심광검이 되었든 상관없을 게다. 누가 되었든 자신들의 권익을 지켜 줄 사람만 있으면 괜찮다고 생각할지도.

석심광검이 혼자서 그렇게 느끼는 것뿐이리라.

그래도 괴로웠다.

'같이 죽었어야 해, 같이…….'

석심광검은 그날의 일을 잊지 못한다.

야왕을 죽인 묵월광의 소고, 그 아름다운 얼굴.

빙옥을 깎아 만든 듯 흠잡을 곳 하나 없는 완벽한 아름다움.

아름다움에 취한 것일까? 야왕은 예전처럼 날카롭지 못했다. 아니, 그 정도가 아니라 많이 흔들렸다. 죽일 수 있는데도 죽이지 못하고 검을 흘렸다.

그렇게 싸워서는 죽음뿐이다.

'빌어먹을! 왜 그렇게 죽었소, 왜…….'

탁자에 처박은 얼굴에서 눈물이 흘렀다.

사람들은 주정이라고 한다. 야왕이 있을 적에는 전형적인 싸움꾼이 었지만 이제는 술주정꾼에 지나지 않는다고 한다.

석심광검에게는 그들의 말이 들리지 않았다.

야왕의 당당하던 모습만이 눈앞을 아른거렸다.

그의 등 뒤로 낯선 사내가 다가섰다.

"석심광검."

석심광검은 자신과 관계없다는 듯 고개도 쳐들지 않았다.

쳐들 수 없었다. 한 병만 마셔도 취한다는 독주를 두 독이나 들이켰으니. 그는 인사불성이 되어 곯아떨어졌다.


'추워……'

석심광검은 극심한 추위를 느꼈다.

한여름인지라 후텁지근한 더위가 기승을 부리는데 이상하게도 얼음굴에 파묻힌 듯 추웠다.

'너무 추워……'

몸을 움츠리려고 꿈지럭거리자 찰랑이는 물결이 만져졌다.

'응?'

이상한 예감이 들었다.

주루에서 곯아떨어지면 수하나 주루 주인들이 방으로 옮겨놓곤 했다. 머리맡에는 꿀물도 놓여져 있고.

'물을 엎질렀나 보군.'

석심광검은 다시 몸을 뒤척였다.

찰랑거리는 감촉이 여전히 느껴진다. 그리고 보니 온몸이 축축하게 젖어 있다.

'응?'

석심광검은 정신이 들었다.

지난밤에 마신 술 때문에 머리가 빠개질 듯 아프지만 몸을 일으켜 잠자리를 바꿔야 한다는 생각이 들었다. 이대로는 추워서라도 잠을 잘

수 없다.

"이제 정신이 든 모양이군."

냉랭한 음성이 귓전을 파고들었다.

'이, 이건! 당했다!'

야시장을 노리는 사람들은 많다.

야왕이 있었을 때는 놀라운 무공이 두려워 숨죽이고 있던 자들도 석심광검이 관리한다는 소리를 들으면 검을 뽑아 들 게다.

그들은 정당하게 승부를 걸어오는 경우도 있지만 대부분은 암습을 가해온다.

야시장을 장악한 사람은 언제 있을지 모를 기습에 항상 만반의 준비를 갖추고 있어야 한다.

석심광검은 정신을 바짝 차렸다.

이제야 자신이 어디에 누워 있는지 알았다.

강물에 처박혀 있다. 야시장에서 발산해 내는 불빛이 멀찌감치 보인다. 술은 마신 주루도 그리 멀지 않은 곳에 있다.

날이 밝지도 않았다.

그는 주루에서 끌려 나와 곧바로 강물에 처박힌 것이다.

'모두 당했다는 말이군.'

사태가 즉각적으로 판단되었다.

자신을 호위하던 파락호들은 모두 당했거나 손을 들었을 게다.

누군지 모르지만 전격적으로 기습했고, 성공했다.

"후후후……!"

석심광검은 웃음부터 터뜨렸다.

자신은 야시장의 주인이 아니다. 하수인에 불과할 뿐이다. 이들이 그런 사실을 알고 있을까? 자신들이 묵월광을 상대하고 있다는 사실을.

"석심광검, 긴말은 하지 않겠다."

석심광검은 몸을 일으켰다.

취기가 전신을 돌았다. 중심을 잡을 수 없어 비틀거린다. 그러나 가장 고통스러운 것은 역시 두통이다.

'이놈의 머리……'

자신을 강물에 처박은 사내가 말했다.

"묵월광이 어디에 있나?"

"무, 묵월광!"

석심광검은 술이 확 깼다. 두통 따위는 깨끗이 잊어버렸다.

묵월광을 찾는 사람이라면 무인이다.

'그럼 이들이 요즘 무림을 공포로 몰아넣는다는……'

비로소 사내를 자세히 보았다.

차분하게 앉아 있는 모습이 강가에 바람을 쐬러 나온 사람 같다.

병기는 지니고 있지 않지만 전신에서는 범접할 수 없는 강한 기운이 줄줄 흘러나온다.

'내가 상대할 자가 아니다. 엄청난 고수야.'

싸움꾼은 싸움꾼을 알아본다. 싸움판에서 검을 휘둘렀던 석심광검은 사내의 모습만 보고도 얼마만한 무공을 지니고 있는지 짐작해 냈다.

"무슨 말씀이신지……?"

"남경에 귀혈총이라는 쓰레기들이 있었지."

사내가 풀잎을 뽑아 입에 물고 잘근잘근 씹었다.

"놈들에게는 비장의 살수 다섯 명이 있었는데, 그놈들의 소재를 알고 있는 사람은 대살수뿐이었어."

'허, 허리가 잘리고 머리가 십자로 갈라졌다는 사람들…… 이, 이자들이 확실해!'

"대살수는 그래도 좀 쓸 만한 무인이었지. 스스로 자진하려고까지 했으니까. 하지만 결국 불고 말았어. 다섯 살수가 누군지, 어디에 있는지, 누구와 있는지. 아주 소상히 말해 주더군. 힘줄 몇 개 뜯어내지 않았는데."

'맙소사!'

석심광검은 소름이 쫙 끼쳤다.

소문은 사실이다. 산 채로 힘줄을 뜯어냈다는 소문이.

그리고 그 일은 이제 자신에게 닥쳤다. 말해야 한다. 말하지 않으면 힘줄이 뜯겨 나가는 고통을 당하게 된다.

"무, 묵월광 살수는…… 여자가 이끕니다. 소고라고."

"그건 알고 있어. 모르고 있는 걸 말해 봐."

석심광검은 자신이 알고 있는 것을 모두 말했다. 머리를 쥐어짜 가며 혹시 빠진 것이 있는가 고민까지 했다.

"그, 그게 전부인데요?"

"그래, 전부인 것 같아. 모르던 부분이 많았어. 수고했어."

"처, 천만…… 컥!"

석심광검은 큰 충격을 받고 바들바들 떨었다.

꼿꼿이 서려고 했는데, 떨지 않고 서 있고 싶었는데 몸이 떨렸다.

사내가 가슴에 들어박힌 소검(小劍)을 뽑아냈다.

스으윽……!

한 번에 뽑아내는 것도 아니고 조금씩…… 조금씩 최대한의 고통을 안기면서 뽑아냈다.

"큭! 크윽! *끄으으으······!*"

입술을 악다물었는데도 신음이 끊임없이 새어 나왔다. 몸은 주책없이 중풍 맞은 노인처럼 바들바들 떨렸다.

"너희같이 상인들 등쳐 먹는 놈들은 죽어야 돼. 그렇게 생각하지 않아? 다음 세상에서는 제발 올바르게 살아라. 아니면 또 내 손에 죽게 될 거야. 다음 세상에도 따라갈 거거든."

"*끄으으윽······!*"

석심광검은 다른 생각을 했다.

'다음 세상에서는 꼭 무인이 될 거야. 진정한 무인이. 겨우 야시장 따위를 놓고 싸움을 벌이는 싸움꾼이 아니라 진정한 무공을 익혀 천하와 싸우는 무인이······.'

야왕이 보였다.

석심광검을 마중 나온 사람은 야왕이었다.


"석심광검은 또 술타령인가?"

"그, 그렇죠 뭐."

공지장에게 돈을 건네는 파락호의 손길이 파르르 떨렸다.

공지장은 야시장에 들어서는 순간부터 심상치 않은 분위기를 감지했다.

상인들은 그대로이나 간혹 흘끔흘끔 쳐다보는 눈길이 감지된다.

'무슨 일이 생긴 거야.'

파락호와 대면하자 확신은 더욱 굳어졌다. 야시장에 돌풍이 휩쓸고 지나갔다.

무슨 돌풍인지 파악하기는 어렵다.

파락호에게 물어보는 바보 짓은 하지 않았다. 올바른 대답도 들을 수 없을 뿐더러 상대의 경각심만 일깨우게 된다.

'석심광검을 제압했어. 그렇다면 배후에 묵월광이 있다는 것도 알 것이고…… 혈풍! 혈풍이닷!'

살수문파를 휩쓸고 지나가는 혈풍(血風).

돌풍의 진실은 혈풍이다.

"석심광검에게 술 좀 그만 하라고 해. 쯔쯧! 젊은 사람이 몸을 아껴야지."

'알려야 해. 빨리.'

공지장은 어느 때와 다름없이 국수집으로 들어섰다.

야시장 사람들에게 공지장은 석심광검보다 더 많이 알려진 사람이다. 그는 야왕을 단숨에 죽인 여인의 수하이니 석심광검보다 더 신경이 쓰이는 것은 당연하다.

공지장은 국수 한 그릇을 훌훌 먹고 값을 치렀다.

이런 면에서는 야왕이 있었을 때보다 낫다.

파락호들은 셈을 하지 않았다. 먹고 싶은 것은 마음껏 집어 먹으면서 동전 한 닢 내지 않았다.

공지장은 그런 관습을 뜯어고쳤다.

누가 되었든 상인들의 음식을 집어 먹은 후에는 반드시 셈을 하게 했다. 그런 의미에서 본인부터 돈을 냈다.

물론 상인들은 한사코 거절했지만 공지장의 뜻이 가식이 아니라는 것을 안 다음부터는 돈을 받았다. 그러니 자연히 파락호들에게도 돈을 요구하게 되었고, 지금은 함부로 집어 먹는 사람이 없다.

묵월광에게 야시장은 눈에 차지도 않는 작은 먹이다. 하지만 숨어 사는 동안에는 충분한 자금을 제공해 준다. 살수문파이기 때문에 불안해하는 상인들의 마음을 달래줄 필요가 있었다.

야왕에 쏠려 있던 인심은 급속하게 변했다.

묵월광은 야시장을 성공적으로 움켜쥐었다.

이제 야시장 사람들은 묵월광 대신 다른 누가 들어서는 것을 원치 않는다.

공지장은 국수집을 나와 어슬렁거리며 야시장을 한 바퀴 돌았다.

노점을 기웃거리기도 하고 말을 걸기도 했다.

야시장을 한 바퀴 도는 데 걸린 시간은 반 시진이다. 그는 늘 반 시진 동안 야시장을 돌곤 했다.

다음은 대기하고 있는 마차로 갔다.

공지장이 마차를 타는 순간부터 야시장 상인은 물론 파락호들까지 공지장의 종적을 놓치게 된다. 그는 마차에 오르는 순간부터 이 세상에 없는 사람이 되는 것이다.

공지장은 태연하게 마차에 올랐다.

"끼랴!"

어자석에 앉아 있던 마부가 힘차게 채찍을 휘둘렀다.


'마차 문을 짚었어!'

야시장에 변괴가 발생했다는 무언의 밀마다.

미안공자는 연신 채찍질을 하면서도 진기를 끌어올려 사방을 살피는 행동은 하지 않았다.

쓸데없는 행동으로 적에게 의심을 사게 해서는 안 된다.

마차는 힘차게 질주해서 야시장으로부터 십 리를 벗어났다.

어둠 속에서 희미한 물체가 보였다.

히히힝! 하는 말 울음소리도 들렸다.

조금 더 가까이 다가가자 말 네 마리가 이끄는 사두마차의 형상이 또렷이 보였다.

"워워!"

미안공자는 고삐를 잡아당겼다.

공지장이 내렸다.

"수고했네."

공지장은 미안공자에게 동전 네 닢을 건네주었다.

'어서 가시오.'

'꼭…… 살아야 되네.'

아주 짧은 눈빛이 오갔다.

"저희 마방을 이용해 주셔서 감사합니다. 다음에 또 이용해 주시고, 편히 가십시오."

공지장은 대꾸도 하지 않고 기다리고 있던 마차에 올라탔다.


두두두두……!

사두마차는 힘차게 지축을 뒤흔들었다.

과거 살혼부 살수들은 살수 다섯 명과 무공이 변변치 않은 사람 한 명, 단 여섯 명으로 하남 살수계에서 당당히 버텼다. 살천문도 있었고, 혈배를 들고 싶어하는 무리들이 상당수였지만 누구도 그들을 어쩌지 못했다.

살혼부 살수들은 항상 죽음을 생각하고 있다.

살수행에 나서지 않은 공지장까지도 죽음은 언제 찾아올지 모르는 손님으로 여겼다.

"워워!"

마차가 급히 멈춰 섰다.

더 이상 나아갈 곳도 없었다. 검은 강물이 앞을 막고 있다. 그렇다고 강을 건널 배가 준비되어 있는 것도 아니다.

어자석에서 소천나찰이 내렸다.

공지장도 마차에서 나왔다.

"한밤인데도 날이 푹푹 찌는구먼."

"형님, 난 어렸을 때 이런 생각을 했죠. 세상에는 내 짝이 있을 텐데 누굴까? 나는 몇 살에 혼인을 할 것인가? 먼 훗날 내 아내가 될 여자는 지금 몇 살일까? 뭐 하고 있을까? 이제 막 태어났을까? 아니면 아직도 태어나지 않았을까?"

"허허! 몇 살 때 말인가?"

"아마 열서너 살쯤 되었을 겁니다. 여자에게 호기심이 생길 무렵이었죠. 나중에 혼인을 하면 꼭 물어봐야지 하고 생각했죠. 그때 뭐 하고 있었냐고."

"허허허!"

소천나찰은 절룩거리며 강변을 걸었다.

의족을 달아서인지 걸음걸이가 상당히 불안해 보였다.

"좀 더 나이를 먹으니 다른 생각이 듭디다."

"어떤 생각인가?

"난 언제 죽을까? 죽는 장소는? 가족들에게 둘러싸여 죽게 될까? 날씨는 어떨까? 봄일까, 여름일까……."

"한 치 앞을 보지 못하는 게 사람이지."

"궁금증 하나는 풀었습니다. 계절은 여름이고, 장소는 강변이고, 내 곁에는 형님이 계시는군요."

"허허허!"

"대형의 꿈은 이루어질까요?"

"힘들지 않을까 싶네."

"저도 같은 생각입니다. 소고는…… 실수문파를 이끌 재질은 되어도 사무령은 힘든 것 같습니다. 너무 큰 짐이에요. 그 짐이 소고를 더 힘들게 하는가 봅니다."

"그래, 그냥 살수로 키웠으면 한결 부담이 덜었을 텐데."

"종리추는 어떻습니까?"

"마찬가지가 아닐까 싶네. 지금은 성하지만 조만간…… 힘들어지지 않나 싶네."

"그때부터가 잘못이었어요, 구지신검을 죽일 때부터. 그 후에도…… 중원에 다시 들어오지 않았다면…… 소고도, 종리추, 야이간, 적사, 적각녀…… 모두 자리 잡고 잘 살았을 겁니다. 그렇게 생각하지 않으세요?"

"무림에 이런 혼란도 없었을 테고 말이지. 허허허! 꼭 십망이 존재했을 때가 더 낫다는 말처럼 들리는군."

"그렇게 생각하지 않으십니까?"

"그럴 수도 있겠지."

"야이간을 자식처럼 아끼셨는데…… 걱정되지 않으십니까?"

"젊은 사람들의 인과는 젊은 사람들끼리 풀어야지. 한 가지 분명한 것은…… 우리는 최선을 다 했네. 사무령으로 키우기 위해서 할 수 있는 것은 다 했어. 그만하면 됐네."

소천나찰, 살혼부의 머리다. 청면살수가 가장 아끼는 의제(義弟)이
기도 하다.

공지장은 살문 살수들이 최대한 활동할 수 있도록 물심양면으로 도
운 제일 밑 동생이다.

두 사람은 마른 나뭇가지를 주워 불을 지폈다.

모닥불이 활활 타올라 주변을 밝혔다.


스스스슥……!

검은 그림자들이 뱀처럼 기어와 공지장과 소천나찰을 에워쌌다.

그중 한 명이 말했다.

"준비가 철저한 놈들이군."

소천나찰이 응대했다.

"허허허! 살수문파를 이끌어가려면 이 정도는 되어야 하지 않겠소?
벌써 여러 문파를 몰살시켰으니 이만한 준비 정도는 겪어봤을 것이
오."

"겪어봤지. 그중에서도 네놈들이 가장 영악했어."

공지장은 웃었다.

소천나찰은 석심광검에게조차 숨긴 것이 있다.

마부다.

공지장이 야시장에서 타고 가는 마차는 늘 석심광검이 마방에 연락
해 준비한 마차다.

마방에서는 마차와 마부를 보내온다.

마부가 미안공자라는 사실은 아무도 몰랐다. 마부는 늘 사람이 보이

지 않는 한적한 곳에 마차를 대기시켰고, 공지장은 마부를 처음 보는 사람처럼 대했다.

의심할 여지가 없었다.

아무런 일이 없으면 중간에서 마차를 갈아타지 않고 그냥 간다. 하지만 무슨 일이 있다고 생각되면 마차를 갈아탄다.

소천나찰은 곧장 자신이 죽을 장소로 마차를 본다.

추적자들을 따돌리기 위한 방책이다.

여기에는 두 사람 목숨이 걸려 있다. 소천나찰과 공지장…… 그들이 죽음으로써 추적자들을 따돌릴 수 있다.

추적자들은 다시 돌아가 마방부터 뒤질 터이지만 이미 늦었다. 묵월광에 대한 단서는 아무것도 찾아내지 못하리라.

소천나찰은 말했었다.

"세상을 속일 수는 없지. 야시장에서 자금을 조달한다면 당장 개방과 하오문의 귀에 들어갈 거야. 그들이 묵월광을 치려고 한다면 얼마든지 가능해. 준비할 필요가 있어."

소천나찰은 살혼부 시절부터 준비를 철저히 하기로 유명했다.

소천나찰이 말했다.

"자, 이만 보내주시겠나? 아니면 우리 입을 열게 할 작정인가?"

"……"

그림자들, 천외천 죽음의 칠 인은 무사히 지켜봤다.

그들은 판단했다. 이 두 노인은 힘줄을 뜯어내는 것이 아니라 살점을 조각조각 썰어내도 입을 열지 않을 것이라는걸.

백천의가 한 명을 쳐다봤다.

검곡의 소곡주 우경삼, 그의 검이 검집에서 풀려 나왔다.

쉬익!

검은 여지없이 공지장의 허리를 베어냈다.

공지장은 맥없이 풀썩 쓰러졌다.

우경삼의 검은 쓰러지는 상체에서 머리만 따로 떼어내 허공으로 띄워 올렸다.

매서운 칼바람이 일고, 공지장의 머리는 네 조각으로 갈라져 떨어졌다.

"노…… 놀라운 쾌검!"

소천나찰은 진정으로 놀랐다.

세상에 가장 빠른 무공을 지닌 사람은 적사라고 생각해 왔다. 적사의 축혼팔도는 상상을 불허한다. 눈앞에 도광이 흐르는 순간 목숨이 날아간다.

이들의 무공은 적사보다 한 수 위인 것 같다.

빠른 검이니 누가 더 빠르다고 단정할 수는 없다. 쾌검은 직접 검을 섞어봐야 판가름이 난다. 하지만…… 몸으로 느끼기에는 훨씬 빠른 것 같다. 이들이.

소천나찰이 겁에 질린 듯 한 걸음 뒤로 물러섰다.

투둑!

물러서던 발길이 모닥불을 흩뜨렸다.

불길이 바지에 옮겨 붙어 활활 타올랐다. 하지만 소천나찰은 의식하지 못했다. 어차피 의족으로 만든 다리이니. 순간,

"안 돼!"

백천의가 버럭 고함을 질렀다.

강자로서 풍기던 여유를 찾아볼 수 없는 다급한 행동이다.

그러나 간발의 차이로…… 검곡 소곡주 우경삼은 소천나찰의 허리를 베어냈다.

소천나찰의 상체가 굴러 떨어졌다.

우경삼의 검은 목을 잘랐고, 허공에 띄워진 머리를 네 조각으로 베어냈다. 그 순간,

꽈꽝! 꽈콰쾅……!

의족이 터지며 거대한 화염을 만들어냈다.

잠시 후, 분분히 날리던 먼지와 강변의 모래가 가라앉았다.

강변에는 시신이 보이지 않았다. 소천나찰의 시신도, 공지장의 시신도, 그리고 또 한 사람…… 검곡 소곡주 우경삼의 모습도 보이지 않았다.

"이…… 런!"

백천의가 이 앓는 소리를 냈다.

지옥을 다녀온 사람들인데…… 구진법을 통과하여 반응이 민첩하기로 세상에 둘째라면 서러운 사람들인데…….

우경삼은 너무 가까이 다가섰다.

그가 사태를 깨닫고 물러서기는 했지만 화약이 너무 강했다.

한여름에 모닥불이라니!

그렇게 특이한 현상을 보고도 방심했다니!

"좋은…… 경험이야. 앞으로는 그 누구도 방심하지 마."

백천의가 말했다.

실은 자신에게 스스로 다짐하는 소리였다.

2

'실수야. 숙부님들께 맡기는 게 아니었어.'

소고는 마음 한구석이 텅 비어왔다.

본 지는 얼마 되지 않았지만 말을 숱하게 들어온 숙부님들이다. 십망을 피해 중원 밖으로 밀려났고, 또 큰 기반을 가지고 돌아오셨다.

소고가 불패의 살수들이라고 생각한 이십팔숙은 단 한 번의 공격으로 스물한 명이나 죽었다.

그들도 소고가 양성한 살수들은 아니다.

공지장 숙부가 양성했다.

소고 자신은 숙부님들이 양성한 살수들을 가지고 버텨온 것에 불과하다. 버티기라도 잘했으면…… 대부분이 죽고 남은 사람이 몇 되지 않는다.

생각하는 것과 실제는 엄청난 차이가 있다.

중원에 나설 때만 해도 무림을 단번에 휩쓸어 버릴 줄 알았던 강대한 힘이 무력하기만 하다.

'내가 숙부님들까지 죽인 거야.'

소고는 또 한 번 좌절을 느꼈다.

살수문파들이 쓰러지고 있다.

이제 명확해졌다. 어떤 자들이 살수들을 모두 도륙해 버리려고 작정한 게다.

그 살검이 묵월광을 향해 겨눠졌다.

이제는 더 버티고 서 있을 힘조차 남아 있지 않았다. 청면살수를 생각해서 악착같이 버티고는 있지만 중원무림이 압박해 오는 데는 견딜 재간이 없다.

지금은 잠시 몸을 피하고 있지만 숨을 곳이 없다.

무림에 나서기만 하면 당장 개방과 하오문의 눈길을 피할 수 없다.

다행히 천 노인과 그의 기반은 무사하다.

이런 날이 올 것을 예측해서 야시장을 움켜쥔 것은 아니다. 놈들은 이십팔숙의 눈으로 경고를 보냈고, 그들의 눈을 피하기 위해 숨은 것뿐이다.

언제까지 이렇게 숨어 지내야 하는 것일까.

하남성 살수들을 모두 도륙해 버리면 결국 묵월광만이 그 자리를 대신할 수 있다고 생각했는데, 타 성에 있는 살수들까지 모두 도륙해 버리고 있다면…… 묵월광에 검을 들이댔다면……

'모두 죽이려는 거야. 묵인은 사라졌어. 중원무림은 살수가 필요하지 않아. 그래서 모두 죽이는 거지.'

삭! 사악……!

신경을 건드리는 소리가 들렸다.

적사는 실행에 나서지 않을 때면 도를 갈았다.

너무 갈아서 살갗만 스쳐 가도 피가 배어 나올 정도로 섬뜩하다.

"허허! 허허허……!"

청면살수가 웃었다.

청면살수의 배에 글씨를 쓰던 미안공자가 붓을 던지고 물러섰다.

비원살수도 숨죽인 채 말이 없다.

속으로 통곡하고 있다. 울음소리가 들린다. 피부를 통해 빠져나온 울음소리는 대성통곡으로 바뀌어 사람들 마음속으로 젖어든다.

"적사! 소여은! 이리 와! 아냐, 모두 와! 다들 와서 주목해!"

여간해서는 흥분하지 않는 소고가 신경질적으로 말했다.


"묵월광을 포기하겠어."

소고의 선언은 모두에게 충격을 줬다.

소천나찰, 공지장이 죽은 것만큼이나 큰 충격이다.

충격을 받지 않은 사람은 청면살수뿐이다. 청각을 잃었으니 얼마나 다행인가.

"난 사무령이 될 수 없어. 모두에게 미안하지만…… 이쯤에서 끝냈으면 좋겠어."

"……."

한마디쯤 반대 의견이 나올 법도 한데 조용하기만 했다.

모두들 알고 있다. 현재 무림에서는 사무령이 탄생할 수 없다는 것을. 그나마 종리추가 버티고 있지만 그 역시 다른 살수문파들처럼 당할 것이 자명하다. 단지 시간문제일 뿐이다. 빨리 당하느냐, 늦게 당하느냐.

"모두들…… 제 갈 길을 알아서 가도록 해."

지금까지 목숨을 바쳐 살행을 했던 살수들에게 너무 무책임한 발언이다.

묵월광 살수들은 돈을 바라고 모여들지 않았다.

화령 살수들은 사내들에게 한을 풀려고 모여 있다. 그녀들은 세상에 남긴 것이 없다. 돌아갈 곳도 없다. 오로지 사내에 대한 증오심 때문에 모인 여인들이다.

화령 살수들은 소여은을 따른다. 소고에게도 진심으로 충성한다. 자신들의 아픔을 이해하고 다독여 준 사람은 그녀들밖에 없다.

사령 살수들은 조건부로 왔다.

적사에게 축혼팔도를 전수받는 대신 십 년 동안 충심을 다해 복종하기로.

그들은 몽고로 돌아가야 한다. 돌아가서 적사에게 배운 축혼팔도를 부족민에게 전수해야 한다. 그런 유혹이 없었다면 중원에 들어와 살행을 저지르지 않았으리라.

사령 살수들은 묵월광을 자신의 분신처럼 생각한다.

십팔도객이 십이도객으로 줄어드는 순간, 중원인에 대한 복수심이 생겼다. 살행을 하다가 죽었거나 무공으로 겨뤄 죽었다면 그러지 않았으리라.

화살에 맞아 죽다니…… 비겁하게.

그들의 한을 풀어줄 문파는 묵월광뿐이다.

이십팔숙은 큰 은혜를 입었다.

공지장은 이십팔숙을 구하면서 목숨을 바쳐 충성을 다하게끔 값을 치러주었다. 원한있는 자는 원한을 풀어주고, 노예로 팔려가는 자는 노예에서 벗어나게 해주고……

그러나 그들도 목숨이 귀중한 것은 안다.

아무리 큰 은혜를 입었어도 목숨이 아깝다고 생각되었으면 벌써 물러났을 게다.

충심으로 모여 있는 사람들이다.

소고는 이들의 모든 염원, 희망, 바람을 일순간에 꺾는 말을 했다. 모두들 제 갈 길을 알아서 가라니. 그러나 실망하지는 않는다. 소고는 그들이 기다리는 말을 반드시 할 게다.

소고가 말했다.

"난 지금 죽으러 갈 거야. 같이 죽을 사람만 따라와."

묵월광 살수들은 이 말이 나올 줄 예감했다.

소고는 여자치고는 강단있는 성격이다. 부러질지언정 휘지는 않는다. 나름대로 제일의 무공을 익혔다는 자부심도 있다.

살수문파를 초토화시키고 있는 자들, 그들을 만나러 간다.

소천나찰과 공지장이 죽었기 때문에 복수하러 간다고 생각하면 너무 간단히 생각한 게다.

고양이가 쥐를 쫓을 적에도 활로를 터놓고 쫓는다고 했다. 막다른 궁지에 몰리면 오히려 고양이에게 덤벼들기 때문에.

적들은 묵월광을 너무 궁지로 몰아세웠다.

소고로 하여금 검을 들게끔 강요했다. 죽을 것이냐, 살 것이냐라는 선택을 하도록 요구해 왔다. 살수문파를 일으켜 세울 수도 없고, 숨어지낼 수도 없고. 소고로 하여금 묵월광을 포기하고 생사결전을 각오하게끔 만들었다.

소고가 걸어나갔다.

이십팔숙 중 살아남은 일곱 명에게 눈길도 주지 않았다.

그들에게 은혜를 베풀고 무공을 전수한 공지장이 죽었고, 소고도 죽으러 간다. 그들의 행동에 제약을 가할 사람은 없다. 고향으로, 혹은 가고 싶은 곳으로 갈 사람은 가도 좋다고 말했으니……

소여은이 뒤따랐다. 화령 살수에게는 단 한 마디도 건네지 않았다.

숨어서 살고 싶으면 사는 것이고, 그렇게 사느니 죽겠다는 사람은 죽는 게다.

죽으러 가는 길은 본인의 의사로 결정할 문제다.

적사가 뒤따랐다. 그도 사령 살수들에게 말을 건네지 않았다.

자유를 준 것이다. 십년지약(十年之約)을 맺고 축혼팔도를 전수해 주었지만 몽고로 돌아갈 자들은 돌아가도 좋다는 무언의 허락이다. 이제 십년지약은 깨졌다.

그들 뒤를 제일 먼저 따른 사람은 화령 살수 중 한 명이다. 그 뒤를 이십팔숙, 아니, 이제는 칠살수라 불리는 자들이 따랐다.

한 명, 두 명…… 소고의 뒤를 쫓았다.


소고가 사람들 눈을 피해 숨어 있는 동혈은 휑뎅그렁했다.

모두들 빠져나가고 청면살수와 비원살수, 미안공자만 남았다.

비원살수와 미안공자는 동혈 벽에 등을 기대고 멍하니 천정만 바라보았다.

사무령이 꿈이었건만…… 살혼부가 와해되는 순간 사무령이라는 존재가 남아 있어 그런대로 버텨왔건만…… 이제는 삶을 이어갈 목적이 없어졌다.

청면살수가 입을 열었다.

"소고야."

대답이 있을 리 없다.

청면살수는 한참 동안 기다렸다.

소고가 다가오는데 늦을 수도 있고, 붓이 제자리에 없는 경우에는 찾는 데 시간이 걸릴 수도 있다. 그것도 아니면 붓을 찍을 물이 없을 수도 있다.

비원살수와 미안공자는 가만히 있었다.

붓으로 말해 주느니 청면살수가 직접 느끼는 것도 필요한 부분이다.

"갔군."

청면살수의 입에서 나온 말은 뜻밖이었다.

"비원살수?"

비원살수가 재빨리 다가가 붓으로 물을 찍어 배에 썼다.

'네, 여기 있습니다.'

"뭐 하고 있는 겐가? 빨리 가서 도와야지."

'뭘 도우라는 말씀입니까? 도와줄 일이 없습니다. 저희들은 오히려 짐만 됩니다.'

"허허! 사무령을 보지 않을 텐가?"

'대형…… 사무령은 꿈입니다.'

"소고에게는 무리지. 역시 사무령은 무공만 높다고 되는 게 아니었어. 아무리 무공이 높아도 한 손으로 열 손을 막을 수는 없지. 안 그런가?"

'그럼 대형 말씀은……?'

"종리추. 종리추에게 기대를 걸어보세."

비원살수는 아무 글도 쓰지 못했다.

"종리추에게 힘을 실어줘야 하네. 소고는 지금 갈 곳이 없네. 그러니 죽으러 간 게지. 나라도 그런 선택을 할 수밖에 없었을 거야. 보게, 그게 최선인가. 종리추라면 다른 방도를 강구했을 거네. 무엇인지 모르지만 영민한 정도를 벗어나서 귀기스러운 아이 아닌가."

'무엇을 어찌해야 되는지요?'

"묵월광의 힘은 거력이네. 무공으로 부딪친다면 그만한 힘도 없지. 그 힘을 종리추에게 실어줘야 하네."

'소고를 종리추에게 말입니까?'

"그렇지. 애당초 팔부령에서 떠나는 것이 아니었어. 다시 한 번 기회를 엿보자는 심산에서 떠났지만…… 모두 우형(愚兄)의 욕심이었지. 종리추가 묵월광의 힘을 얻으면 살문은 배나 강해질 걸세. 자네도 봤잖은가. 살문에는 살수가 몇 명 없어. 사무령이 되려면 밑이 든든해야 하는데…… 그 정도로는 오래 버티지 못해."

'늦었습니다. 소고는 죽으러 갔습니다. 이 형과 육 제를 죽인 자를 찾아간 것 같습니다.'

"아직 늦지 않았네. 우리에게는 폭멸공(爆滅功)이 있지 않은가."

'포, 폭멸공!'

"그걸 쓰세나. 이번 일에는 나도 데려가 주게. 이런 몸으로 오래 살았지."

'죽어서나 사무령을 보게 되겠군요.'

"틀림없이. 허허허! 적지인살이 보물을 구해왔어. 그때 말일세. 허허! 믿게, 우린 구천에서나마 틀림없이 사무령을 보게 될 거야."

'믿죠, 대형.'

"어서 준비하세나."

비원살수와 미안공자가 갑자기 바빠졌다.

그들의 얼굴에는 공허함이 사라지고 생기가 되살아났다.


묵월광 살수들은 소고까지 모두 스물아홉 명이다.

그들 스물아홉 명이 한 사람도 물러서지 않고 죽음의 결전에 합류했
다.

소고는 야시장을 거닐었다.

밤에는 들썩거리는 야시장이지만 낮에는 썰렁하기만 했다. 간혹 노
점을 펼쳐 놓은 곳도 있지만 파리만 날릴 뿐 장사는 되지 않았다.

야시장은 밤이 되어서야 활기를 되찾는다.

소고가 걸어가고…… 스물여덟 명의 살수들이 뒤를 쫓았다.

아름다운 여인들이 있는가 하면 섬칫한 느낌을 주는 사내도 있다.

기괴한 이들 일행의 행보는 벌써 여러 사람의 귀에 전달되었을 것이
다. 개방에, 하오문에…… 그리고 숙부들, 소천나찰과 공지장을 죽인
자들에게.

소고는 야왕을 죽였던 공지에서 걸음을 멈췄다.

간밤에도 파락호들이 술자리를 벌인 듯 닭 뼈와 빈 술독이 어지럽게
널려 있었다.

"적사, 자리 잡아."

적사가 사방을 둘러봤다.

적이 얼마나 강한지는 직접 부딪쳐 봐야 알겠지만 소문에 의하면 무
척 빠른 자들인 것 같다.

빠름이라면…… 축혼팔도도 못지않다.

'가장 넓은 곳에서 단번에 끝낸다.'

적사와 십이도객은 야시장으로 들어가는 길목에 자리를 잡았다.

"일렬로 늘어선다. 축혼팔도는 단 일 도에 승부를 낸다. 잊지 마라. 최선을 다해라."

십이도객이 일렬로 늘어섰다.

"칠살수, 준비해."

명을 받은 칠살수가 각기 은신처를 찾기 시작했다. 칠살수의 무공은 살혼부에서 물려받았으니 단연 암습이 강하다.

화령 살수들은 소고 주변에 자리를 잡았다.

편하게 앉은 여인도 있고, 나무에 등을 기대고 서 있는 여인…… 그녀들은 그저 편한 대로 앉았거나 섰다.

'과연 이 길만이 최선인가.'

문득 번민이 생겼지만 이미 늦었다.

야시장 저편에 일곱 사내가 모습을 드러냈다.


쿵! 쿵! 쿵……!

지축이 뒤흔들렸다. 아니, 땅은 전혀 흔들리지 않았다. 하지만 일곱 사내가 지축을 뒤흔들며 걸어오는 듯 느껴졌다.

'엄…… 청난 기도닷!'

대도를 어깨에 걸치고 있던 적사의 검미(劍眉)가 꿈틀거렸다.

일곱 사내는 서서히 걸어오는 것만으로도 엄청난 위압감을 준다.

소고와 소여은도 바짝 긴장했다.

예상은 했지만 정말 강하게 느껴진다.

기도와 무공은 상관관계가 있다. 하지만 정확하지 않은 경우도 있어서 강한 기도를 흘러내면서도 약한 사람이 있고, 기도는 미미한데 실제로 싸움을 벌이면 뜻밖으로 강한 사람도 있다.

기도를 볼 때는 안으로 갈무리된 기도까지 봐야지 겉으로 드러난 기도만 봐서는 안 된다.

소고나 소여은 정도 되는 무인들은 겉 기도는 보지도 않는다. 그런데도 너무 강한 기운이 흘러나와 자연스럽게 눈길이 갔다.

'겉으로 흘러나온 기도가 저 정도라면…… 대단하다!'

과연 살수문파를 몰살시킬 수 있는 무인들이다.

일렬로 늘어서 있던 십이도객 중 여섯 명이 도를 뽑았다.

스르릉……! 스릉……!

소리가 일정하지 않았다. 한 사람이 도를 완전히 뽑아 들었을 때 다른 사람은 절반쯤, 혹은 이제 뽑으려고 하는 사람도 있었다. 다른 사람은 일절 신경 쓰지 않고 눈앞의 적 한 명만을 노려본 채 도를 뽑았기 때문이다.

적사가 옆에 선 도객의 어깨를 붙잡았다.

도객이 적사를 쳐다보며 고개를 가로저었다.

자신이 먼저 맡은 적이니 자신이 먼저 상대해야 한다는 고집이다.

적사는 고개를 끄떡여 주고는 뒤로 한 발 물러섰다.


저벅! 저벅……! 저벅! 저벅……!

십이도객 중 여섯 명이 도를 뽑아 든 채 걸어나갔다. 야시장에 나타난 고수들도 속도를 늦추지 않은 채 다가왔다.

열두 사람은 가까이 다가갈수록 자신의 적이 누군지 확실하게 정했다. 대부분 도객이 강한 눈길을 쏘아내면 눈길을 받은 사람이 마주 쏘아왔다. 그러면 상대가 정해진 게다.

저벅! 저벅……!

속도도 보폭도 변함없는 걸음…… 일순,

쒜에엑!

여섯 도객이 거의 동시에 축혼팔도를 펼쳤다.

섬광처럼 빨라서 도광이 허공에 머물렀다 싶은 순간 사라져 버렸다.

상대도 빨랐다.

검을 사용한 자도, 장법을 사용한 자도, 각법을 사용한 자도…… 도객들이 도법을 구사한 데 비해 적들은 각기 다른 무공을 사용했지만 빠르기는 추측을 불허했다.

모두 언제 무슨 초식을 펼쳤는지 정확히 알아보지 못했다.

스륵! 스으윽……!

여섯 도객이 힘없이 무릎을 꿇고 쓰러졌다. 일부는 허리가 반으로 갈렸고, 일부는 오공(五孔)에서 피를 흘렸다.

"엇!"

적사는 깜짝 놀랐다.

축혼팔도는 정확히 일곱 명 중 여섯 고수를 베어갔다. 한 명이 남지만 어쩔 수 없다.

상대의 반격도 빨랐다.

적사가 보기에는…… 어느 쪽도 쉽게 기선을 잡지 못할 만큼 빨랐다. 거리도 무척 가깝다. 일도는 전개하지만 이도는 전개할 수 없을 만큼 가깝다.

여섯 도객이 동사(同死)까지 생각하며 펼친 공격이다.

쓰러진 사람은 여섯 도객뿐이다.

적들은 태연하게 걸어오고 있다. 손에 든 검에서 핏물이 주르륵 흘러내렸다. 도객의 몸을 갈라낼 때 묻은 피다.

일렬로 늘어서 있던 나머지 여섯 도객이 도를 뽑았다.

그들은 마중 나가지 않았다. 자신들이 서 있는 자리까지 다가오도록 기다렸다.

공격에 실패하더라도, 먼저 간 여섯 도객처럼 단 일 격에 쓰러지는 경우가 생기더라도 칠살수에게 기회를 마련해 주어야 한다.

저벅! 저벅……!

적은 서둘지 않고 다가왔다.

천외천 무인은 걸음을 멈췄다.

기괴하기 이를 데 없는 사람들이 등장했다.

노점상을 비집고 나와 여섯 무인의 길목을 가로막은 사람들은……
정말 불쌍한 사람들이다.

얼굴이 이리저리 뒤틀려 있는 사람이 장님에다가 사지마저 없는 사람을 업고 있다. 그 옆에는 역시 다리가 없는 앉은뱅이가 한 손으로만 바닥을 짚으며 기어나왔다.

'이자들은……?'

백천의는 기인들이 뭘 하려는지 유심히 살폈다.

강변에서 뜻하지 않게 한 명을 잃은 터라 낯선 행동에 대한 경계심이 부쩍 높았다.

얼굴이 찌그러진 자는 사지가 없는 자를 반대쪽 노점상이 있는 곳에 앉혔다.

천외천 고수들이 지나가는 길목 양쪽에 각기 한 명씩 앉은뱅이가 앉아 있다.

미안공자는 길 한가운데 앉았다.

베고 가든 스쳐 가든 마음대로 하라는 배짱이다.

'이게 뭐 하는 수작……?'

백천의는 세 기인에게서 눈을 떼지 못했다.

'살혼부! 살혼부를 잊고 있었군. 살혼부 살수들이라…… 후후! 십망을 피하기는 했지만 대가를 톡톡히 치른 모양이군. 그리고 보면 십망도 괜찮았는데…… 가만! 저것은!'

살혼부 살수들의 몸이 흥건히 젖어 있다.

강물에라도 뛰어들어 갔다 나온 듯 물이 뚝뚝 떨어진다. 그리고 약간 이상한 냄새도 난다.

백천의는 맞은편에 있는 묵월광 살수들을 봤다.

그들이 슬금슬금 뒤로 물러서고 있다.

여섯 도객이 도를 빼 들고 덤벼들 때만 해도 모두 이곳에서 죽겠다는 의지가 강했었는데…….

"피햇!"

백천의는 고함을 버럭 질렀다.


미안공자는 소여은을 봤다.

세상에 딸자식이나 다름없는 제자를 사랑하는 사부도 다 있다니.

그런 마음만 들키지 않아도 사랑하는 제자의 응석을 마음껏 받을 수 있었는데. 제자와의 거리가 이렇게 멀어지지는 않았을 텐데.

뒤돌아 있는 소여은은 여전히 아름답다.

굴곡있는 몸매, 가늘고 부드러운 목…….

미안공자는 텅 빈 가슴을 채우지 못한 채 비원살수를 봤다.

비원살수가 옅은 미소를 지었다.

두 사람이 청면살수를 봤을 때, 청면살수도 자기를 볼 줄 알았다는 듯 웃음을 흘렸다.


살혼부 폭멸공!

소고, 소여은, 적사는 폭멸공에 대해서 말을 들은 적이 있다.

살혼부 살수이자 사부…… 사숙, 백부인 그들은 세 방위를 차지하고 앉았다. 기름에 흠뻑 젖은 채.

세 사람은 분신(焚身)할 것이다.

몸이 활활 타올라 도저히 뜨거워서 견딜 수 없을 때, 살이 이글이글 녹아 들어갈 때 응축시켰던 진기를 쏘아낼 것이다.

목표도 없고 방위도 없다.

살점이, 불덩이가 사방으로 비산할 것이고, 야시장은 거대한 폭발에 휘감긴다.

폭멸공을 본 적은 없지만 일시에 천여 군데에 달하는 곳을 폭파시킬 수 있다고 하니 완전히 인간 도화선(導火線)이다.

소고는 물러서라는 수신호(手信號)를 보냈다.

폭멸공 앞에 산 자는 없다.

적과 싸우다 죽는다면 몰라도 개죽음을 당할 필요는 없다.

은신 중이던 칠살수가 물러섰고, 화령 살수들이 물러섰다. 적사와 여섯 도객은 가장 나중에 물러섰다.

소여은은 몸을 돌렸다.

사부의 마지막 모습을 보고 싶지 않았다.

사부는 분명 고개를 돌려 자신을 쳐다보았으리라. 그 눈길을 보게 되면…… 평생 잊어버릴 수 없을 것 같은 예감이 들어 마주 볼 수가 없다.

"북삼사(北三四)!"

미안공자가 알지 못할 고함을 쩌렁 내질렀다.

동시에 그의 몸에 '화악!' 하고 불길이 일었다. 그의 몸에 붙은 불길은 비원살수, 청면살수의 몸으로 번졌고…… 세 사람은 이글이글 타오르는 불길 속에서 점점 오그라들었다.

◆第百三章◆

# 회한(悔恨)

야시장은 사라졌다.

수많은 사람들이 생계를 걸고 있는 야시장은 거대한 폭발로 폐허만
남았다. 남들보다 조금 더 부지런해서 대낮부터 나와 요것저것 만지작
거리던 사람들도 화를 피하지 못하고 폭사했다.

묵월광 살수들은 깊은 충격에서 헤어 나오지 못했다.

특히 소고에게 청면살수는 특별한 존재다.

우완금, 단우금, 신소미……

이름도 셋이나 되는데 어느 것이 진짜 이름인가!

청면살수의 죽음은 소고의 신분 내력마저 미궁 속으로 함몰되었다
는 것을 의미한다.

그까짓 것 상관없다.

어차피 버려진 자식인데, 죽기로 작정하고 마지막 결전까지 준비했는데 이제 와서 부모가 누구인들 알아서 뭣 하는가.

청면살수는 사부였으며, 아버지였고, 조부다.

소고에게는 그녀를 보호해 줄 수 있는 모든 역할을 해준 분이다.

소여은의 사부인 미안공자도 죽었다.

적사는 다른 사람들과는 사뭇 달랐다.

쌀쌀맞기는 했지만 적사와 비원살수는 서로 간에 끈끈한 정을 이어왔다. 꼭 말을 해야 맛인가? 은연중에 툭 던지는 행동 하나에도 정을 읽을 수 있지 않은가.

그런 분들이 죽었다는 것은 천붕(天崩)이나 다름없다.


또 한 사람 적사…… 그는 신비의 고수들을 상대할 자신이 사라졌다.

축혼팔도는 인간의 한계를 벗어난 쾌도다.

진기를 일으키는 순간부터 발경하는 순간까지의 시간이 아마 몽고무학과 중원 무학을 통틀어봐도 제일 짧을 것이다. 공격하는 방향은 진기를 일으키기 전에 먼저 설정되어 있어야 한다. 진기가 일어남과 동시에 도광이 번쩍이니.

적사 자신이 축혼팔도를 펼치더라도 십이도객보다 별반 다르지 않다. 그들보다 간발의 차이는 더 빠르다고 자신하지만 실제로 생사를 걸고 도를 맞대보지 않는 한 누가 빠르다고 장담할 수 없다.

여섯 도객이 단 한 명도 승리를 거두지 못하고 모두 죽었다.

상대의 무공은 각기 달랐지만 일격필살(一擊必殺)이었고…… 빠르기는 상상을 초월했다.

또 있다. 소고. 소고도 마찬가지 심정이다.

혈뢰삼벽을 펼치면 상대할 자신이 있지만 필승은 장담하지 못한다. 진기를 뇌력(腦力)에 실어야 하는데 상대들은 그럴 시간도 주지 않을 것 같다.

뇌력을 발산하여 혼몽(昏懵)하게 만들어도 일단 뽑혀져 나온 검은 머리 속의 다른 생각을 받아들일 틈도 없이 살을 베어낼 것 같다.

치가 떨리도록 빠른 자들이다.

폭멸공 덕분에 알지 못할 신비의 고수와의 싸움은 일단 중지되었지만 그렇지 않았다면 몰살을 당할 수도 있었다. 어차피 그럴 각오로 맞섰지만.


"사부님께서 북삼사라고 하셨는데 어떻게 할 거야!"

소여은의 음성이 앙칼져졌다.

그것보다 처음으로 미안공자를 사부님이라고 불렀다.

여인의 몸을 탐하는 사내를 대하면 자신도 모르게 증오심이 끓어오른다. 어린 몸뚱이를 더듬던 늙은이의 깡마른 손이 생각나고, 하물(下物)을 잘라 버릴 때 물렁하던 느낌이 되살아나 소름이 끼친다.

그때의 기억만은 잊을 수 없다. 잊으려고 하면 할수록 더욱 소록소록 되살아난다.

소여은이 사부나 적사, 야이간을 대할 때 자신도 모르게 비웃는 표정이 떠오른 것에는 그런 속사정이 숨어 있다.

그녀가 탐욕에 물든 사부의 눈길을 잊어버리고 순수한 사부의 모습만 떠올리기로 작정한 것이다.

"북삼사."

소고가 중얼거렸다.

"……."

적사는 도만 만지작거렸다.

그의 머리 속에는 북삼사라는 밀마보다 죽은 여섯 도객의 얼굴이 더욱 뚜렷하게 살아 있을 게다.

북삼사가 의미하는 바는 간단하다.

북에서 동으로 세 치를 움직이면 움직일 방향이 나온다. 묵월광이 가지고 있는 지도로 측정했을 때.

팔부령이다.

마지막 '사'는 움직이는 수단을 뜻한다.

사제(四弟) 미안공자는 마부로 위장했었다.

마차를 이용해서 팔부령으로 들어가라는 소리다.

"새끼들! 어디서 그 딴 놈들이 나왔지! 정말 더럽게 강하네."

소여은의 입에서 상스러운 소리가 터졌다.

모두들 놀란 눈으로 소여은을 바라봤다. 그녀의 별호는 백화현녀다. 아름답고 현숙하고, 조신한 여인이다. 입에서 나오는 말도 품위가 있고 영롱하다.

"하하하!"

적사가 통쾌한 듯 웃었다.

그는 소여은의 이런 말투를 들은 적이 있다. 어렸을 때…… 십망이라는 것이 무엇인지도 몰랐을 때 동혈에 갇혀서.

적사가 고개를 돌려보자 소여은, 아니, 적각녀로 돌아간 그녀가 은장도를 꺼내 보였다.

화려하면서도 예쁘장한 은장도다.

"이거 기억나?"

적사는 대답 대신 권추를 꺼내 양 주먹에 찼다.

삐죽 튀어나온 철침이 푸르스름한 독기를 뿜어냈다.

"그때 말야…… 적사, 넌 대단했어. 지지 않으려고 앙살거리기는 했지만 너한테 잘못 걸리면 뼈도 못 추린다는 생각이 들었지. 지금은 어디서 뭐 하는지도 모르지만, 야이간 그 새끼도 같은 생각을 했을걸."

"후후후!"

적사는 오랜만에 옛날 생각을 떠올렸다.

묵월광 살수들 중 적각녀와 적사만 알고 있는 추억이다.

"그래서 난 네가 뭔가 한가락 할 줄 알았거든. 다음에 만나면 너와 나, 야이간…… 이렇게 어떻게 한바탕할 줄 알았어."

"……."

"그런데 이게 뭐냐? 퉤!"

소여은은 옛날의 적각녀, 어산적에 있을 때의 적각녀로 돌아가 말을 했다. 거칠게 침까지 뱉어대며.

적사를 제외한 모든 사람이 놀란 눈으로 소여은을 바라봤다. 소여은의 이런 모습은 정말 놀랍기 이를 데 없다. 마치 현모양처처럼 행세했다가 정체가 발각이 나니 꼬리를 드러낸 구미호처럼 생각되었다.

"그때 이상한 놈이 한 놈 들어왔지?"

"종리추."

"그래. 이런 데 있기 싫다며 엉엉 울었어. 덩치는 산만해 가지고."

"덩치로 따지면 우리 중 제일 컸을걸?"

"기억하고 있나 모르겠네. 내가 동생 삼는다고 그랬는데."

"조용히 하라고 했지. 모두 죽는다고."

"……."

적사와 소여은의 눈길이 허공에서 부딪쳤다.

불길이 솟구쳤다. 눈과 눈이 마주치며 불똥이 튀겼다.

이심전심(以心傳心). 적사는 소여은의 마음을 읽었고, 소여은은 적사의 대답을 들었다.

살혼부 살수들이 모두 죽은 지금, 그들은 소고를 도와야 한다는 약속에서 벗어날 수 있는 몸이 되었다.

모두가 알고 있는 사실이지만 묵월광에는 희망이 없다. 깊은 절망뿐이다.

적사와 소여은은 옛날로 돌아가 종리추를 도와주려는 것이다.

어차피 죽을 목숨이면 그때의 인연을 다시 한 번 되새겨 보는 것도 괜찮다는 생각에서.

'북삼사' 라는 말뜻이 종리추에게 가라는 뜻인 바에야.


소고는 적사와 소여은이 무슨 말을 나누는지 알 수 없었다. 하지만 말의 내용의 미루어 무슨 이야기인지 짐작은 할 수 있었다.

이들은 자신의 대용물이었다.

구파일방은 청면살수에게 우완금이라는 제자가 있다는 것을 알았고, 이들 네 명은 우완금을 대신해 죽을 자들이었다. 운이 좋아 살아나더라도 수족이 되어야 한다는 점을 세뇌시켰고.

그때 이야기들을 나누고 있는 듯하다.

말의 내용도 짐작할 수 있다.

'북삼사…… 종리추에게 가라…… 이건 넷째 사숙님의 뜻이 아냐. 아버님, 조부님…… 사부님의 뜻이겠지.'

혈뢰삼벽이면 사무령이 될 줄 알았던 청면살수, 그리고 자신감에 들 떴던 소고.

"너도 가지."

소고가 힘없이 중얼거렸다.

소여은과 적사가 소고를 돌아봤다.

"어차피 죽을 목숨…… 종리추나 도우라는 뜻이잖아. 사무령은 강 건너갔고. 가서 도와주지."

"언니!"

소여은이 다가와 소고의 손목을 잡았다.

"그런데…… 정말 어느 게 진짜야? 헷갈려. 백화현녀가 진짜야, 적 각녀가 진짜야?"

"둘 다 진짜는 아니오."

대답을 한 사람은 소여은이 아니라 적사였다.

"백화현녀도 되었다가 적각녀도 되었다가…… 필요할 때마다 이것 도 되고 저것도 되는 것은…… 내가 알기로는 요괴(妖怪)밖에 없는 줄 아는데……."

"적사!"

소여은이 쩌렁 고함을 지르며 달려들었다. 그녀의 손에는 앙증맞은 은장도가 들려 있었다.

적사는 잡히지 않으려고 신법을 날렸다.

이런 일은 처음이다. 적사와 적각녀가 어른이 되어 만난 후 옛날 마 음으로 돌아가기는.


청면살수는 살혼부의 죽음으로 젊은 살수들에게 나아갈 길을 제시

해 주었다.

절망뿐인 그들에게 희망을 주었다.

물론 종리추에게 기대하지는 않는다. 소고에게는 사무령을 기대했지만 종리추에게는 기대하지 않는다.

소고에게 기대할 때와 지금과는 무림이 많이 바뀌었다.

아니, 무림은 바뀌지 않았지만 무림을 보는 안목이 많이 높아졌다. 무림이 얼마나 깊고 넓은지 새삼 알았다는 편이 옳을 게다.

현 무림은 사무령을 용납하지 않는다.

살수문파 정도는 도륙하려면 하루아침에 할 수 있고, 실제로 보여주고 있다.

소고 일행을 종리추에게 보내는 것은 그라면 죽지 않고 끈질기게 살아남을 것 같은 느낌 때문이다.

사무령이 될 수는 없지만, 끝없이 쫓기는 신세지만 죽지는 않을 것 같은.

그 다음은 모르겠다. 모두들 무림을 깊이 볼 나이가 되면 스스로들 알아서 결정하겠지.

살혼부 살수들은 편한 마음으로 생을 마쳤다.

'그래, 가는 거야. 가서 다시 시작하는 거야.'

소고는 오랜만에 검을 품에 안았다. 검의 촉감이 기분 좋게 전해졌다. 무공을 익힐 때는 늘 검의 촉감을 느꼈는데 무림에 나오면서부터, 소고가 되면서부터 검을 단순한 병기로 생각하고 살았다.

이제야 검이 몸의 일부분으로 되살아났다.

'그래, 북삼사…… 종리추…… 운이 좋은 사내구나. 내 힘을 쓸 수 있는 사람은 흔치 않지. 넌 참 운이 좋은 사내야.'

종리추는 참 이상한 사내다.

그는 마음대로 할 수 있을 것 같다. 앉으라고 하면 앉고 서라고 하면 설 것 같다. 무골호인(無骨好人)처럼 마음대로…… 그는 늘 가까운 곳에 편안한 모습으로 있다.

종리추는 마음대로 할 수 없는 사내다. 한 치 높이쯤 있겠지 싶으면 두 치 높이에 있고, 두 치쯤 있겠지 싶으면 세 치, 네 치 높이에 있다.

그는 늘 손이 닿지 않는 곳에 있다.

종리추는 가까이 있으면서도 가까이 있지 않는 묘한 사내다.

지금까지는 그가 왔다. 자신이 명령을 내렸고, 그가 시행했다.

이제는 반대가 되리라. 반대가…… 그가 명령을 내리고…… 자신이 시행하고…….

'운이 좋은 사내……'

검의 감촉이 볼을 간질였다.

소고는 야시장을 숙부에게 맡기기만 했을 뿐 어떻게 운용하는지에
대해서는 일절 신경 쓰지 않았다. 야시장 하나 보고 평생 살 것도 아닌
데.

이중, 삼중으로 방어막을 처놓고, 만일의 사태에 대비했다는 것은
일이 터진 후에야 알았다.

─북삼사.

그 말속에도 중요한 의미가 담겨 있다.

공지장이 탈 마차는 석심광검이 불렀다. 그러나 마차를 몰고 온 사
람은 늘 미안공자다. 사람들은 항상 미안공자가 오는 줄 몰랐다. 마차
의 모양이 달랐고, 색깔이 달랐고, 말이 달랐다.

많은 것이 다르니 사람은 같더라도 알아보지 못했으리라.

장사하기도 바쁜 판에 어자석에서 내려오지도 않는 사람을 눈여겨볼 사람은 없을 테니까.

어떻게 그럴 수 있었을까?


'어느 마방에서 일했는지 알아야 하는데……'

청미연(淸美蓮)은 마방 앞에까지 왔으면서도 들어갈 엄두를 내지 못했다.

중원 마방 거의가 하오문과 밀접하다.

그들 대부분은 하오문도이고, 직접적으로 하오문과 연관이 없어도 한 길 넘어 두 길 정도로는 인연을 맺고 있다.

미안공자의 인상착의를 설명하며 그런 마부가 있냐고 물어보면 좋겠지만 그럴 수가 없다. 미안공자가 마차로 신비의 고수들을 속여 넘겼으니 마방이란 마방에는 모두 감시의 손길이 뻗쳐 있을 게다.

미안공자는 자신이 일한 마방을 일러두지 않았다. 어디 적어놓은 것도 없다. 그러면서 마차로 탈출하라고 했다. 당시 상황으로는 많은 말을 할 수 없었지만…… 답답하기만 하다.

'이것 참 답답하네. 여기까지 왔는데 물어볼 수도 없다니.'

청미연이 아는 것은 미인계뿐이다.

한 가지, 아는 게 더 있기는 하다. 사내가 몸을 탐할 때 감쪽같이 죽이는 방법. 그것만은 옆에서 뚫어지게 쳐다보고 있어도 발각되지 않을 만큼 교묘하다고 자부한다.

그러나 미안하게도 미인계나 살인 기술 같은 것은 아무 도움이 되지 않는다. 지금 필요한 것은 단순한 말이다.

입에서 튀어나오는 말.

다른 때는 아무 생각 없이 툭툭 내뱉을 수도 있는데 지금은 왜 아무 생각도 나지 않는지.

청미연이 안으로 들어서자 마부들이 힐끔힐끔 쳐다봤다.

청미연은 아름답다. 요염하다. 기녀가 아니라서 더욱 사람의 마음을 끌어당긴다. 원래 손이 닿지 않은 높은 곳에 열린 열매가 더욱 탐스러워 보이는 법이니까.

"마차를 세내시려고 그러십니까?"

단단한 근육으로 뭉쳐진 사내가 다가와 말했다.

"네."

"어디까지 가시려구요?"

청미연은 불현듯 한 가지 생각이 떠올랐다.

위험천만한 방법이지만 그 방법이 아니면 미안공자가 일했던 마방을 찾아낼 수 없다.

청미연이 말했다.

"여기 야시장이 유명하다면서요?"

"북."

사내가 난데없는 말을 해왔다. 청미연은 눈을 동그랗게 떴다.

"삼."

'북삼사.'

사내는 북삼사를 말하는 것 같다.

'함정이야!'

청미연은 고개를 갸웃거리기까지 했다.

"북, 삼이요? 그게 뭔데요?"

"소저, 야시장이 어떻게 되었는지 정말 모르시오?"

"네. 왜요?"

"소저는 어디 사는 뉘신자……?"

"어멋! 정말 별걸 다 묻네요? 이상한 사람이야."

청미연은 태연하게 마방을 물러나왔다. 마부는 의심없이 등을 돌렸다.

사내를 품에 안은 상태에서 죽이려면 살갗의 경련은 물론이고, 눈빛조차도 동요되어서는 안 된다. 열락에 들뜬 몸과 눈…… 그 상태 그대로 죽음을 펼쳐야 한다.

한낱 마부가 청미연의 몸에서 무엇인가를 읽어낼 수는 없다.

아니, 의심을 하고 뒤를 쫓을 수도 있다. 그것 역시 필요없는 짓거리가 되겠지만.

청미연은 생각했다.

'이런 식으로는 찾을 수 없어.'


소여은은 일곱 화령 살수들을 모두 풀었지만 그녀들이 찾아내지 못하리란 것은 짐작했다. 하오문과 연관이 있고, 신비의 고수들과도 모종의 연관이 있을 것 같은 사람들에게 미안공자의 종적을 물어보는 것은 '나 죽여라'고 소리 지르는 것과 다름없다.

미안공자는 어떤 식으로 마차를 움직였을까……?

마방에는 어떻게 잠입했을까? 미안공자의 얼굴은 밝은 대낮에 드러내 놓고 다닐 수 없을 만큼 징그러운데…….

그런 얼굴을 받아줄 마방이 있을까? 있다. 말을 아주 잘 다루면 고용한다. 특별한 일은 언제든 벌어질 수 있고, 그런 일은 겉모습과는 상관없이 재주가 뛰어난 마부를 필요로 하니까.

그리고 그런 일은 대부분 마방주가 직접 관리한다.

'하오문 마문 문주!'

왜 그런 생각이 들었을까? 소여은은 하남 마방을 총괄하는 하오문 마문 문주를 만나야 한다는 생각이 들었다. 미안공자는 여러 사람에게 떠드는 것보다 은밀하게 일을 진행하는 성격이다.


마방 마부들은 '문주'라고 부르고, 하오문에서의 정식 명칭도 '마문(馬門)'이니 등원훤(鄧元煊)의 직위는 문주가 틀림없다. 하지만 그의 위에는 망주가 있고, 그 위에는 모지가 있고, 모지 위에는 진짜 문주가 있다.

소여은은 담장을 넘어 들어갔다.

말 울음소리가 기운차게 들리고, 곳곳에서 투전을 벌이는 소리도 간간이 들려왔다. 마부들이 횃불을 밝혀놓고 술을 마시기도 하고 투전을 하기도 한다.

소여은은 안으로 안으로 잠입해 들어갔다.

무림은 '하오문 무리들'이라며 하오문을 멸시하지만 소여은은 이들에게도 숨은 힘이 있다는 것을 알고 있다.

그 힘은 단결력이다.

무공은 뛰어나지 못하다 해도 하오문도가 일치단결하면 무서운 힘이 된다.

스스스슥……!

마문 문주 등원훤의 처소에 다다를 때까지 소요는 일어나지 않았다. 소여은은 수월하게 잠입했다. 하오문도는 마문을 제외하고는 활동을 중지해서인지 별다른 경계를 하지 않았다.

손가락에 침을 묻혀 봉창(封窓)에 구멍을 냈다.

등원훤은 탁자에 앉아 팔짱을 끼고 무엇인가를 곰곰이 생각하는 듯했다. 쉽게 풀리지 않는 골칫거리를 만난 듯 잔뜩 찌푸린 인상을 풀지 않았다.

소여은은 문을 밀치고 들어섰다.

여차하면 등원훤의 목을 벨 심산이다.

등원훤은 놀라지도 않았다. 그리고 뜻밖의 말을 했다.

"늦게 왔군요."

등원훤이 내민 한 장의 미인도(美人圖)를 보자 할 말을 잃었다.

미인도에는 아름다운 여인이 그려져 있고, 옆에는 유일(唯一) 제자(弟子) 소여은(召麗澱)이라는 글귀가 적혀 있다.

소여은…… 그 이름도 미안공자가 지어주었다. 그전에 그녀는 단지 적각녀일 뿐이다.

"낮에 한 여인이 들러서 야시장을 묻고 갔다던데…… 화령 살수 맞습니까?"

등원훤은 많은 부분을 알고 있었다.

"네."

"위험해요. 당장 화령 살수를 빼고 내일부터 매일 이 시간에 다섯 명씩 보내세요. 모두 몇 명이나 가는 겁니까?"

"스물세 명요."

"음……! 닷새 걸리겠군요."

"한 가지 물어볼 게 있어요."

"……?"

"하오문이 왜 묵월광을 도와주는 거죠?"

"문주님께서는 살문주 덕분에 복위하셨죠."

"그건 알아요. 그런데도 살문과 인연을 끊은 것까지."

"묵월광도 그랬죠. 살문은 묵월광을 위해서 헌신했지만 묵월광은 살문을 치려고 했죠."

"……."

"구파일방은 살문과 관계를 끊으라고 했지 살수문파와 끊으라는 소리는 하지 않았죠. 후후후! 우린 살문주의 아버지가 적지인살이란 걸 알고 있고 적지인살이 살혼부 살수라는 것도 파악해 놨죠."

갑자기 종리추의 얼굴이 떠올랐다.

그는 정말 인복(人福)이 많은 사람이다.


묵월광 살수들이 마방으로 잠입하는 것은 식은 죽 먹는 것보다 쉬웠다.

등원휜은 다섯 명을 하루에 걸쳐 길게 내보냈다.

팔부령 쪽으로 가는 짐마차에 한 명 실어 보냈고, 마부로 어자석에 앉혀 한 명 내보냈다. 한 명은 유람객 틈에 실어서 내보냈다.

시간이 정해진 것도 아니고 기회가 정해진 것도 아니다.

시시때때로 틈이 생길 때마다 한 명씩 실어 보냈다.

기회는 많았다. 마방에는 마차가 마흔 대가 넘고, 관리하는 말로 백여 필이 넘는다. 마방은 장터에 버금갈 만큼 소란스러웠고, 복잡하다. 마방에는 사람을 실어 나르는 인마차보다 물건을 나르는 짐마차가 더 많다.

한두 명쯤 슬쩍 하남성 밖으로 빼돌리는 것은 일도 아니다.

이번에는 조금 더 수고를 해야 한다.

하남성 밖으로 빼돌리는 것 정도로는 안 된다. 팔부령까지 날라야 하고, 팔부령에서도 소림백팔무인이 있지 않은 곳에 내려줘야 한다.

무림에 발각되어서는 안 된다.

이런 일은 소문만 나도 큰 곤욕을 치르게 된다. 그러잖아도 실수들에 이어 하오문도까지 치도곤을 치르고 있는 판인데.

나흘이 지나고 닷새가 돌아왔다.

제일 마지막으로 적사가 짐칸 사이에 끼어 탔다.

적사에게는 십여 일 분의 건포(乾脯)가 주어졌다.

"대소변도 이 안에서 해결하고…… 말 안 해도 잘 알겠지만 절대 바깥으로 나와선 안 되네. 우리가 도와준다는 점을 잊지 말고, 하오문에 대한 예의도 지켜주게."

절대 하오문에 누를 끼치지 말라는 소리다.

설혹 검문에 걸려 창에 찔리는 한이 있더라도 비명을 지르지 말고 곱게 죽어달라는 말이다.

적사가 고개를 끄덕이자 뚜껑이 닫혔다. 그리고 그 위에 물건들이 차곡차곡 쟁여지기 시작했다.

답답하지는 않았다. 그래도 손가락만한 작은 구멍을 통해 빛이 들어오고, 또 밖을 볼 수 있으니까.

다각, 다각……!

마차가 움직이기 시작했다.

종리추의 배려로 힘들게 하남성에 들어왔지만 짐칸에 실려 쫓기듯 하남성을 떠나고 있다.

'다시 돌아온다. 그때는 반드시 축혼팔도의 매서운 맛을 보여줄 터…… 그동안 잘 있거라.'

적사는 죽은 육도객에게 마음을 전했다.

그들은 중원에 들어와 흔적도 남기지 않고 갔다. 청면살수가 펼친 폭멸공은 육도객의 육신마저도 가져가 버렸다.

다각다각……!

마차가 속도를 높였다.

◆第百四章◆
# 낙성(落星)

용두방주는 추적추적 내리는 빗방울을 바라봤다.

처마 끝에 매달렸다 또르륵 굴러 떨어지는 빗방울을 하염없이 바라봤다.

장문인의 명을 받지 않는 문도…….

이걸 어떻게 해석해야 할까.

말도 안 되는 소리지만 사방에서 그런 조짐이 보이고 있다.

올라올 보고가 올라오지 않는다. 자신이 알고 있는 사실조차도 파악하지 못했다며 숨겨 버린다.

분운추월은 사곡을 멸문시킨 곳은 살문이라는 사견(私見)을 피력했다. 공식적인 보고는 정확한 흉수를 파악하지 못했다는 것이고, 사적으로는 살문을 지목했다.

그 정도는 이해한다.

소림사와의 관계가 있으니 곧이곧대로 살문이 흉수라고 보고해 오면 오히려 골치가 아파진다.

분운추월과 후개는 현명한 보고를 했다.

묵월광의 발목을 잡으러 갔던 무불신개는 맥없이 돌아왔다.

야시장이 살혼부의 비기로 보이는 폭멸공에 날아가 버렸다. 개방은 묵월광의 발목을 잡지 않았는데 묵월광이 사라져 버렸다. 아마도 신비의 고수들 소행이 아닌가 싶다.

무불신개의 보고는 답답하다.

당금 개방의 현실이 고스란히 담겨 있다.

'아닌가 싶다'라는 말은 사견이 아니라 추측이다. 언제 개방이 이렇게 추측이나 일삼는 무리가 되었는지. 신비의 고수들이 중원을 휘젓고 다니는데 그림자조차 잡지 못하고 있다니 말이나 되는가.

분운추월이 사견을 내놓고, 묵월광이 종적을 감췄으니 화두망 장로가 알아낼 것이 없다.

요즘의 개방을 보고 있자면 정말로 한심한 생각이 든다.

보고는 막히고, 문도는 말을 듣지 않는다. 동으로 가라고 하면 '네!' 하고 시원하게 대답하면서도 결과를 보면 서에 가 있다.

이런 문제는 비단 개방뿐만이 아니라 각 파, 아니, 전 중원에 걸쳐 벌어지고 있다.

한두 사람 징치한다고 해결될 문제도 아니다.

장문인들은 이런 사실을 알고 있을까?

'사마(邪魔) 한두 명 죽인다고 끝날 문제가 아냐. 무림 질서가 무너지고 있어. 방규가 깨지고 있어. 문파라는 것이 산산조각날 수도 있어.'

"지금 일장로는 어디 있나?"

용두방주가 지나가는 듯한 말로 물었다.

"모자도에 계시는 것으로 알고 있습니다."

"그래… 요즘 모자도에 부쩍 잘 가는군. 꿀단지라도 숨겨둔 겐가……."

"……."

아무리 생각해도 대안이 서지 않았다.

말을 듣는 자는 누구이고 듣지 않는 자는 누구인가.

분명한 것은 신비의 고수들이나 비객에 대한 보고가 일절 올라오지 않는 것으로 보아 상당수의 개방도가 말을 듣고 있지 않다는 것이다.

'문도가 말을 듣지 않으면 무슨 방주가 필요할까. 허허허!'

용두방주는 혜공 방장이 생각났다.

마른 체격에 늘 고뇌가 깃들어 있는 듯한 표정.

소림 방장쯤 되면 후덕하고 온화한 인상을 지녔어야 하거늘 날카로운 인상만 풍겨내던 기인.

소림 방장이 삼 년 봉문을 선언했을 때, 이제 소림도 한물갔구나 하는 생각을 했지만…… 지금은 부럽기까지 하다. 이런 혼란에 휩쓸리지 않고 있으니.


늦은 밤, 용두방주는 후개의 처소를 찾았다.

"방주님!"

후개가 책을 읽다 말고 깜짝 놀라 일어섰다.

방주가 후개의 처소를 찾는 것은 이번이 처음이었다. 아마도 개방 역사상 처음일 게다. 용두방주는 자리를 지키는 자이지 찾아다니는 자가 아니다.

"무슨 책이냐?"

"예기(禮記)입니다."

"예기? 허허! 거지가 예기라……."

"……."

"종리추는 만나봤고?"

후개가 팔부령을 다녀온 지도 오래되었건만 처음으로 묻는 소리다. 전에도 마주 앉아 이야기할 기회는 많았지만 종리추에 대해서, 팔부령에서 있었던 일은 묻지 않았다.

"예."

용두방주도, 후개도 서로 숨길 것이 없다.

"어떤 사내로 보이더냐?"

"……."

"괜찮으니 말해 봐."

"못난 제자의…… 평생 숙적처럼 보였습니다."

"허! 허허!"

용두방주는 기막혀 했다.

"그 정도였더냐?"

"……."

"하기는…… 그렇게 보는 게 맞겠지. 뛰어난 자야. 수하들도 뛰어나고. 한데 내분이 생겼어. 그런 느낌 받지 못했니?"

"……?"

후개는 뚫어지게 방주의 눈을 쳐다봤다.

방주는 잔잔하기만 하다. 바람 한 점 없는 날씨에 고여 있는 물처럼 파랑이 일지 않는다.

"섬서성 살수들이 대표적이지. 살문주는 분명히 숨어 있으라고 했을 거야. 활동하지 말라고. 명령을 내릴 때까지 절대로."

"……?"

언뜻 이해가 가지 않았다.

지금 무슨 말을 하고 있는 겐가?

후개는 용두방주의 눈을 쳐다봤고, 눈빛을 반짝 빛냈다.

고요하기 이를 데 없는 방주의 눈빛에서 무엇인가를 읽을 수 있었다.

'방주님은 개방 이야기를 하고 있어. 살문에 빗대서.'

"그런데 살문이 움직였어. 은밀히…… 사곡을 감쪽같이 멸망시켰지. 소림승은 빠져나간 자들이 없다고 하지만 세상에 구멍 없는 담은 없는 법이지."

'살수문파를 멸살한 것은 비객, 그리고 신비의 고수들…… 그들은 은밀히 움직였고, 살수문파를 감쪽같이 멸망시켰다. 소림승? 이건 우리 개방에 빗대서 생각해 보면…… 개방도는 움직이지 않았다고 하지만 구멍 없는 담은 없다? 개방도가 움직여 비객을 도왔다는 뜻이다.'

"살문주도 알고 있을까? 수하가 사곡을 없애 버렸는데."

"알고 있을 겁니다."

후개는 대답했다. 용두방주가 알고 있지 않은가.

"짐작은 하겠지. 하지만 누가 죽였는지까지 알 수 있을까? 나가 있는 살수들이 워낙 많으니 살문주의 명령을 받지 않고 사곡을 멸문시켰다면 종리추에게 보고할 리도 없을 테고."

'개방의 모반자들…… 그들은 방주에게 보고하지 않는다.'

"결국 그것이 종리추를 힘들게 할 거야."

'결국 그것이 개방을 힘들게 한다?'

"그렇겠죠……."

후개는 힘들게 대답했다.

용두방주가 밝게 웃으며 후개의 옷소매를 잡아끌었다.

"어디 자네 손금 한번 볼까?"

'손금?'

후개는 손을 내밀었다.

용두방주의 관상술은 정평이 나 있다.

정통으로 익힌 것이 아니라 동냥하며 어깨너머로 훔쳐 배운 재주지만 나름대로 깨우친 바가 있어 상당히 잘 맞춘다.

그런데…… 손금까지 봤던가?

후개의 손을 잡은 용두방주는 손금을 보는 듯 만지작거렸다.

'이, 이건!'

후개는 깜짝 놀랐다.

손바닥에 쓰여지는 글자들…….

물어볼 틈이 없다. 정신을 집중해서 손바닥에 쓰인 글자를 외워야 한다. 용두방주는 두 번 다시 쓰지 않을 것이고, 궁금한 점이 있어도 물어보지 못할 것이다.

아무 말도 하지 않고 근 일 다경가량 손만 만지작거리던 용두방주가 잠시 눈길로 돌리면서 큰 숨을 쉬었다.

후개는 태연한 표정을 유지하려고 무진 애를 썼다.

방주가 마지막으로 쓴 글자…….

'삼십육로(三十六路) 타구봉법(打狗棒法).'

구결(口訣)로만 전수하며 용두방주로 취임하기 직전에 청록색 타구봉(打狗棒)과 함께 전수한다는 개방 최후의 무공.

용두방주가 입을 열었다.

"이 선이 지혜 선이지. 여기서 끊긴 걸 보면 그리 똑똑하지는 못한 것 같은데 이상한 일이군."

'얼마나 익혔나 물어오고 있어.'

후개는 소도를 꺼내 손바닥을 그었다.

"이제는 지혜 선이 바닥까지 닿았으니 똑똑해질 겁니다."

용두방주가 싱긋 웃었다.

"이제 곧 연공 수련에 들어가야 할 텐데 그만한 일로 손에 상처를 내면 어째. 쯧! 경거망동 하고는…… 걱정이야, 너의 그 경거망동이."

'무엇이 그리 걱정되십니까?'

"손금을 보니 수명은 길겠군."

'이, 이 말뜻은!'

"단 중간에 액겁이 있으니 잘 피해가야 해. 먼 훗날의 일이니 아마 그때쯤은 내가 곁에 없겠지. 인생이란 그런 거지. 한때는 내 시대였지만 어느새 밀려나 뒷방 신세가 되고……."

'방주님은 죽음까지 생각하고 계신다. 이 일이 그토록! 그래, 그렇겠지. 중원에서 살수문파를 싹 쓸어낼 정도라면…… 개방도 관련되어 있고…… 그자들은 방주님보다도 더 큰 권한을 가지고 있어. 질서가…… 무너졌어.'

후개는 비로소 용두방주가 무엇을 생각하고 있는지 알아차렸다.

왜 타구봉법을 전수해 주었으며, 바로 연공 수련에 들어가라고 하는지도.

용두방주는 싸움을 생각하고 있다. 누구도 믿을 수 없는 싸움이다.

흑봉광괴, 분운추월…… 누가 될지 모른다. 적과 아군을 가를 수 없는 혼란한 싸움이다.

방주는 어떤 식으로 싸움을 시작하고 어떤 식으로 마무리 지을 것인가. 이런 싸움에는 정해진 방식이 없는데…… 자칫하면 정말 피를 흘리게 될지도 모르는데.

방주는 또 후개에게 명령했다. 경거망동하지 말고 연공 수련에 들어가라고.

가장 좋은 방법은 개방도가 마음을 고쳐먹고 다시 방주님께 충성을 바치는 것인데…… 그건 이미 늦은 것 같고.

'방주님은 한시라도 빨리 수련에 들어가기를 바라서.'

후개는 말했다.

"내일 당장 연공 수련에 들어가겠습니다. 살문주 정도는 눈 아래로 굽어볼 수 있을 만큼…… 자신을 갖춘 다음에야 나오겠습니다."

"그래, 그러도록 해."

용두방주가 희미하게 웃었다.


후개는 잠자리에 누워 창문을 쳐다봤다.

부서진 창문 너머로 밝은 달빛이 쏟아져 들어왔다.

불은 켜지 않았다. 용두방주가 돌아가는 즉시 불을 껐다.

꾸루루! 꾸루루룩……!

전서구 한 마리가 하늘을 날았다.

수많은 전서구가 들어오고 나간다.

개중에는 급한 연락도 있고 쓸모없는 연락도 있다. 하지만 방금 날아간 전서구는 쓸모가 있다.

용두방주가 후개의 처소에 들렀다가 돌아갔다는 내용이 담겨 있을 게다. 두 사람이 주고받은 내용도, 내일 당장 연공 수련에 들어가라는 말도 모두 기재되어 있으리라.

주변에 미지의 고수들과 연이 닿는 제자가 있다는 것은 진작부터 알았다.

후개는 사실을 캐내기가 두려웠다.

얼마나 많은 문도가 연결되어 있을까? 방주가 그들을 일괄 파문했을 경우에는 어찌 되는가.

개방이 절반으로 축소될지도 모른다.

파문된 제자들은 개방 무공을 사용해서도 안 되고, 개방과 연관된 모든 일에서 손을 떼야 한다. 그러지 않을 경우 법개가 방규로 다스린다.

저들에게 힘이 있고 없고는 문제되지 않는다.

무림은 파문당한 자를 용서하지 않는다. 자리도 같이 앉지 않고, 얼굴을 봐도 외면해 버린다.

파문당하느니 무림에서 은거하는 편이 훨씬 낫다는 말조차 있다.

과연 그런 일이 벌어질 것인가.

후개에게 닥친 가장 큰 난관이다.

'믿을 사람이 절대적으로 필요해.'


절대적으로 믿을 사람이 누가 있을까?

후개는 분운추월을 떠올렸다.

지금에 와서는 그 누구도 믿을 수 없게 되어버렸지만 분운추월만은 믿어도 좋을 성싶었다.

혜명 대사의 인간성, 불심…… 그런 고승과 막역한 사이가 되려면 고승만큼이나 세상 이치를 올바르게 깨우치고 있어야 하리라.

후개는 곧장 분운추월의 침소를 찾아갔다.

개방도가 세상에서 가장 안심해도 좋을 곳이 총타다. 총타에서는 발가벗고 난리를 쳐도 입 소문이 나지 않는다. 그만큼 개방도에 대한 신뢰와 믿음이 두터운 곳이다.

이제는 그렇지 않다.

후개는 분운추월의 처소까지 오면서 수많은 눈길을 의식했다.

그들 중 일부는 여전히 존경의 념(念)을 담아오겠지만, 일부는 감시의 눈초리로 바뀌었을 게다.

"후개께서 어쩐 일이시오?"

분운추월은 반갑게 맞았다.

분운추월과 후개는 둘만의 비밀이 있다. 혜명 대사와 만난 일과 종리추를 만나 낭패를 당한 게 그것이다.

'역시 믿을 만해.'

후개는 자신의 사람 보는 눈을 믿기로 했다. 분운추월을 보자 찾아오길 잘했다는 생각이 들었다.

하기는 지금 처지에서는 그것밖에 남은 게 없다. 개방에 흘러드는 정보라는 것이 거의 전부 일차 걸러진 정보이니.

"장로님께 경공 전수를 부탁드리고 싶어 찾아왔습니다."

"하하! 그래요? 이 늙은이에게 남은 건 그것밖에 없는데 그것마저 울궈갈 심산이신가 봅니다. 하하하!"

후개의 손이 현란한 움직임을 보였다.

수화(手話)다.

'방주님께서 타구봉법을 전수해 주셨습니다.'

'뭐요! 그러잖아도 걱정하고 있었는데…… 분위기가 심상치 않습니다. 꼭 무슨 일인가 터질 것만 같은 기류가 흘러요.'

분운추월도 수화로 답했다.

'암중에 숨어 있는, 살수무림을 초토화시킨 고수들과 연관이 있을 겁니다. 물론 비객은 빼고. 제 생각에는…….'

'제일장로를 생각하십니까?'

'그렇습니다. 그분밖에 없습니다.'

후개와 분운추월은 연신 농담을 주고받으면서 수화를 펼쳤다.

그리고 어느 한 순간, 의견을 주고받은 후개와 분운추월은 가벼운 농담을 주고받으며 헤어졌다.

두 사람은 또 다른 사람을 만나러 갔다.

'믿을 수 있는 사람이어야 해.'

용두방주는 언제 어디서든 곁을 떠나지 않는 팔호법과 함께 길을 나섰다.

세상이 어둠에 잠긴 밤이다.

하지만 그가 총타를 나서는 순간부터 세상은 어둠에서 깨어나기 시작했다.

하늘에는 새가 날아다니고 땅에서는 생명이 깨어났다.

깨어난 생명이 길을 막아섰다.

"방주님이시다! 물러서라!"

호법이 냉랭하게 외치면 깨어난 생명은 화들짝 놀라 물러섰다.

용두방주가 지나갈 때까지 깨어난 생명은 오체투지(五體投地)한 채 일어날 엄두도 내지 못했다.

개방도에게 용두방주는 절대신이다.

용두방주가 지나간 다음에는 상황이 달라진다.

하늘에 새가 난다.

절대신은 너무 온화하다. 악은 철저히 뿌리를 뽑아버려야 다시 자라지 않는데 신이라는 사람은 그렇게 할 생각이 없는 듯하다. 그래서 그럴 수 있는 사람을 절대신으로 모시기로 했다.

"사람들도 참…… 짧은 세월에 많이도 변했군."

용두방주는 제자들을 다그치지 않았다.

신비의 고수들…… 그자들이 누구인지는 모르지만 개방의 누구와 관련있는지는 안다. 많이들 관련되어 있겠지만 방주가 짐작하는 사람은 단 한 사람이다.

모자도에 있는 흑봉광괴.

그에게 날아가는 전서구가 유독 많다.

꼭 그래서라기보다 악을 원수처럼 미워하는 흑봉광괴의 성격이라면 충분히 그러고도 남는다.

강변에 이르자 개방도가 비조선(飛鳥船)을 몰고 왔다. 좌우로 두 단의 노가 있어 상당히 빨리 나아갈 수 있는 배다.

호법 두 명이 먼저 배에 탄 다음 요모조모 살폈다.

"……."

용두방주는 호법들의 눈빛만 읽고도 무슨 말을 하는지 알아냈다. 한두 해 같이 다닌 사람들이 아니다. 공무를 떠나 사적인 자리에서 어울린다면 벗과 버금갈 만큼 친분이 두텁다.

용두방주가 타고 호법 세 명이 더 탔다.

가장 마지막에 남은 세 명은 타지 않았다.

"방주님, 저희는 여기까지."

용두방주의 눈이 부릅떠졌다.

"자네들까지!"

"죄송합니다. 악이 보이는데 잘라내지 않고 흐르는 대로 내버려 두어야 한다는 방주님의 말씀…… 공감하지 못하겠습니다."

"알겠어. 그럴 수도 있지."

"……"

"자네들은 여기 있어. 아직 호법에서 제외된 것은 아니니 이곳을 단단히 지키도록 해."

"알겠습니다."

세 호법은 박달나무로 만든 타구봉을 발 앞에 내려놓았다. 그리고 포권지례를 취했다.

삐이걱… 삐걱……!

노 젓는 소리가 들리며 배가 점점 깊은 안개 사이로 사라져 갔다.

세 호법은 포권지례를 취한 채 일어서지 않았다. 언제까지고…… 그렇게 굳어진 듯 움직이지 않았다. 그들의 눈에서 굵은 눈물이 뚝뚝 떨어졌다.


미리 전서를 받은 흑봉광괴는 피하지 않았다.

때가 구질구질하게 낀 돗자리를 깔아놓고 그 위에 아담한 상을 차렸다. 술도 있고, 나물도 있고, 고기도 있다.

고기 말이 나왔으니 말이지만 독주에는 역시 장작불에 구운 오리 고기가 제 맛이다.

흑봉광괴는 오리 고기도 준비했다.

기름이 쫙 빠진 오리 고기에서는 구수한 냄새가 풍겨났다.

저벅. 저벅……!

흑봉광괴는 발걸음 소리를 듣고 몸을 일으켰다.

"방주님."

"흑봉광괴……."

"술 한잔 없을 수 없어 준비했습니다. 앉으십시오."

용두방주는 구질구질한 돗자리에 털썩 주저앉았다.

흑봉광괴가 공손히 술을 따라 바쳤다.

"삼배를 올리겠습니다. 이 잔에는 사부님을 담았습니다."

"사부님이라고 했는가?"

"네."

방주는 흑봉광괴가 올리는 술을 받아 마셨다.

흑봉광괴가 두 번째 술을 올렸다.

"이 잔에는 방주님을 담았습니다."

"술이란 마셔 버리면 사라지는 것이지. 사부님을 잊어버리고, 날 잊어버리고…… 허허! 마지막은 무엇을 담을까."

방주는 두 번째 잔도 훌훌 털어마셨다.

흑봉광괴가 세 번째 잔을 따랐다.

"이 잔에는 개방을 담았습니다."

용두방주는 쉽게 받지 못했다.

"꼭…… 그렇게 해야 하겠나?"

"척마(斥魔) 척사(斥邪)에 뜻을 품으니 마음이 가볍습니다."

"……."

"……."

용두방주와 흑봉광괴는 서로를 담담히 마주 봤다. 설득을 해서 들을 만한 나이였다면 얼마나 좋을까.

용두방주가 술잔을 받아 천천히 들이켰다.

"시간을…… 얼마나 주면 좋겠나?"

"허허! 그동안 필요한 만큼 얻었습니다. 매도 빨리 맞는 것이 낫다고 내일 아침 바로 터뜨리는 것이 좋을 듯싶습니다."

파문(破門).

그러나 이야기의 핵심을 말로 꺼내지는 않았다.

서로가 알고 있고, 가슴만 아픈 이야기다.

"이제는 방주도 아니니 우형(愚兄)이라고 해야겠군. 우형으로 물어보겠네. 예상 인원이 어느 정도나 되는가?"

"뜻을 같이하는 사람은 몇 되지 않지만…… 모두 점조직으로 이루어져 저도 얼마나 될지 짐작할 수 없습니다."

흑봉광괴는 솔직하게 대답했다.

천외천의 진실을 알고 있는 사람은 정말 몇 명 되지 않는다. 그 외에는 사부, 사형의 뜻이기에 따르고 있다. 모두 용두방주의 뜻인 줄 알고…….

흑봉광괴가 파문된다면 상황이 달라진다. 그들이 믿고 따르던 사부, 사형이 파문되어 개방도라는 울타리에서 떨어져 나간다면 지금까지 맹목적으로 쫓아왔던 개방도들 중 상당수는 다시 개방에 흡수될 것이 틀림없다.

개방의 안일 무사함을 벗어나 척사 척마의 기치를 세우자고 아무리 떠들어봐야 공염불에 불과하다. 개방이라는 단단한 성벽을 허물어뜨리기에는 너무 역부족이다.

흑봉광괴는 자신을 따르는 소수의 걸개들만 데리고 개방을 떠나야 한다.

"그래, 그러지. 그럼 내일 날이 밝는 대로 마무리 짓도록 하지."

용두방주가 일어섰다.

밤새도록 술잔을 나누고, 고기도 뜯으면서 회포를 풀 수도 있겠지만 좋은 일도 아니고 서로 마음만 상하기 쉽다.

용두방주가 휘적휘적 걸어나간 끝자락, 흑봉광괴가 나직이 중얼거렸다.

"개방은 환골탈태(換骨脫胎)해야 합니다. 용서를……."


용두방주는 길을 가로막는 무인들을 보고도 놀라지 않았다.

"그대들이 살수문파를 몰살시켰는가?"

"그렇습니다, 방주님."

청년들은 공손했다.

"그렇군, 자네들이었군. 그대는 알지. 소림사룡이지. 백천의, 정운도 알고…… 허허! 무당삼반 하양 진인도 있었군. 청성파의 청운 진인이라…… 우리 개방의 후개도 이 자리에 있었다면 모양새가 좋을 뻔했군."

"후개는 영웅이라기보다는 모사가 어울릴 겁니다. 그래서 사양했습니다."

"그렇군. 아! 어쩐지 안면이 있다 했더니…… 삼절기인의 자제였군. 삼절수사?"

"알아주시니 영광입니다."

삼절수사 정군유가 포권지례를 취했다.

"저 소협은 안면이 없는데…… 이 늙은이의 무례를 용서하시오."

"아닙니다. 기억에 없으신 것도 당연합니다. 칠성검문 소문주 진조고가 용두방주님께 인사드립니다."

용두방주가 청년고수들과 말을 나누는 사이 주변에 많은 사람들이 늘어섰다.

이름만 들어도 깜짝 놀랄 만한 사람들의 얼굴이다.

일일이 그들의 외호를 말하기도 부담스럽다.

하후가주를 비롯하여 무림삼정 중 마지막 일인인 철권 구양춘, 공동파의 꽃이었으나 흐르는 세월은 어쩌지 못한 비영파파…….

용두방주는 다른 사람들도 봤다.

개방도…….

개방에서 후개로 낙점해도 좋을 뻔했던 열 명의 기재들.

개방도의 의복인 누더기 옷을 던져 버렸다.

봉두난발도 말끔히 다듬어 뒤로 넘겼고, 영웅건(英雄巾)으로 마무리했다.

사결 이상의 제자들이다.

흑봉광괴와 함께 살혼부 십망에 나섰던 천애유룡도 있다.

천애유룡은 살혼부 추적 사건에 몹시 큰 충격을 받아 일로 무공 수련에 매진했고, 큰 성취를 이뤄냈다. 전에도 사결과 엇비슷하다는 평을 듣던 무공이었으나 그날 이후로는 오결과 비슷한 경지로 올라섰다.

그는 비객이 되었다.

비객…… 비객도 모자도에 왔다.

방주를 보고도 가벼운 눈인사조차 하지 않고, 개방의 상징인 매듭조차 풀어버렸다.

개방도가 아니다.

비객을 만들 당시부터 이런 상황은 예상했지만 어쩌면 이렇게 매정할 수 있단 말인가.

그것은 아무래도 상관없다.

비객이 신비의 고수들과 같이 있는 것이 불안하다.

비객은 아무도 모르는 곳에 숨어 있어야 한다. 구대문파 장문인들이 연서를 날리기 전에는 움직여선 안 된다.

'이들이었군. 이들이 있었으니 비객을 쉽게 움직일 수 있었어. 흑봉광괴, 비영파파, 하후가주…… 당신들은 큰 실수를 했어. 당신들조차 제어할 수 없는 힘을 만들어 버렸어. 허허! 하긴 누굴 원망할까. 우리도 똑같은 실수를 저지른 마당에.'

백천의가 말했다.

"방주님, 우린 개방이 필요합니다."

"그렇겠지."

"용서를……."

스르릉……!

백천의가 검을 뽑았다.

다섯 호법이 재빨리 타구봉을 꼬나 잡고 방주의 좌우를 지켰다.

용두방주는 말리지 않았다.

어차피 살아서 나갈 수 없다. 모자도에 들어서는 순간부터 위험은 항상 도사렸다. 이런 일이 없기를 바랐지만…… 벌어진다면 막아낼 수 없다.

"방주님."

"……."

"저희들이 어떻게 해서 이토록 강해진 줄 아십니까?"

"……?"

"맞춰보십시오."

용두방주는 화급히 주위를 둘러보았다. 흑봉광괴를 찾고자 해서다. 하지만 흑봉광괴는 보이지 않았다. 아마도 술상을 차려놓은 곳에 그대로 있으리라.

"이런……!"

용두방주의 입에서 신음이 흘러나왔다.

"금단의 무공을 익혔군."

"보여 드리겠습니다."

백천의를 제외한 천객 무인들이 성큼성큼 걸어나왔다.


천외천 천객의 무공은 비객을 위시한 다른 무인들에게도 호기심거리였다.

천객들은 열 손가락도 모두 채우지 못하는 적은 인원으로 살수문파를 몰살시켰다.

비객이 구십 명 모두를 동원한 것에 비하면 상당히 적은 인원이다.

인원이야 상관없다.

비객도 마음만 먹으면 열 명이 아니라 다섯 명만으로도 살수문파를 몰살시킬 자신이 있다.

흑봉광괴가 무적이라고 자신있게 말하는 무공, 개방 구진법…… 금단의 열매를 먹은 자들의 무공, 그것이 어느 정도인지 직접 눈으로 보고 싶었다.

개방 호법들의 무공은 정평이 나 있다.

방주의 호법은 최소한 육결 이상으로 개방 무인들 중에서도 쉽게 볼 수 없는 강자다.

다섯 명이 타구봉을 꼬나 들자 엄밀한 막이 생겼다.

천객 무인들이 성큼성큼 다가섰다.

아무것도 보이지 않는 듯 타구봉에서 뿜어져 나오는 살기도, 호법들의 눈동자가 차분히 가라앉아 절정의 기도를 뿜어낸다는 것도, 모두 보이지 않는 듯······.

저벅! 저벅······!

"방주님······."

호법 중에 한 명이 식은땀을 흘리며 말했다.

"저희들도 여기까지밖에 모실 수 없을 것 같습니다."

호법들도 구진법을 알고 있다.

구진법을 연성하는 과정뿐만 아니라 구진법을 익힌 다음 어떤 경지에 이르는지도 알고 있다.

긴가민가했는데······ 천객 무인들이 걸어오는 모습을 보니, 그들의 허와 실을 염탐해 보니 틀림없다.

천객은 말 그대로 찰나의 틈을 노린다.

중원 무공 중에는 '섬전(閃電)'이니 '극쾌(極快)'니 하는 말들이 떠돌고, 실제로 눈부실 만큼 빠른 무공이 많지만 천객의 무공에는 비할 수 없다.

구진법을 익히면 초식이 없어진다.

인체의 모든 근육이 최상의 상태를 유지하며 근육 사이사이로, 혈맥 사이사이로 진기가 끊임없이 흐른다. 전신이 진기로 팽배해 있으니 진기를 따로 끌어올릴 필요도 없다. 터뜨리고 싶다는 마음이 일자마자 발경이 터져 나간다.

검을 휘두르는 것 자체가 무공이다.

"허허허!"

용두방주는 힘없이 웃었다.

그도 보았다. 천객들의 몸가짐, 움직임…… 구진법을 완성한 사람들의 신법을.

'상대가 안 돼.'

솔직한 심정이다. 어쩌면 무림 역사상 단 한 번도 진 적이 없는 타구봉법마저 지게 될지도 모른다. 하물며 타구봉법조차 모르는 호법들이 상대하기에는 너무 벅찬 상대다.

"편히들 가시게."

방주가 호법에게 해줄 수 있는 말은 그것이 고작이었다.


주위에 둘러선 무인들은 모두 승부를 직감했다.

그들은 고수다. 꼭 검을 맞대보아야만 길고 짧은 것을 가릴 수 있는 사람들이 아니다. 검을 든 모습만 보고도 무공이 어느 정도인지 짐작할 수 있는 사람들이다.

그들은 또 용두방주만큼이나 팔호법에 대해서도 잘 알고 있다.

방주가 그렇게 생각하듯이 사적인 자리에서는 스스럼없이 농을 주고받을 수 있을 정도로 친분이 두터운 걸개도 있다.

그들은 죽음을 바라지 않았다. 이 정도에서 끝내주기를 바랐다.

그러나 싸움은 시작되었다.

쒜에에엑……! 쒜에엑……!

타구봉이 먼저 허공을 갈랐다.

다섯 호법은 마지막 한 올의 진기까지 모두 짜내 타구봉에 실었고,

각기 가장 능통한 절기를 펼쳐 천객을 공격해 갔다. 천객은 아주 잠깐…… 아주 짧은 순간에 몸을 살짝 비틀기만 했다. 몸도 아니다. 어깨만 살짝 비틀었다.

파앗!

개방 다섯 호법이 뚝 멈췄다.

타구봉을 전개하지도 못했고, 신법을 전개해 나아가지도 못했다.

호법의 얼굴이 잘 익은 파리처럼 벌어지며 피가 솟구쳤다. 다른 호법은 가슴이 터졌고, 또 다른 호법은 목에 입이 하나 더 생겼다.

쿵쿵!

다섯 호법은 거의 동시에 쓰러졌다.

차가운 전율이 스쳐 갔다.

초식도 필요없는 절대강자들.

이들 앞에 검을 들이대는 자들은 모두 죽을 것이다. 지금은 다섯 호법이 죽었지만 이들과 맞서려는 자들은 모두 죽음을 면치 못할 것이다.

제일비객 유홍은 생각했다. 비객 구십 명이 은신술을 펼쳐 덤빈다 해도 천객을 당할 수 없을 거라고 비영파파는 생각했다. 공동파가 전력을 다해 싸워도, 공동파 비장의 절학인 능공십팔웅을 완성해도 천객들의 상대가 되기에는 벅찰 거라고.

모두 같은 생각을 했다.

천객과 싸우면…… 죽는다.


"바, 방주…… 타, 타구봉을……."

비영파파는 차마 타구봉을 내려놓으라는 말을 하지 못했다. 그 말이 목구멍까지 치밀었지만 개방 용두방주를 욕되게 하는 것 같아 말을 하지 못했다.

그저 더듬더듬…… 용두방주가 대충 알아듣고 타구봉을 내려놓으면 좋겠다는 심정에 입을 열긴 열었다.

"허허허! 비영파파, 이 우둔한 사람을 그렇게 생각해 주니 고맙구려. 이럴 줄 알았으면 젊었을 적에 청혼이나 해보는 건데 그랬소."

용두방주는 오히려 지켜보는 사람들보다 밝은 표정이었다.

"모두들 구진법이 최고라고 생각하지만…… 아니오, 구진법은 최고 의 무공이 아니오."

용두방주의 말에 모두의 귀가 솔깃했다.

그들이 본 천객의 무공은 최강이다. 한데 그것조차 최강이 아니라 면……?

"구파일방…… 모두 구진법을 깰 만한 무공을 지니고 있소. 허허허! 우리 개방에도 구진법을 깰 무공이 있소. 타구봉법? 아니오. 타구봉법 이 개방 최고의 무공인 것은 틀림없지만 구진법을 깰 수 있는 무공은 아니오."

이게 무슨 장난 같은 소리인가?

개방 최고의 무공은 타구봉법. 하지만 천객의 무공을 깰 무공은 따로 있다니, 그리고 구대문파에도 각기 그런 무공이 있다니.

"허언(虛言)이 아니오. 틀림없이 있소이다. 허허허! 개방에서 왜 구 진법 수련을 금지시킨 줄 아시오? 연공 중에 열에 아홉은 죽소이다. 너무 살기가 짙은 무공이오."

거기까지는 모두 알고 있다. 그래서 수련이 금지되었다는 것도.

"하지만 연성하기만 하면 전신 근육과 맥이 스스로 살아서 꿈틀거리 니 이보다 더 빠른 발경은 없소. 뛰어난 무공 수련법이오. 허허허!"

보았다. 천객은 너무 간단히 무림 초절정고수 다섯 명을 죽였다.

만약 그들이 구진법을 익히기 전이었다면 오히려 다섯 호법에게 쩔쩔맸을 게다. 천객 중에는 무림 후기지수에도 간신히 끼어든 자가 있다. 칠성검문 소문주…… 그런 자가 어떻게 초강고수가 될 수 있단 말인가.

강해도 너무 강해서…… 욕심난다.

수련 방법이 아무리 잔혹하다 해도 수련하고 싶다.

"문제는 너무 간단히 무너진다는 것이오. 파훼법이 너무 간단해서…… 허허!"

"화, 화약!"

누군가 소리쳤다.

천객 중 검곡 소곡주 우경삼이 화약에 당했다는 사실은 널리 소문났다.

"허허허! 화약 같은 거라면 말도 꺼내지 않았을 것이오. 허언이 아니라고 했소이다. 구파일방 어느 문파에나 모두 파훼법이 있다고 했소이다. 암습이 아니오. 무공 대 무공으로 겨뤄서 이기는 파훼법이오."

듣고 있던 사람들은 용두방주의 말을 믿었다.

그의 말처럼 용두방주는 평생 허언을 하지 않은 사람이다.

"방주님께서 말씀하신 파훼법, 직접 견식해 보고 싶습니다."

백천의가 검을 들고 나섰다.

"허허! 난 익히지 못했네."

"알고는 있으나 방주님조차 익히지 못한 무공이라면 존재 가치가 없는 무공이겠죠. 아니면 평생 허언을 하지 않던 분이 처음으로 하는 허언이거나."

백천의의 음성에 강한 자부심이 묻어 나왔다.

"그럼…… 무적의 무공, 타구봉법을 견식하겠습니다."

백천의는 결코 살려둘 수 없다는 뜻을 분명히 했다.

칼은 이미 뽑혔다. 물은 이미 엎질러졌고, 화살은 쏘아졌다.

어찌할 도리가 없다.

정파인들끼리 아무런 원한도 없이 병기를 들고 싸웠다. 그리고 죽었다.

방주의 호법을 죽였다는 자체만으로도 천객과 개방은 원수지간이 되었다. 방주의 호법이란 방주의 분신, 분신에게 고의적으로 검을 들이댔으니 방주를 죽이려고 한 것과 같다.

하물며 호법을 죽였다.

"허허허! 그러지."

용두방주는 허리춤에서 청녹색 타구봉을 뽑아 들었다.


쒜엑!

백천의는 거침없이 검공을 전개했다.

용두방주는 뒤로 한 걸음 훌쩍 물러섰다.

싸우려는 의도가 전혀 없는 것 같았다. 백천의가 검을 움직일 기미만 보이면 뒤로 물러섰다.

무인으로서 수치다. 병기를 맞대지 못하고 물러서기만 하니 이처럼 큰 수치가 어디 있는가. 그것도 대개방의 용두방주가. 하지만 아무도 용두방주를 탓하는 사람은 없었다.

천객들의 무공을 견식한 후라 자신이 싸워도 용두방주와 같은 방식으로밖에는 싸울 수 없다는 생각이 들었다.

병기를 맞대면 진다.

백천의가 검을 전개하기 전에 움직여서 피해야 한다.

백천의가 마음을 독하게 먹고 쉴 새 없이 속공을 펼친다면?

거기에 대한 해답은 없다. 지금은 눈앞에 전개되는 일검을 피하기도 급급하다.

쉬익!

백천의가 다시 일검을 전개했고, 그전에 용두방주는 한 걸음 뒤로 물러섰다.

전개한 검은 피하지 못하지만 검을 전개하기 직전은 읽어낼 수 있다. 몸의 상태, 마음의 상태로…….

백천의의 검공은 무척 빨랐지만 역시 용두방주는 노련했다. 그런데,

쉬익!

백천의가 다시 일검을 전개하고 용두방주가 훌쩍 뒤로 물러설 때,

쉬익!

용두방주의 등 뒤에서 검풍이 일었다.

"……!"

방주의 두 눈이 분노로 부릅떠졌다.

지켜보던 사람들도 모두 분노를 표출했다.

비객들도 인상을 찡그렸다.

소림사룡 중 한 명인 정운이 용두방주의 등에 일검을 매겼다.

"저, 정도…… 가 땅에 떨어졌군. 혜, 혜공…… 허허허! 이게 그대가 자랑하던 소림사룡이군. 허허허!"

용두방주는 숨을 거뒀다.

무림 거성(巨星)이 떨어졌다. 정도인에 의해, 비겁한 암습에.

"흑흑흑……!"

후개는 오열했다.

이럴 수는 없다. 이렇게 방주님이 죽을 수는 없다.

비겁하게 등 뒤에서 내갈긴 검에 맞아 죽을 수는 없다.

후개는 한달음에 뛰쳐나가고 싶었지만 그럴 수 없었다. 그의 몸은
나무토막처럼 딱딱하게 굳어 손가락 하나 뻗어내지 못했다.

"후개, 참아야 합니다. 지금 나서면 죽음뿐. 방주님께서 마지막에
하신 말씀을 되새겨야 합니다. 개방에 무공이 있습니다, 구진법을 깨
뜨릴 무공이. 그걸 찾아내야 합니다."

용두방주는 군웅들에게 말한 게 아니다.

그는 후개가 모자도에 들어와 있으리라 직감했다. 그러지 않기를 바
랬고, 지금쯤 폐관 수련에 들어가 있기를 원했지만 그렇게 순순히 말을
들을 후개가 아니다.

후개는 조력자를 데려왔을 게다.

그중에는…… 가장 믿을 수 있는 분운추월이 있다. 세상천지가 변해
도 분운추월 같은 사람은 변하지 않는다.

또 한 사람…… 평소 방주의 생각을 못마땅하던 장로가 있다.

무불신개.

그는 팔부령 싸움에 실수들을 끄집어낸 것에 대해 아주 못마땅해한
다.

그런 사람도 변하지 않는다.

또 누구를 찾아냈을까?

그것은 이제 후개의 몫이다. 후개가 누구를 곁에 두느냐, 그들 전부

를 믿을 수 있느냐…… 모든 것이 후개 몫이다.

분운추월이라면 후개가 경거망동하는 것을 막아주리라.

과연 분운추월은 후개의 마혈(痲穴)을 짚었다. 다섯 호법이 절명하는 바로 그 순간에.

사실은 분운추월도 뛰쳐나가고 싶었다. 그래서 모두 일장에 때려죽이고 싶었다.

심모원려(深謀遠慮)…… 생각은 깊게 하고 멀리 내다봐야 한다.

후개와 분운추월, 무불신개, 그리고 화두망은 모자도에 있는 사람들의 면면을 세심히 살폈다. 그리고 살며시 물러났다.

청산(靑山)이 있는 한 녹수(綠水)는 걱정하지 않아도 된다.

방주의 죽음을 알고 있으면 된다.

누가 죽였는지도…… 지금 당장 무엇보다 중요한 것은 후개의 안전이다. 후개의 안전을 책임지는 일이야말로 장로들의 임무 중에서 가장 큰 것이지 않은가.

◆第百五章◆

# 급변(急變)

소고…….

그녀는 제일 먼저 팔부령으로 들어왔다.

미안공자가 연결해 놓은 마문 문주의 도움을 받았고, 하오문도가 일러준 대로 화전민촌에 몸을 의탁했다.

"오늘 저녁이나 내일 아침쯤 사람이 올 겁니다요. 불편하시더라도 하루 정도만 참으시면……."

"괜찮아요. 걱정 마세요."

모든 걸 버린 소고는 오히려 마음이 편안했다.

버린 것 중에 가장 큰 것은 사무령이 되어야 한다는 압박감이다.

사무령이 무엇인가? 중원무림과 정면으로 싸워서 이겨야 한다.

소고는 사무령의 뜻을 그렇게 받아들였다.

조금씩 조금씩 세력을 키워 나가다…… 환갑 정도가 되어서야 승운을 걸어볼 높고 높은 목표였다.

그것을 버리자 정말 마음이 홀가분했다.

소여은도, 적사도, 묵월광 살수 모두 이해해 주니 더욱 고마웠다.

소고는 나무 그늘에 앉아 매미 우는 소리를 들었다.

맴맴맴! 매에에엠……!

매미의 울음소리는 구슬프다.

어렸을 때는 매미의 울음소리가 마치 자신의 신세를 읊조리는 것 같아 보이는 족족 잡아 죽였다.

지금도 자신의 신세를 대신 한탄해 주는 것 같다.

목적도 없고, 삶의 희망도 없이 오로지 살수로 태어났으니 살수로 죽어야 한다는 이상한 고집만 남아 있는 인생.

'다음에는 평범한 여자로 태어날 거야. 죽어도 무림에는 발을 들여놓지 않을 거야.'

바람이 살랑살랑 불어와 머릿결을 훑고 지나갔다.

문득…… 소고는 한 사내에게 시선을 고정시켰다.

언제부터 와 있었을까?

커다란 고목 아래 자신처럼 앉아 바람 소리를 듣는 사내.

"언제 왔어?"

"방금 전에."

소고는 종리추의 말투가 바뀌었다는 것을 깨달았다.

전에는 꼬박꼬박 존대를 사용했는데 이제는 하대를 하고 있다.

묵월광이란 이름이 무림에서 사라졌으니 당연한 일이겠지만…… 아직 소고에게는 낯선 대접이다.

소고는 아무 소리도 하지 않고 눈을 감았다.

살살 불어오는 바람을 음미했다.

팔부령에서 부는 바람에는 피 냄새가 섞여 있지 않아 좋다. 그냥 풋풋한 흙냄새, 풀 냄새가 섞여 있다.

"온다는 연락을 받았어."

종리추는 완전한 하대를 사용했다.

"……"

왜 그럴까? 모든 것을 다 버렸다고 생각했는데, 그래도 섭섭함이 밀려드는 것은.

"다른 사람은 몰라도 몇 사람만은 내가 직접 만나야 한다고 생각했지. 그중에 소고도 한 사람이야."

"내가…… 거추장스러운가 보지?"

"아니."

"그럼 부담스러워?"

"아냐."

"그럼?"

"사무령."

"……?"

"난 사무령이 되기로 했어. 이곳에서 벗어날 수 없다는 것을 깨달았을 때. 벗어날 수 없다면 당당히 맞서서 싸워야지. 이해하기 바래. 난 모든 사람 위에 군림해야 돼."

이게 종리추의 사무령이다.

소고, 자신의 사무령은 중원무림과 싸워 이기는 것이지만 종리추는 만인 위에 군림하려고 한다.

천하제일인(天下第一人).

말만 들어도 가슴이 벅찬 일이다.

"그래서 내게 말 놓은 거야?"

"아니, 네게 말을 놓은 게 아니라 내 자신에게 말을 놓은 거야. 난 가장 독한 사내가 되어야 하거든. 죽음 앞에 가장 냉정한 사내가."

"……."

"소고."

"……."

"널 수하로는 받아줄 수 있어."

"……."

"그 이상은 기대하지 마."

"호호호호!"

소고는 재미있다는 듯 깔깔 웃었다.

너무 웃어 산천초목도 따라 웃을 때까지 웃었다.

이윽고 한참을 웃어 젖히던 소고가 웃음을 그치며 말했다.

"알았어. 뭐 그렇게 어려울 것도 없어. 어차피 살수가 되려고 왔으니까. 하지만 실망이 커."

"……."

"내가 아는 종리추는 이런 말을 하지 않거든. 누구에게 말을 하대한다고 해서 군림하는 게 아니라는 것쯤은 아는 사내지. 내가 아는 종리추는…… 계속할까?"

"계속해."

"가만히 있어도 사람을 굴복시키는 사내였어. 보고만 있어도 숨이 막혔지. 수하이긴 해도 마음대로 할 수 없었어. 왜 그런지 이유를 몰랐는데…… 이제는 알 것 같아. 뭔지 알아?"

"……."

"종리추란 사내는 죽음을 겁내지 않았어. 그가 걱정한 사람은 자신이 아니라 수하들이었어. 한 사람이라도 덜 죽여야 하는데, 나한테서 받은 명령은 있고…… 영원히 타협할 수 없는 떡 두 개를 양손에 들고 잘도 버텼지."

"……."

종리추는 고목에 머리를 기댔다.

그의 눈은 푸른 하늘을 쫓고 있었다.

"그래서 강했던 거야. 하지만 이제는 아냐. 사무령이 되겠다고? 나도 그랬지. 가장 독한 사내가 되어야 한다고? 나도 죽음 앞에서 가장 독한 사람이 되어야 한다고 생각했어. 호호호! 우습네. 우린 똑같아졌어. 사무령…… 말은 거창하지만 산적 두목이나 마찬가지가 되어버린 거지. 기대를 많이 하고 찾아왔는데…… 실망이네."

소고가 눈을 감았다.

소고도 종리추도 귓가에 흐르는 바람 소리만 들었다.

종리추가 일어섰다.

"올라가지. 산을 제법 많이 올라가야 돼."

구르르릉……!

작은 폭포가 나왔다.

폭포 밑은 푸른 물결이 일렁거리고 있어 보기만 해도 시원했다.

"여기서 개방 후개와 만났지."

"개방…… 후개와?"

"재미있는 친구더군."

"……."

개방 후개와 만났다면 한바탕 접전이 벌어졌을 게다. 하지만 종리추가 멀쩡히 살아 있고, 후개 또한 어찌 되었다는 소문은 듣지 못했으니 접전은 없었던 것 같다. 그럴 수 있을까? 걷는 길이 전혀 다른 사람들이 만났는데?

"늘 생각하던 것이 있었는데, 그 친구를 만나서 한 번 더 확인했지."

"……?"

"난 죽음에 약해."

"훗! 무서웠나 보지?"

"그래, 죽이기 싫었어."

"……!"

"병기를 맞댄 자는 죽이기 쉬워. 원수로 정해진 자도 죽이기 쉽지. 청부가 들어온 자라면 물론이고. 하지만 아무 상관도 없는 자를 죽이는 것은 보통 어렵지 않더라고."

"그럼……?"

"알아, 나도. 이따위 반말지거리나 해댄다고 독심(毒心)이 생길 리 없다는 것도. 하지만 이렇게라도 하지 않으면…… 안 돼. 훗! 처음으로 털어놓는 고백이군. 이건 어린나 리군도 모르는 일인데. 아마 사무령이라는 공통 목표를 가졌기 때문에 털어놓을 수 있는지도."

"리군…… 이라면? 벽리군? 그 나이 많은 여자?"

"둘째 부인이야."

"호오! 축하해야 하나?"

"그래야 할걸? 리군은 살문 총관이야. 그녀에게 잘못 찍히면 이가 성하지 못할 거야."

"이빨? 왜?"

"허구한 날 돌 밥을 먹게 될 테니까."

"호호호!"

소고는 마음껏 웃었다.

정말 오랜만이다. 얼마 만인가, 이렇게 마음 놓고 웃어본 기억이…… 아마도 동굴에서 박쥐를 미친 듯이 죽여대며 마음껏 웃어본 다음 이번이 처음인 것 같다.

청면살수는 안길 품이 없었다. 공지장도 그렇다.

따뜻하고 자상한 사람들이라는 것은 알지만, 혈육보다 가깝다는 것도 알지만, 그들은 한 여인의 일생보다는 사무령을 요구했다.

정말 숨이 막혔다.

사내에 대한 호기심이 일어도 참아야 했고, 몸이 발육하는 것을 부끄러워해야만 했다.

사람들은 자신을 보고 흔히 '빙심(氷心)의 소유자' 같다는 말을 하지만 빙심 저편에 무엇이 있는지는 관심도 없다. 사람들은 빙심 밑에 흐르는 뜨거운 용암을 보지 못한다. 활활 타오르는 용암을.

팔부령까지 오는 동안 무척 답답했다. 답답하다 못해 가슴이 터질 것 같았다. 청면살수가 팔부령으로 가라고 했고, 맥없이 죽느니 종리추에게 힘이나 보태주자는 생각으로 오긴 왔으면서도 답답했다.

참 이상한 운명이다.

십여 년의 세월 동안 어떻게 생겼는지도 모른 채 한 사람은 수하가 되어야 한다는 사실에, 한 사람은 사무령이 되어야 한다는 압박감에 시달려 왔다.

사실 소고와 종리추가 만난 것은 몇 해 되지 않는다.

종리추는 소여은이나 적사와는 또 달라서 소고 곁에 머물러 있지 않았다. 늘 밖으로 돌아다녔다. 얼굴을 대면하고 이야기한 날은 손에 꼽을 수 있다.

그런 인연들이 서로를 하나로 묶고 있고, 무심히 흘려버릴 수 있는 인연들이지만…… 살수라는 독특한 세계에 몸을 두었기에 하나가 될 수밖에 없지만.

종리추는 대하기 껄끄러운 자였다.

무엇 때문인지는 모르지만 대하기 어려웠다. 그 밑에서 살수 노릇을 한다는 것도 내키지 않았다. 자존심을 내세울 형편이 아니고 내세울 것도 없지만.

이제는 그렇지 않다. 단 몇 마디 이야기를 나눈 것에 지나지 않지만 종리추를 조금은 더 알 것 같다.


화령 살수들이 제일 먼저 도착했다.

그녀들은 동혈에서 냄새가 난다는 둥 사내들 몸에서 고란내가 진동한다는 둥 난리를 피웠다.

혈영신마, 모진아, 혈살편복…… 그 누구도 두려워하지 않던 사내들에게 천적이 생겼다.

"같은 여자인데 어쩌면 이렇게 다르냐?"

"좋아?"

"좋지, 그걸 말이라고 해? 옷 빨아주지, 음식 맛있게 해주지…… 이보다 더 좋은 게 어디 있어?"

"흐흐흐! 더 좋은 게 있지. 원하기만 하면 승낙할걸?"

"어디? 침상?"

"흐흐흐! 그래, 침상. 화령 살수들의 침상은 지옥으로 들어가는 입구지. 들어가고 싶으면 언제든지 청해봐."

살문 살수들은 어안이 벙벙한 가운데도 싫지 않은 표정들이었다.

화령 살수들 덕분에 체면을 구긴 사람들은 살문 여인들이다.

배금향, 구맥, 벽리군, 어린……

그래도 정원지는 좀 나은 편이다. 그녀의 취미는 살림이었고, 겉모양에 제일 신경 쓰지 않는 편이었으니.

"여자들이 싹싹한 게 보기 좋네요."

배금향이 적지인살에게 말했다.

"흥! 좋긴 뭐가 좋아요! 구미호들이지!"

어린은 불안한 듯 여인들의 행동거지를 살폈다.

중원에 들어온 후 거의 모든 생활을 산에서 해온 어린과 사내들의 애간장을 녹여온 화령 살수들은 옷을 입는 방식이라든가 화장을 하는 것이라든가 모든 면에서 상당한 차이가 났다.

전에도 화령 살수들을 구한 적이 있지만 그때는 서로 갈 길이 다른 사람들이라 큰 관심을 갖지 않았다.

지금은 같은 길을 간다.

한솥밥을 먹기로 작정한 사람들이다.

어린은 화령 살수들에게도 큰언니 노릇을 하려고 했고, 화령 살수들은 어이없어하면서도 한발 물러섰다. 소고의 한마디 때문에.

"이제부터 살문주는 신이야. 절대신이 되어야 해. 무림인에게는 아니겠지만 살수들에게는 절대신이야. 그래야 내 자존심이 조금 살지. 알았지? 사무령, 절대신이야. 신의 말씀을 거역하는 사람은 내 손에 죽어."

화령 살수들에 이어 사령 살수들이 들어왔다.

"가장 한적한 곳에…… 가장 신경 쓰이지 않는 곳에…… 가장 위험한 곳에…… 우릴 넣어주시오."

살아남은 사령 살수 여섯 명, 육도객의 눈에서는 불길이 솟았다.

그들은 육도객이 순식간에 쓰러진 사실을 잊어버리지 않았다.

종리추는 그들을 동혈 가장 안쪽에 자리 잡아주었다. 동혈 밖으로 나가려면 많은 사람들과 부딪쳐야 되지만 삼현옹의 기관이 완성되면 바로 동혈 밖으로 나갈 수 있다.

삼현옹은 오곡동을 천연의 요새로 구축하는 중이다.

입구도 다섯 개로 늘리고, 방도 만들고, 함정도 설치했다.

육도객이 자리한 곳은 그중 한곳이다.

종리추는 그들을 가만두지 않았다. 팔부령에 들어온 첫날부터 되새기고 싶지 않은 기억을 끄집어내도록 다그쳤다.

"천천히 해보지. 먼저 축혼팔도를 전개하고……."

육도객 중 한 명이 굉장히 느린 동작으로 도를 꺼내 들었다.

천천히…… 번개같이 빠른 축혼팔도를 굼벵이가 기어가는 모습으로 재현했다.

"이때 어떻게 했다고?"

"허리를 베어냈죠, 반으로."

육도객이 서툰 한어로 대답했다.

모진아, 유구도 그렇지만 육도객도 중원 말을 쉽게 배우지 못하는 듯하다.

"허리를 반으로……."

종리추는 축혼팔도를 전개하는 육도객의 신형에서 눈을 떼지 않았다. 느리게…… 최대한 느리게 움직이는 모습에서.

육도객은 알고 있을까, 자신들이 축혼팔도를 전수하고 있다는 사실을? 느린 모습으로 축혼팔도를 전개한다는 것은 무공을 전수해 주는 것과 다름없다.

종리추 같은 고수는 굳이 발경 기법을 듣지 않아도, 초식이 흐르는 모습만 보고도 짐작해 낼 수 있다.

'축혼팔도는 엄청난 쾌공이다. 그런데 허리를 반으로 절단했다면… 폭발적인 탄력! 이 무공은 변검 사부의 내공법과 일맥상통한다!'

종리추는 놀라운 사실을 발견해 냈다.

지금까지 변검 사부의 내공법은 빠른 수공을 안겨주었다.

생각을 바꾸면…… 엄청난 쾌공으로도 사용할 수 있다. 백회혈(百會穴)을 통해 스며든 진기를 가슴으로 내려 마음으로 쳐낸다.

마음으로 보고 마음으로 읽으며 마음으로 행한다.

변검 사부는 이 내공법을 무인의 내공법으로 사용하지 않았다.

손을 빨리 놀려 변검이 가능하니 되었다. 내공법을 휘돌리면 사람들 이목을 속일 수 있을 만큼 손이 빨라지니 만족했다.

가면 대신 검을 잡으면…… 쾌검이다. 도를 잡으면 쾌도다.

일보십변(一步十變)이다. 일보에 가면 열 개를 바꿀 수 있다. 얼굴을 열 번이나 바꿀 수 있다.

그것이 무공이 되어 터져 나간다.

'중단전을 이용한 무공이야.'

종리추는 약간의 단서를 잡아냈다. 천외천에서도 가장 강한 신비의 고수들은 하단전 무학이 아니라 중단전 무학을 사용한다.

마음으로 보니 초식이 필요없다. 허점이 보이면 베어낼 뿐이다.


닷새째가 되는 날 소여은이 들어오고, 바로 뒤를 이어 적사가 당도했다.

"삼이도 사건 기억나?"

종리추와 함께 마중 나온 소고가 말했다.

"호호! 사실 나 그때 언니보고 요녀라고 생각했는데."

소여은이 방긋 웃으며 말했다.

"음……!"

입이 무거운 적사는 말하지 않았지만 얼굴이 살짝 붉어지는 것으로 보아 같은 생각인 것 같다.

"그때 우리는 한 사람 무공만 보지 못했어."

"호호호! 좋지, 언니는 정말 좋은 생각만 한단 말야. 야, 적사. 어쩌겠냐, 네가 희생양이 되어야지."

소고가 종리추에게 다가가 말했다.

"요즘 축혼팔도에 정신 팔려 있다는 것 알아. 적사는 축혼팔도의 제일인자야. 한번 손속을 마주쳐 보는 것도 괜찮을 거야. 적사는 무척 빠르거든. 패배를 감수할 용기가 필요할 거야."

종리추는 버드나무 가지를 잘라 잎을 훑었다.

좋은 목검이 즉석에서 만들어졌다.

적사도 사양하지 않았다.

지금 이 자리에는 옛날 삼이도에서 만난 그 사람들만이 모여 있다.

소고, 소여은, 종리추, 적사.

야이간이 없지만 그런 놈은 없는 게 차라리 낫다.

적사도 종리추처럼 버드나무를 꺾었다.


뚜벅! 뚜벅! 저벅! 저벅……!

축혼팔도는 전신 진기를 하나로 응축시켜 일시에 터뜨리는 무공이다. 적과 나 사이의 가장 빠른 길만 쫓아갈 뿐, 기타의 조건은 필요없다.

적사는 당연히 자신의 싸움을 시작했다.

종리추가 말려든 듯싶다.

종리추는 적사와 같은 방식으로 싸우려는 듯 버드나무를 축 늘어뜨리고 걸어간다.

쉬이잇!

먼저 나뭇가지를 쳐낸 사람은 적사다.

쒜에엑……!

종리추는 가로저었다. 아니, 가로로 베어냈다.

"헛!"

"어멋!"

적사는 깜짝 놀랐다. 지켜보던 소고도, 소여은도 깜짝 놀랐다.

순식간에…… 눈 깜짝할 사이라고 하기에도 부족한 만큼 너무 빠른 촌각 만에 종리추의 나뭇가지가 허리를 베고 지나갔다. 축혼팔도를 배는 능가한 빠름이다.

"이, 이건 그 검법이야! 그놈들이 사용하던 검법!"

적사가 중얼거렸다.

2

"용두방주가 소고에게 암살당했다!"

구파일방의 거두인 개방 용두방주가 묵월광 살수에게 암살당했다는 소문이 날개를 달고 퍼져 나갔다. 진원지를 알 수 없는 소문은 꼬리에 꼬리를 물고 쉴 새 없이 번져 갔다.

용두방주가 묵월광 살수에게 암살되었다는 소문은 큰 충격으로 무림을 휘저었다. 무림인이 아니더라도 용두방주의 죽음은 충격인데 하물며 무림인들이야.

타협의 여지는 사라졌다.

구대문파는 살수들을 원수처럼 미워하기 시작했고, 그것은 곧 살육이 시작되었다는 것을 의미한다.

살수문파에 청부를 하고 싶은 사람들도 숨을 죽였다. 아니, 청부를 하려고 해도 청부를 받는 살수문파가 없었다.

죽음은 더욱 늘어났다.

새로운 죽음도 과거에 죽은 살수들처럼 독특한 사흔을 남겼다.

온몸이 시퍼렇게 멍들어 납색을 띤 시신들은 개방도에게 맞아 죽은 자들이다.

허리가 잘린 자들은 신비의 고수들에게 도륙당한 거다.

중원은 죽음으로 넘쳤다.


살천문주는 인간 장막으로 겹겹이 둘러싸였다.

한 걸음만 떼어놓아도 감시의 눈길이 따라붙었다.

현재 섬서성에는 광부와 좌리살검이 들어와 있지만 그들과 연락을 취한다는 건 자살 행위였다.

청부는 당연히 중단되었다.

하기는 중원 전역에서 청부가 중단되었으니 특이할 노릇도 아니다.

외장 문도도 급물살을 맞아 많은 사람들이 떨어져 나갔다.

정보가 살문에 흘러 들어가는 줄 아는 사람들은 그대로 붙어 있었지만 어디로 흘러가는지도 모르면서 돈을 받고 아는 것을 중얼거렸던 사람들은 상당수가 떨어졌다.

"주둥아리 잘못 놀리면 죽어."

개방 걸개들이 동네방네 돌아다니면서 한마디 한 효과는 무척 컸다. 특히 개방 용두방주가 묵월광의 소고라는 여인에게 살해당한 여파로 흉흉해진 인심도 외장 문도들이 떨어져 나가는 데 큰 몫을 했다.

살수들은 설 자리를 잃었다.

탕! 탕탕! 탕……!

살천문주는 예전처럼 장인이 되어 쇠를 두들겼다.

신분을 은폐하는 데는 뭐니 뭐니 해도 직업을 갖는 게 제일이다.

그렇다고 숨어 지내거나 하는 것은 아니다. 벌건 대낮에 떳떳이 돌아다녔다. 죽이려고 마음만 먹으면 얼마든지 살수를 펼칠 수 있는 자들이기에 숨으려는 노력도 하지 않았다.

살문 살수들 중에는 그가 가장 많이 드러나 있다.

살천문주 다음으로는 역시 등천조가 위험하지만 그는 언제나 하오문과 개방을 염두에 두고 있으니 충분히 조심할 게다.

탕탕탕! 탕! 따그르르르……!

살천문주는 웃통까지 벗어젖히고 굵은 땀방울을 흘려내며 망치질에 여념이 없었다.

"망치질에 살기가 스며 있군."

살천문주는 멈칫했으나 들고 있던 망치를 그대로 내려쳤다.

"하기는 겉으로 드러내느니 망치질 속에라도 숨긴 게 낫지. 지금 그거 뭐 만드는 거요?"

"호미."

"호미라…… 내가 보기에는 낫 같은데…… 솜씨가 영 형편없는 분이구려. 그 솜씨로 용케 밥을 빌어먹었소. 하하! 쇠를 다룬 지는 몇 년이나 되셨소?"

낯선 사내는 계속 치근거렸다.

"그렇게 잘 아시면 한번 해보시우?"

살천문주는 낯선 자에게 망치를 내밀었다.

낯선 자는 서슴없이 망치를 잡았다.

탕! 탕탕!

내려치는 소리가 경쾌하다.

묵중하게 다듬을 때는 다듬고 톡톡 튀길 때는 튀긴다.

'대단한 솜씨야! 이자는 누구인가……?'

살천문주는 느닷없이 나타난 자를 예의 주시했다.

능숙한 솜씨도 보통 능숙한 게 아니다. 어려서부터 풀무질부터 시작한 듯 온갖 쇠를 다뤄본 솜씨가 몸에 배어 있다.

'허! 오늘은 내가 죽는 날인가?'

낯선 자의 방문은 죽음을 의미한다.

'마지막 싸움은……'

살천문주는 검을 꺼내 휴대하고 싶었지만 참았다.

적은 자신의 목숨만을 베어낼 뿐이다. 하지만 검을 찬다면 광부나 좌리살검도 위험해진다. 고문에 대해서는 이가 갈릴 만큼 잘 안다. 고문에 대해서 장담하는 자는…… 미련한 자다.

'우두머리가 되었던 자는 다시 검을 들기가 어렵지. 옛날의 성세를 이룩할 만한 투지가 사라져 버리니까. 특히 남의 밑에 기어들어 가 수하 노릇을 하기는 무척 어렵지. 종리추…… 내가 네 밑에 있었던 것은 사무령을 보기 위해서다. 너를 위해서 죽어줄 테니, 부디 사무령이 되어라.'

낯선 자가 발갛게 달군 쇠를 기름 속에 넣었다.

치익!

쇠가 금방 식어버리면서 하얀 연기를 뿜어냈다.

낯선 자가 말했다.

"사람이 필요하지 않소?"

"……?"

"혼자서는 별로 돈벌이도 못할 것 같은데, 어떻소? 내가 일해주면 수입이 훨씬 나아질 텐데.

'누군가……?'

정체를 알 수 없는 자였다.


많은 사람들이 살문 외장에서 떨어져 나갔다고 하지만 살문은 여전히 움직였다. 예전처럼 활발하게 움직이지도 못하고, 암중으로 숨어서 조금 기어 다니는 것에 불과하지만 그래도 중요한 정보는 놓치지 않고 주워왔다.

그중에 하나가 살천문주에게 전달되었다.

"쇠 가져왔소. 짜게 굴지 말고 좀 넉넉하게 셈해주쇼."

쇠붙이 조각을 모아온 사내가 망태기를 우르르 쏟아냈다.

크고 작은 쇠붙이들이 쏟아져 내렸다. 망치도 있고, 검 조각도 있으며 못도 있다.

수명을 다한 쇠들은 모두 모였다.

살천문주는 무게를 달았다.

"여섯 냥일세."

"제길! 요즘은 닭 한 마리도 두 냥이오. 좀 더 주쇼."

"없어. 우리도 일거리가 없어서 죽을 지경이야."

사내가 사라진 후 살천문주는 쇠붙이를 종류별로 분류했다.

쇠도 성질에 따라서 만들어지는 물건이 다르다.

살천문주는 쇳조각 몇 개를 이었고, 그가 원하던 글자를 찾아냈다.


개방, 사결(四結), 호법(護法), 수지(守地).

'사결…… 수지호법이라…… 꽤 괜찮은 놈이군.'

살천문주는 한쪽에서 열심히 쇠를 녹이고 있는 사내를 바라봤다. 그의 등이 무척 넓어 보였다.

그에게 다가가 말을 걸었다.

이런 일은 그저 툭 터놓고 이야기하는 게 편할 때도 있다.

"수지호법으로 알고 있소. 개방이 왜 여기……."

"쉿!"

수지호법은 뜻밖의 행동을 했다. 살천문주가 더 이상 말하지 못하게 하는 것이 아닌가?


수지호법이 수화를 시작했다.

살천문주는 수화를 모르지만 이해하려고 노력해 봤다.

'용두방주가 당했다? 정보라고 할 것도 없는 사실…….'

수지호법이 무슨 말을 하던 살천문주는 별로 놀라지 않았다. 대부분은 그가 알고 있는 사실들이었다.

'천외천과 살문의 싸움을 최대한 지연시켜 주겠다? 그러면 이쪽이야 당연히 좋지. 그런데 무슨 수로…… 후개가 나서겠다? 그렇군, 구파일방에 사건이 벌어졌군.'

좀 더 자세히 알아볼 사안이다.

어쨌든 개방이 살문의 손을 잡아온 것은 큰 행운이다.

살천문주는 단숨에 전서구를 띄우고 싶은 충동을 느꼈지만 꾹 눌러 참았다.

수지호법이 안전한 장소에 들어와서도 수화까지 할 정도라면 사방에 눈이 있다는 것과 다름없다.

살천문주는 수지호법의 손을 마주 잡았다.

수지호법은 냉랭한 빛이다.

어쩔 수 없이 살수들과 연수는 한다마는 언젠가는 칼부림할 사이란 걸 잊지 말라는 투로 비쳤다.


수지호법은 살문의 방패막이다.

그는 대장간에 머물며 살천문주의 행동을 개방에 보고한다.

형식적으로는 틀림없이 개방에서 살문에 잠입시킨 간자(間者)다.

하지만 실제로 그가 하는 일이라는 것은 살문이 팔부령에서 나오지 않고 있다는 사실을 세상에 널리 알리는 일이다. 소림승들이 팔부령을 철통같이 에워싸고 있어 개미 한 마리 빠져나올 수 없다는 것을 알려 준다.

천외천이 살문을 공격할 구실을 빼앗는 선제공격이다.

무림군웅은 소림사가 봉문에 들어가며 남긴 말을 기억하고 있다.

소림사는 살문에 일정한 영역을 주었고, 그곳에서 벗어나지 말라고 경고했다. 벗어나면 소림승에게 죽는다고. 즉, 다시 말해 일정한 영역 안에만 있으면 안전을 보장해 준다는 말과도 상통한다.

수지호법의 이런 행동은 살천문주로서는 전혀 손해 볼 것이 없었다.


두 사람은 이내 서로의 연락 수법을 알아챘다.

쇠 줍는 사내가 우르르 망태기를 쏟아내고 간 다음에는 수지호법의 눈과 귀가 쫑긋 세워졌다.

수지호법은 살천문주처럼 은밀하지 않았다.

그는 살천문주만 속이면 된다.

겉으로 두 사람은 각기 자신의 정보를 비밀리에 유지했다.

그러나 날이 어두워지면 서로의 정보를 공유했다.

수지호법은 살문의 사정을 어느 정도 알게 되었다.

살문의 조직이며 외장이 유지되는 형태 등등.

반면에 살천문주도 개방의 사정을 알게 되었다.

용두방주의 죽음을 놓고 개방에서는 의견이 분분하다. 소문을 믿고 묵월광의 소고를 징치해야 한다는 의견이 팽배해 있는 반면 용두방주의 죽음에 이의를 제기하는 사람도 있다.

용두방주가 죽었으니 한시라도 빨리 방주를 추대해야 하지만 후개가 한사코 사양하고 있는 점도 문제다.

후개가 사양하는 이유는 다름 아니라 방주만이 익히는 타구봉법을 전수받지 못했다는 것이다.

개방은 임시로 제일장로인 흑봉광괴가 유지해 나갔다.

후개는 폐관 수련에 들어갔고, 몇몇 장로가 호법을 섰다.

수지호법은 이런 개방의 속사정까지도 살천문주에게 전해주었다.

비밀이 없다는 것을 확인시켜 주기라도 하듯.

그 외에도 많은 정보를 주었다. 천외천은 무림군웅들 중 악을 원수처럼 미워하는 사람들의 모임이다. 천외천 외에 구대문파가 만든 비객도 있다 등등.

대부분이 아는 사실이지만 단 하나…… 천외천 천객에게 용두방주가 살해되었다는 놀라운 사실만은 몰랐다. 수지호법이 말해 주기 전까지는.

살천문주는 종리추의 입이다. 수지호법은 후개의 입이다.

두 사람은 자신의 의지를 말하는 것이 아니라 종리추와 후개의 뜻을 주고받았다.


　수지호법과 살천문주의 결론은 하나로 집약되었다.

　천외천이 살문을 노리고 있다.

　중원의 모든 살수들이 숨죽인 마당에 아직도 고개를 빳빳이 들고 있는 곳은 살문뿐이다.

　이제 중원천지에 사마의 무리는 살문밖에 남지 않았다.

　그동안 중원무림은 쑥대밭이 되었고, 많은 사람들이 죽었지만 군웅들은 환호했다.

　살천문주가 수화를 전개했다.

　'후개가 이런 정보를 살문에 주는 저의가 무엇이오?'

　수지호법이 수화로 대답했다.

　'청부.'

　'뭐요?'

　'청부자는 모두 여섯 명, 그중 제일 첫 번째…… 개방 일장로 흑봉광괴.'

　'뭐, 뭐라고!'

　'……'

　'다시 한 번 말해 주시오.'

　수지호법은 천천히 수화를 펼쳤다.

　'개방 일장로 흑봉광괴.'

　'후개의 뜻이오?'

　수지호법은 고개를 끄덕였다.

　'이건…… 문주님께 여쭤봐야겠구려. 청부금은 얼마를 생각하시오?'

청부가 이루어지고 있다.

'살문의 목숨.'

'살문의 목숨? 여섯 명 전부 청부를 완수했을 때 말이오, 아니면 흑봉광괴를 죽였을 때……?'

'여섯 명 모두.'

'알겠소. 일단 문주님께 여쭤봐야겠소.'


나흘 후, 종리추에게서 연락이 왔다.

"이번 쇠는 검 조각이 많으니까 틀림없이 상질이오. 깎을 생각 말고 열 냥 주시오."

"여섯 냥."

"쳇! 아홉 냥."

"여섯 냥."

"정말 능구렁이야. 좋소. 일곱 냥."

살천문주는 일곱 냥을 건네주었다.

쇳조각은 정말 그의 말대로 검편(劍片)이라 쓸 만했다.

이것저것 뒤적이던 살천문주의 눈에 검편 한 조각에 음각된 글씨가 보였다.


불(不).


"엇!"

살천문주는 자신도 모르게 탄성을 내질렀다.

놀라도 너무 깜짝 놀랐다. 조건이 다소 건방지기는 해도 살문이 존속하는 데 더없이 좋은 기회다.

자신 같았으면…… 후개가 끼어들었다는 증거를 확보해 놓으리라. 문서도 좋고, 신물(信物)도 좋고. 상대가 움직일 수 없는 증거를 확보해 놓으면 실행에 나선다.

흑봉광과가 고수이지만 암살이 전혀 불가능한 것도 아니다. 특히 살문같이 고수가 즐비한 곳이라면 백이면 백 암살할 수 있다.

그때부터 후개와 살문은 같은 길을 가게 된다.

후개는 살문을 배반할 수 없고, 살문은 후개가 있는 한 든든한 방조자를 얻게 된다.

더없이 좋은 기회…….

종리추는 거절해 왔다.

수지호법이 이마에 흐른 땀을 쓱 문지르며 다가왔다.

살천문주는 차마 떨어지지 않는 입을 떼였다.

"거절, 거절, 거절…… 거절하는 사람도 있군."

옆에 사람이 있어도 무슨 내용인지 전혀 알아듣지 못할 소리다.

수지호법의 눈에도 놀람이 스쳐 갔다.

◆第百六章◆

# 상권(商權)

야이간과 취국은 세월 가는 줄 몰랐다.

　상미현에서 하남성까지 오는 동안 꿀보다도 달콤하고 진한 나날을
보냈다.

　애욕(愛慾)은 세상 무엇보다도 달콤했다.

　'이년을 죽이지 않으면 내가 제명에 못 죽지.'

　야이간은 다리마저 후들거렸다. 하지만 그러다가도 취국을 보게 되
면 언제 그랬냐 싶게 다시 팽팽한 활력이 솟구치곤 한다. 그만큼 했으
면 정력이란 것도 남아날 리 없으니, 원정까지 박박 쥐어짠 것이 틀림
없다.

　취국도 그렇다.

　상미현에서 이백여 명의 하인들이 죽었다. 총관도 죽었고, 남편으로
모시던 거상의 정실부인도 죽었다.

장원에 있던 모든 사람이 하루아침에 죽었다.

취국은 그런 일이 있었냐는 듯 태연했다.

그녀의 관심사는 오직 하나, 황홀한 밤에 있었다.

"갈수록 시들해지는 것 알아?"

"긴장해서 그래."

"어멋! 웬일까? 대래봉 살수가 긴장을 다 하고?"

"그 입 다물지 못해!"

"틀린 말도 아니잖아."

"함부로 나불대지 마. 쥐도 새도 모르게 죽어."

"치잇!"

취국이 침상 대용으로 사용해 온 우의(牛椅)에 털썩 드러누웠다.

거상이 애용하는 화려한 사두마차는 야이간을 무림인의 시선으로부터 막아주었다.

혹, 궁금증이 치밀어 마차로 다가서던 사람들도 마차 가까이 이르러서는 황급히 발길을 돌려 버렸다.

마차 안에서 들리는 끈끈한 열락의 소리는 차마 듣기 민망했다.

무림인은 거상들의 이런 불유쾌한 쾌락에 동참하지 않는다. 이런 거상들은 주위에 호위무인들을 데리고 다니는 관계로 파락호들도 찝쩍거리지 않는다.

아마 세상에서 가장 팔자가 늘어진 부류일 게다.

야이간은 그 점을 이용했고, 하남까지 들어오는 동안 별다른 사건은 없었다. 취국이 상상 밖으로 진 빼먹는 것을 제외하면.

하남성에 들어와서는 마차를 바꿨다.

거상의 마차를 계속 타고 다니다 살인자를 뒤쫓는 거상 일당과 만날 수도 있다. 그것은 두렵지 않다. 걸리는 족족 모두 죽여 버리면 되니까.

하남성의 마차는 다른 곳과 조금 다르다.

문짝이 반달형으로 둥그스름하게 휘어졌고, 소가죽으로 만든 의자도 하남성에서는 양가죽을 쓴다.

여러 부분에서 조금씩 다르지만 야이간은 세심하게 신경을 썼다.

"마차를 사 와. 사두마차. 아주 호화스러운 것으로."

"왜? 이것도 좋은데?"

"시키는 대로 해. 시키는 대로만 하면 우린 평생 떵떵거리고 살 수 있어. 알겠어, 예쁜아?"

취국이 마차를 사 왔다.

돈은 걱정하지 않는다. 평생 쓸 돈으로는 턱없이 부족하지만 당장 쓸 돈은 넘쳐 난다.

야이간은 마차를 꼼꼼히 점검했다.

먼저 마차는 부숴 버렸고 말들도 죽여 버렸다.

모든 걸 깨끗이 갈아치우는 게다.

"마차 한 대 더 사 와."

"왜에!"

"사 오라면 사 와."

"나보고 마차 사 오라고 해놓고 살짝 도망치려고 그러지!"

야이간은 기가 막혀 말이 나오지 않았다.

세상에 돌머리도 이런 돌머리가 있는가. 떼어놓을 요량이었으면 한적한 곳에서 콱 죽여 버리면 그만인데.

"휴우! 아냐, 난 도망 못 가. 가라고 등 떠밀어도 가고 싶지 않아. 아직도 모르겠어?"

취국이 배시시 웃었다.


야이간은 어자석에 앉아 난감한 표정을 지었다.

지나가던 길손이 물었다.

"마차는 두 대인데 왜 혼자 끙끙거리고 있소?"

"그것참…… 용령(勇伶)까지 급히 가야 되는데 마부가 그만 급사하고 말았지 뭡니까? 실례지만 어디까지 가십니까?"

"에이, 여보쇼. 난 마차 몰 줄 모르오."

"그냥 고삐만 잡고 가면 됩니다. 석 냥 드리죠."

길손의 눈이 게슴츠레해졌다.

"용령에 가면 마방이 있을 겁니다. 급히 가셔야 합니다."

야이간은 석 냥을 꺼내 길손에게 주었다.

"당신은 같이 안 가오?"

"전 급히 사랑(斯莨)으로 가야 돼서요. 용령으로 갈 것 같았으면 제가 두 대를 다 몰고 가죠."

길손은 고개를 끄덕였다.


길손이 마차를 끌고 떠난 후, 야이간은 복문(馥馼)으로 방향을 잡았다.

"사랑으로 간다며?"

"하는 말이지."

"용령에는 왜 괜히 보내는 거야?"

야이간은 취국을 보았다.

피곤한 여자다. 몸은 매력적이지만 생각할 줄은 모른다. 이런 여자는 내원 깊숙한 곳에 들여앉혀 놓고 생각날 때만 찾아가면 딱 좋을 것 같다.

"네 서방이 지금쯤 하남에 들어섰을 거야."

"뭐! 누가 그래?"

"용령과 대래봉 살수…… 아니지, 마차를 천길(釧桔)에서 빌렸으니 천길과 대래봉 살수지. 연결되지 않는 고리…… 아마 추적은 거기서 끝날 거야. 추적이란 연결되는 고리가 있을 경우에만 가능하거든."

"너무 멋져! 천재인 것 같아."

취국의 손이 하물을 만져 왔다.

'복문으로 해서 양성으로 들어가는 거야. 그러면 이 계집은 필요없어지지. 헉! 미치겠네.'

야이간의 의지는 흐물흐물 녹아내렸다.


하남성 양성에는 야이간이 평생 잊지 못할 이름이 있다.

종리추, 그가 양성에서 첫 살인을 했다. 그가 이곳에서 혈배를 들었다. 또 한 사람…… 천 노인이 있다. 소고의 자금줄, 살혼부의 모든 것인 천 노인이 양성에 터를 내리고 있다.

천 노인의 재산은 상미현 거상 정도는 콧방귀만으로도 날려 버릴 수 있다.

상미현 거상에게서 당장 급히 쓸 용채를 얻었다면 천 노인에게서는 평생 안락함을 제공해 줄 근원을 얻어야 한다.

야이간은 양성에 머물며 천 노인의 주변을 샅샅이 살폈다.

천 노인은 여전히 염왕채(閻王債:고리대금)로 돈을 벌고 있다. 세월이 수상해서인지 전처럼 무지막지하게는 하지 않아도 사납다는 평은 들을 만큼 돈을 뜯어낸다.

용성 사람 중에 천 노인만큼 원한을 많이 받은 사람도 드물 게다. 그런 사람이 아직 청부 대상자가 아니란 게 우습기도 하지만.

천 노인은 사방 한 평이 안 되는 조그만 곳에서 돈을 굴린다. 하지만 천 노인과 연관을 맺고 있는 상인의 수는 하늘에 떠 있는 별보다도 많다.

천 노인은 거물이다. 그래서 함부로들 건들지 못한다.

천 노인이 소림사와 연관이 있을 수도 있으며, 하오문 아니면 살수문파와 연관이 있을 수도 있다. 그렇지 않으면 장군(將軍)과 같은 나랏사람과 인연을 맺고 있을 수도 있다.

거물이 펼쳐 놓은 인맥(人脈)은 무시하지 못한다.

죽이고자 달려들면 한 줌 거리도 안 되지만, 보이지 않는 넓고 무거운 그물막이 그에게 접근하는 것을 불허한다.

야이간은 알고 있다. 그가 살혼부의 자금을 관리하고 있고, 소고에게 막대한 은자를 줬으며, 자신이 장원을 짓고 뭇 여자들을 납치해 즐기게끔 해주었다.

그때는 정말 좋았다. 권력의 속성에 흠뻑 빠져들었다.

야이간은 천 노인에게 다가섰다.

천 노인이 고개를 들어 야이간을 쳐다봤다.

"네…… 놈이군."

야이간은 씩 웃었다. 천 노인도 음충맞게 웃었다.


쐐에엑! 페엑!

야이간은 바람처럼 날며 보검을 휘둘렀다.

상미현 총관이 지니고 있던 검은 정혈검(精血劍)이라는 보검이다.

시퍼렇게 날이 선 푸른 보검이지만 피를 머금게 되면 검신에 물방울 문양이 생긴다.

붉은 선혈로 물들어진 물방울 무늬.

야이간의 검에는 물방울 무늬가 생겼다.

천 노인을 지키는 호위무인들은 말이 좋아 무인이지 한낱 파락호에 지나지 않는다.

서민들을 협박하여 돈을 뜯어내는 일은 무공이 높고 점잖은 사람보다 무공이 낮더라도 험악한 사람이 훨씬 낫다.

야이간에게 덤벼든 자들은 바로 그런 자들이다.

두 명이 피를 쏟으며 쓰러지자 다른 자들은 감히 덤벼들 엄두를 내지 못했다.

"쓸개도 없는 놈이 살심만 키웠군."

천 노인은 야이간을 볼 생각도 하지 않았다. 그의 음충맞은 미소는 야이간을 인간으로 보지도 않았다.

"천 노인, 노인이 세파에서 견뎌내는 힘은 명성이야. 그것 없으면 아무것도 아니지. 하지만 난 알잖아? 그 명성이란 것을 하루아침에 무너뜨릴 수 있다는 걸. 좋아좋아! 다 요구하지는 않겠어. 소고 몫의 절반만 줘. 나도 그 정도는 받을 권리가 있으니까."

"소천나찰이 불쌍하군."

"뭐?"

"네놈을 아들같이 생각한 소천나찰이…… 큭!"

천 노인은 비명을 내질렀다.

야이간이 다가와 팔을 꺾어버렸다.

"나온다고 다 말이 아냐. 가려서 할 줄 알아야지. 자, 자…… 그건 그렇고…… 받을 것부터 받아야겠는데, 주겠나?"

천 노인을 막아주는 것은 몇몇 파락호들의 무공이 아니다. 천 노인쯤 되는 거물에게 당연히 있을 것이라고 생각되는 배경이 천 노인을 당당하게 만든다.

야이간은 살심을 키웠다.

천 노인을 데리고 다니면서 천 노인과 관계있는 사람은 모두 죽일 심산이었다. 누가 천 노인의 수족인지 모르니, 누가 천 노인과 같이 일하는 사람인지 모르니.

양성이 피바다로 변할 게다.

상인들 중 절반쯤 죽은 후에나 입을 열지도 모른다.

괜찮다. 묵월광은 잠적했고, 세상은 살수들을 죽이지 못해서 안달이다. 세상으로부터 미움받는 천 노인을 어떻게 했다고 해서 그를 원망할 사람은 없다.

천 노인은 의외로 순순히 대답했다.

"이놈아, 넌 어른도 없냐? 이 팔부터 놔라. 늙은이 뼈다귀는 힘이 없어서 살짝만 비틀어도 부러진단 말야, 이놈아!"

"후후후! 속일 생각은 하지 마. 불행히도 난 이런 쪽으로는 훤하단 말야."

천 노인을 소고에게서 빼돌리려면 상재(商材)에 밝아야 한다.

천 노인이 상인 한 명을 말하면 그의 뒤에 있을 수십 명의 중간상인들까지 생각해 낼 수 있어야 한다. 파락호가 힘이 있다고 몰아붙여도 결국 빈손밖에 남지 않는 것이 그런 점을 몰랐기 때문이다. 세상에 돈을 탐내는 수많은 사람들이 있어도 천 노인을 건드리지 못했던 것이 바로 알알이 이어진 인맥을 찾아내지 못해서다.

소고도 하지 못한다.

소고는 묵월광을 살수 집단으로만 키웠지 천 노인이 어떤 식으로 돈을 운용하는지에 대해서는 무관심했다.

야이간은 천 노인의 인맥을 낱낱이 파악하고 있다.

묵월광에 들어와서 유일하게 한 일이라고는 바로 그것이다.

그렇기에 아무도 건드리지 못하는 천 노인을 서슴없이 건드릴 수 있다. 천 노인의 재산은 그에게는 나무에 걸린 눈먼 열매다. 따는 사람이 임자인 게다. 자신만만? 얼마든지 자신만만하다.

천 노인은 순순히 장부를 넘겨줬다.

살혼부의 자금을 관리하는 상인들이 누군지, 자금이 어느 경로를 통해 어떻게 유통되는지…….

천 노인은 이상하리만치 숨기지 않았다.

'이거 뭐 하는 수작이야? 함정인가?'

야이간은 오히려 불안해졌다. 차라리 반항이라도 하면 의심하지 않았을 텐데.


백상(百商)이 모였다.

살혼부의 자금을 관리하는 사람들이며 천 노인의 명령을 듣는 상인들이다.

'이 늙은이가 정말 무슨 꿍꿍이지?'

자신의 재물을 빼앗겠다고 덤비는 도둑에게 겉에 드러난 재산은 물론 숨겨둔 재산까지 속속들이 들어 바치는 사람도 있던가?

야이간은 조금도 방심하지 않았다.

재산이란 있다가도 없는 것이고, 없다가도 있을 수 있다. 하지만 목숨은 한 번 잃으면 끝이다.

천 노인의 일거수일투족은 야이간의 눈길에서 벗어나지 못했다.

"모두 잘 모였네. 이렇게 모인 게 얼마 만이지?"

"십 년이 훌쩍 넘었습니다."

"그렇지. 살혼부가 십망을 받기 직전이었으니까…… 십 년이 훌쩍 넘었군요."

백 명의 상인들은 흉금을 털어놓고 편히 이야기했다.

이 자리에서 그들이 논의하지 못할 일은 없다. 입에 담지 말아야 할 것도 없다. 술주정도 괜찮고, 천 노인을 욕하는 소리도 괜찮다. 모두 허용된 자리다.

"주목하게. 참으로 오래되었네만…… 불행히도 이제 살혼부는 사라졌네."

"……."

시끌시끌하던 좌중이 조용해졌다.

누군가 술잔을 들어 올렸는데 그 소리가 사발 깨지는 소리처럼 크게 들렸다.

"살혼부가 사라졌으니…… 나도 존재할 생각이 사라졌네. 장강의 뒷 물결이 앞 물결을 밀어낸다니…… 밀려나야지. 그래서 여기 이 소협과 함께 왔네."

야이간은 마치 꿈을 꾸는 듯했다.

자신이 천 노인을 찾아온 것이 아니라 천 노인이 자신을 찾은 것 같다. 천 노인을 협박해서 그가 관리하는 모든 상권을 넘겨달라고 했는데, 실은 천 노인이 미리 주려고 준비해 놓은 것 같다.

일은 그렇게 진행되고 있다.

'이거 도깨비에게 홀린 것도 아니고, 무슨 이런 일이 다 있지?'

야이간은 천 노인의 안내에 따라 일어섰다.

백 명의 상인들에게 인사할 차례다.

그는 순간적으로 많은 이름을 떠올렸다.

'어떤 이름이 좋을까? 여기서 나는 새사람이 되는 거야. 이 막강한 상권을 바탕으로……'

야이간의 꿈은 순식간에 깨졌다.

천 노인이 입을 열어 야이간을 소개했다.

"이 소협의 이름은 현무길이오. 곤륜파에서 수학했고, 이번 팔부령 싸움에서도 명성이 단연 돋보인 기협이오."

'이런!'

야이간은 현무길이라는 이름이 싫었다.

그 이름은 살수문파와 연관 지어진다. 살수들이라면 어린아이조차 베어넘기는 천외천 무인들이 뇌리에 새겨놓은 이름이기도 하다.

'하기는…… 이들은 살혼부의 손과 발. 내가 누군지 정도는 이미 알고 있을 거야. 현무길이라는 이름을 떠들고 다닐 사람들도 아니고. 휴우! 십년감수했군. 망할 늙은이 같으니라구!'

야이간은 가벼운 포권지례로 인사를 대신했다.

천 노인이 말했다.

"앞으로 이 소협이 내 대신 여러분을 이끌 것이오. 어떤 조건도 없소. 소고가 재기한다 해도 반드시 도와야 한다는 명분도 없소. 살혼부가 사라졌으니…… 이제 모두 끝난 것…… 난 이 길로 은거할 생각이오. 허허! 하남성에서는 원한이 많으니 다른 곳으로 가야 하는데 어디로 가야 할지……."

"해남(海南)으로 가시지요. 날씨가 따뜻하니 건강에 좋을 겁니다."

이야기가 엉뚱한 데로 흘러갔다.

백 명의 상인들과 천 노인은 엉뚱한 이야기만 주고받았다. 야이간을 소개시킨 것…… 그것으로 상인 백 명과의 만남은 끝났다.

'무언가 있는데…… 이 늙은이가 이렇게 쉽게?

상인 백 명과의 회합은 연 사흘 동안 지속된다.

천 노인은 아무런 수작도 부리지 않았다.

첫날은 약간 신경을 건드렸지만 다음날 아침 일찍 그는 작별을 고했다.

"늙은이가 있어봤자 쓸데없는 소리만 주워들을 터…… 이 늙은이는 이만 작별을 고하겠소이다. 여러분……! 평생 이 늙은이를 따라줘서 고맙소."

'앗차! 이 늙은이에게 당했군.'

야이간은 얼굴을 붉혔다.

천 노인이 손아귀에서 벗어나려고 하는데 막을 방도가 없다. 이럴 줄 알았으면 파락호라도 한 명 사서 관도에 숨겨두는 것인데.

"모두들 현 소협을 많이 도와주시구려."

"걱정 마시고 안녕히 가십시오."

천 노인은 상인 백 명과 일일이 손을 맞잡은 후 회합이 열린 기루를 빠져나갔다.

'됐어. 이들이 있으니……'

야이간은 천 노인의 숨통을 조이지 못한 것이 못내 아쉬웠지만 참았다. 그에게는 평생 꿈도 꾸지 못할…… 중원제일의 갑부로 만들어줄 상인들이 있다.

이들은 진심으로 대해야 할 게다.

수작을 부리는 날에는…… 죽게 될 테니까.

"자, 이제 앉으시지요. 저희는 천 노인을 천야(天爺)라고 불렀습니다. 소협도 천야라고 부르도록 하죠."

상인들 중 나이가 많은 늙은 상인이 좌중을 돌아보며 말했다.

일이 너무 잘 풀려 나갈 경우에는 오히려 불안해진다.

야이간이 그런 경우다.

자신이 바란 것 이상으로 모든 일이 척척 풀려 나가는데 영 불안하기만 하다.

"약재(藥材) 현황입니다."

실물이 아닌 장부 조사만으로도 꼬박 이틀을 넘겼다.

자세히 볼 시간적인 여유도 없다. 대략적으로 현황만 보고받고는 넘어간다.

시간이 흐를수록 천 노인의 모든 것은 너무 싱겁게 야이간의 손으로 굴러 들어왔다.

이토록 거대한 상인 집단이 있었다니.

살혼부 살수들은 정말 대단한 사람들이다.

살혼부 살수들은 청부로 벌어들인 돈을 한 푼도 쓰지 않았다. 상재(商材)가 뛰어난 사람을 골라 위탁했고, 돈은 눈덩이처럼 불어났다.

그들은 청부를 받지 않아도 평생 호의호식할 수 있는 지경에 이르렀다.

살혼부 살수들은 편히 지내지 않았다.

야이간은 곤륜까지 쫓겨갔으면서도 소천나찰이 좋은 옷 한 벌 입는 모습을 보지 못했다.

소천나찰은 중원을 떠날 적에 입었던 옷을 그대로 입고 돌아왔다.

음식도 돈 주고 사 먹은 적이 없다. 산에서 풀을 뜯어 먹었고, 터전을 마련한 다음에는 직접 농사지어 먹었다. 한 발이 없는 절룩데기 병신이 농사를 지었다. 이렇게 많은 돈이 있는데…….

'살수가 돈을 벌기는 잘 버는군.'

살혼부 살수들은 고급 청부를 맡았다.

한 건에 은자 몇백 냥에서 몇천 냥에 이르는 고급 청부.

그들은 왜 이 돈을 쓰지 않은 것일까?

그렇게 궁핍하게 살면서…… 이 돈을 약간만 꺼냈어도 편히 살 수 있었는데. 손발이 잘렸어도 시녀 네다섯 명을 동시에 부리며 편히 지낼 수 있는데.

묵월광? 빌어먹을 묵월광…….

살수는 돈을 위해서 존재한다.

돈을 벌기 위해서 사람을 죽이는 것이다.

살수에게 의리니 협행이니 하는 따위는 개소리보다 못하다.

사무령? 웃기는 게 사무령이다. 사무령이 되어서 어쩌겠다고. 그저 돈이나 챙겨 한몫 잡고 튀면 그만인 것을.

'난 성공했어.'

야이간은 하나씩 하나씩 상권이 손에 잡힐 때마다 흥거운 콧노래를 불렀다.

주의를 기울이는 것도 게을리 하지 않았다.

조금이라도, 아주 약간이라도 이상한 기미가 보이면 바로 내뻴 생각이다.

물론 자신을 물먹인 이 작자들…… 상인들이라는 작자들은 평생 두 발을 뻗고 잠들지 못할 테지만.

내원에 머물고 있는 취국이 생각났다.

우연찮게 주운 계집이지만 취국의 몸뚱이는 정말 탐스럽다. 그녀는 요물이다. 사내의 정혈을 빨아먹기 위해 태어난 요괴다.

그녀에게 걸리면 맥을 추지 못한다.

취국이 손가락만 움직여도 거미줄에 걸린 파리처럼 처분만 바라는 신세로 전락하게 된다. 아무리 급한 볼일이 있어도 그녀가 관계를 요구하면 들어줘야 한다.

'요물이야…….'

야이간은 욕정이 치밀었다.

취국은 생각만 해도 욕정이 치미는 여자다.

*　　　*　　　*

천 노인은 팔부령으로 들어섰다.

그는 거친 산을 타기가 힘든 듯 조금 올라가서는 쉬고, 또 몇 발짝 움직이고는 쉬었다.

"휴우! 이 늙은이보고 이런 산을 올라오라니, 참 취미치고는 악취미야."

천 노인은 고개를 설레설레 흔들었다. 그때,

"중얼거릴 힘은 남아 있군. 그럼 좀 더 올라갈 수 있겠어."

숲 안쪽에서 낭랑한 음성이 들려왔다.

천 노인은 다급하게 팔을 저었다.

"에고! 무슨 그리 끔찍한 소리를…… 여기서 한 걸음만 더 옮기라고 하면 한숨 잤다가 내일쯤이나 올라가렵니다."

"하하하하!"

숲에서 나온 사람은 종리추다.

"신수가 훤해졌군요."

천 노인의 눈길이 부드러워졌다.

사실 두 사람의 인연은 썩 좋은 편이 아니다.

천 노인과 종리추가 처음 만난 날, 천 노인은 종리추에게 얻어맞았다. 채찍으로 등짝을. 그것도 거금 일만 냥을 빌리러 간 것도 아니고 주러 갔으면서.

그때부터 시작된 두 사람의 인연은 질기게 이어지고 있다.

천 노인은 자신의 개인 재산을 선뜻 종리추에게 내놓았다. 소고에게가 아니라 종리추에게. 구만 냥이라는 입도 벌어지지 않는 금액을 수전노 천 노인이 내놓았다.

천 노인은 사무령을 보고 싶어한다.

노인은 사무령이 될 사람으로 소고와 종리추를 꼽았다.

살혼부 살수들조차 소고에게 신경을 쓰고 있을 때, 그는 종리추에게 거금을 내놓았다. 사무령이 되어달라면서. 무림에 자유인이 있는지 보고 싶다면서.

소고는 벌써 날개가 꺾였다.

종리추가 말했다.

"술 한잔이라도 하고 싶으면 이리 와. 그쪽으로는 죽어도 안 갈 테니까."

다리가 아파서 한 걸음도 움직일 수 없다던 천 노인이 한달음에 달려왔다.


"역시 야이간의 목적은 재물. 이 늙은이의 재물이 꽤나 탐났나 봅니다. 얼굴이 여간 두껍지 않아요. 웬만한 자 같으면 얼굴 보이기도 힘들었을 텐데."

"넘겨준 것은……"

"전부 다요. 말씀대로 하나도 남기지 않고 전부 다 넘겨줬어요. 허허! 이제 이 늙은이는 거지나 다름없는데…… 밥술이나 얻어먹어야겠소이다."

"밥값을 못하는 사람은 찬밥조차 안 주지."

"허! 냉정하군요. 그 많은 재산을 툴툴 날리고 온 사람에게 찬밥 한 술 안 주다니."

"……"

종리추는 말을 잃고 멍해졌다.

무엇인가 생각에 깊이 잠길 때 드러나는 버릇이다.

농담으로 시작한 말이지만 농담조차도 받을 수 없을 만큼 깊은 생각에 빠져든 게다.

천 노인은 물어보고 싶은 게 많았다.

야이간이 자신에게 올 줄 어떻게 알았나? 그런 인간에게 전부 넘겨
줘도 상관없는가 등등 물어보고 싶은 게 정말 많았다.

한마디도 물어보지 못했다.

종리추가 일어나 걸어가기 시작했다. 천 노인은 생각에 방해가 되지
않으려고 멀찍이 떨어져 뒤따랐다.

"천 노인!"

종리추가 느닷없이 부르자 슬금슬금 따라가던 천 노인이 한달음에
달려가 옆에 섰다.

종리추가 두 손을 잡았다.

"천 노인, 덕분에 한 달이란 시간을 벌었어."

"좋은 겁니까?"

"좋지, 살 수 있게 되었으니까."

"좋은 거군요."

"천 노인, 바빠지겠어, 아주."

"허허! 돈도 없는데 바빠지다니…… 천상 몸뚱이를 써야 할 일인가
보군요. 그런 건 싫은데……."

천 노인은 말을 잇지 못했다. 종리추는 벌써 저만큼 달려가는 중이
었다.

'정말 빠른 신법이군. 이러다가는 놓치겠는걸.'

천 노인도 신법을 펼쳤다.


"외장을 최대한 가동하도록."

느닷없는 명령에 벽리군은 어안이 벙벙했다.

지금은 그럴 상황이 아니다. 좀 더 무림이 돌아가는 모습을 지켜봐

야 한다.

　말은 하지 않았지만 어쩌면 외장을 최대한 가동할 기회는 한 번밖에 없을지도 모른다. 개방이 어느 정도 외장의 틈바구니를 파고들었다는 뜻이다.

　자칫하면 등천조와 연결된 외장 문도 열 명의 종적까지 드러날 위험에 처했다. 마지막 절체절명의 순간을 위해서 지금은 최대한 가동할 단계가 아니다.

　"상공, 외장을 최대한 가동하면……."

　"하도록 해."

　"……."

　벽리군은 잠시 종리추를 쳐다보다가 고개를 끄덕였다.

　그런 모습을 보고 있는 묵월광 살수들은 기분이 이상해졌다.

　벽리군은 하오문 기문 문주였다.

　세상에서 가장 눈치 빠른 여인이며, 사내의 주머니 속에 든 물건을 제 것처럼 사용할 수 있는 재능이 있다. 화령 살수들도 있지만 사내를 녹이는 면에서는 한 수 지도를 받아야 할지도 모른다.

　결코 깨끗하다고 할 수 없는 여자.

　사내와 잠자리를 하는 것도 예사롭게 생각하는, 생활이 문란하기 이를 데 없는 여자.

　그런 여자가 다소곳해졌다.

　종리추의 의견에 반해 자신의 의견을 개진하지만 믿을 때는 확실히 믿는다. 긴가민가가 아니라 확실히.

　그런 느낌은 점점 묵월광 살수들에게도 전해졌다.

　오곡동에서 생활하는 동안…… 구파일방, 전 무림군웅들의 합공에서 버텨낼 수 있었던 것이 우연만은 아니란 걸 알았다.

종리추는 끊임없이 무림을 살핀다. 연구하고 부족한 부분은 밤을 새워서라도 찾아낸다. 그런 면이 그에게 삶을 안겨주고 있다.

종리추는 사람을 믿게 만든다. 인간적인 매력에 현혹된 믿음은 오래 가지 못한다. 종리추가 주는 믿음은 꾸준한 노력과 연구에서 나온다. 그렇기에 믿을 수 있다.

벽리군이 등천조에게 보내는 전서를 기재했다.

**외장 총동원.**

종리추가 말했다.

"중점을 둘 사항은……."

벽리군은 얌전히 받아썼고, 다른 사람들은 귀를 기울였다.

무리를 하면서까지 외장을 총동원하려는 이유가 무엇일까.

"중점을 둘 부분은 청부야."

"네?"

벽리군이 얼핏 잘못 듣지 않았나 싶어 되물었다.

"청부."

"청부요?"

"그래, 청부."

"정말 청부…… 예요?"

"써. 청부라고."

이럴 수가!

아무리 종리추라고 해도 이건 도박이다. 외장을 총동원하는 것도 그런데 중점을 두고 파악할 사항이 청부라니.

벽리군은 전서에 '청부'라는 글씨를 써 넣었다.

비둘기가 푸르디푸른 창공을 훨훨 날아갔다.

*　　　　*　　　　*

"야이간이 하남 상권을 움켜쥐었다. 하하! 질긴 목숨이야, 질긴 목숨. 정말 질긴 목숨이야."

"지금 치면 반 시진도 걸리지 않습니다."

"……."

백천의는 잠시 생각에 잠겼다.

천외천은 큰 변화를 겪고 있는 중이다.

원래 천외천의 초대 천주는 흑봉광과다. 한데 구진법을 거치면서 천객이 모든 일을 주도하기 시작했다. 천객 중에서도 가장 맏이인 자신이.

비객은 살기가 한풀 꺾였다.

그들은 세상에서 가장 강한 살기로 똘똘 뭉쳤으나 지금은 맥이 빠져 허탈해한다.

천객은 적어도 그들보다 배는 강하다. 배는 빠르고, 배는 잔인하다. 비객 전부가 덤벼도 천객을 이길 공산은 그리 크지 않다.

천객은 무적이다.

비객은 천객 무인들이 어떤 고통을 받았는지도 알지 못하면서 무작정 구진법만 부러워한다. 공공연히 나서서 비객도 구진법을 받자는 의견을 내놓는 자도 있다.

그만큼 천객이 보여준 무용은 충격이다.

그런 무공을 지니고 있으면서도 용두방주의 등을 서슴없이 베는 강한 살기가 비객의 살기를 짓눌렀다.

비객은 천객 앞에선 고양이 앞에 선 쥐처럼 아무 소리도 하지 못한다. 천객과 비객이 만난 순간은 비객이 천객의 하수인으로 전락하는 순간이었던 것을…….

이런 사실을 미리 알고 있었던 사람들이 있다.

제일비주 유홍을 비롯한 천외천 혈도(血道) 열네 명이다.

그들은 천객을 안다. 구진법을 통해 연성한 무공이 어떻다는 것을. 너무 강해 부러질지언정 결코 굽혀지지는 않을 사람들이란 것을. 사람들과 공존하는 무인들이 아니라 지배하는 무인들이란 것을.


백천의가 생각에서 깨어나 입을 열었다.

"천주님께서는 계속 정보를 수집해야 합니다. 야이간이 하남 상권을 이용해서 무얼 하는지 지켜봐요. 이제 막 상권을 움켜잡았으니…… 파악하는 데 보름, 움직이는 데 보름…… 한 달이면 야이간이란 놈이 무얼 하려는지 파악될 겁니다."

"그러세."

흑봉광괴조차도 백천의를 마음대로 대하지 못했다.

천외천은 가장 정도를 숭상하는 사람들이 모인 집단이다. 싸움에 있어서는 정도를 벗어나 비굴한 방법도 서슴없이 사용하지만 서로에게 대하는 예의만은 가장 깍듯하다.

천객만은 예외다.

그들은 천외천 무인이나 비객 무인들을 눈 아래로 굽어보았고, 다른 무인들은 그런 눈길을 당연한 듯 받아들였다.

천객은 천외천의 지배자가 된 것이다. 그것은 또 전 중원의 지배자가 된 것과 마찬가지였다.


"하남 상권이라…… 야이간…… 묵월광……."

백천의가 아랫입술을 깨물었다.

천객들에게 묵월광은 살문보다도 더 큰 고통으로 기억된다.

무적의 천객이 죽음이란 것을 접한 것도 바로 묵월광 살수들 덕분이다. 아니, 살혼부 살수들 때문이다.

묵월광은 끝내 멸망을 거부했다.

그들은 야시장을 폭파시키는 만용도 서슴지 않았다.

모든 것은 변명에 불과하다. 그들은 도주했고, 천객은 묵월광을 몰살시키지 못했다.

죽인다는 목적을 달성하지 못했으니 실패한 움직임이다.

지금까지 중원을 떠돌면서 처음으로 실수했다.

그 누구도 놓치지 않았는데 묵월광만은 놓치고 말았다.

아픈 상처다. 동생을 죽이고, 동생의 정혼녀 공화 소저까지 죽인 살문만큼이나 미운 존재들이다.

살문은 팔부령에 있다.

그들은 움직이지 않는다. 언제까지고 그 자리에 있을 것이다. 벗어나려고 꿈지럭거리기만 해도 소림승들이 가만있지 않을 테니까.

반면에 묵월광은 어디 있는지 모른다.

이제 묵월광의 자금줄을 찾았다. 그 자금줄은 의외로 상당히 컸으며 현재 야이간이 접수 중이다.

잘하면 묵월광은 뿌리째 뽑아버릴 수 있으리라. 그들이 어디 숨어 있는지만 확인할 수 있다면.

'좋아, 한 달간이면 충분해. 야이간을 지켜본다.'

"제일비주."

"넷!"

비객 제일의 통솔자라고 할 수 있는 유홍이 수하처럼 대답했다.

"비객 솜씨 좀 보자. 야이간을 철저히 감시하도록."

"제십비주! 야이간을 감시햇!"

제일비주는 즉각 제십비주 천애유룡에게 명을 내렸다.

천애유룡은 구대문파에게 협조를 구할 수 있는 통로를 유지하고 있다. 제십비주가 감시한다는 것은 개방 전력이 감시하는 것과 같다. 전 무림인이 눈을 번뜩이는 것과 같다.

현재 야이간은 개방이 감시하고 있다.

거기에 제십비가 추가로 투입된 것이다.

"알겠습니다."

천애유룡이 대답과 동시에 신형을 뽑아 올렸다. 그를 따라 여덟 명의 무인들이 신형을 날렸다. 비주와 생사를 같이해야 하는 제십비 무인들이다.

솔직히 비객 무인들은 불만이 많다.

천객의 무공이 무섭기는 하지만 그래도 수하처럼 기어들어 가다니.

파사현정(破邪顯正)이라는 말 한마디에.

하지만 어쩌겠는가. 천외천이 그렇고, 천객이 그렇고…… 모두 정을 수호하자고 뭉쳤고, 뜻이 비객과 조금도 다르지 않는 사람들인데. 정을 수호하기 위해서라면 목숨도 기꺼이 내놓는 진정한 협의지사(俠義志士)들인데.

◆第百七章◆

# 애심(哀心)

"오랜만입니다."

"이게 누구시오? 어서 오시오."

살천문주는 오랜만에 반가운 얼굴을 맞이했다.

"요즘같이 어수선한 세상에 먼 길 오셨소."

"하하하! 술이나 같이 한잔하려고요."

찾아온 사람은 매우 소탈해 보였다.

의복은 깔끔했으나 비싸 보이지는 않았다. 몸에 지닌 모든 것이 비싸지 않으면서 정갈한 것들이다.

"어이, 이리 오게나. 오늘은 화로에 불 끄고 술이나 진탕 마시세."

살천문주가 수지호법을 불렀다.

세 사람은 서로가 서로를 알아보았다.

처음 보는 얼굴이 있지만 소개할 필요는 없었다. 방문객은 살천문주의 대장간에 들어서기 전부터 수지호법이 있는 것을 알았다.

그가 개방 사람이며, 수천(守天), 수동(守東) 등과 함께 사결제자 중에서는 단연 두각을 나타내는 사람이라는 것도. 또한 옛날 흑봉광괴와 함께 적지인살의 십망 사건에 뛰어들어 낭패를 당한 것까지 모두 알았다.

수지호법도 오늘 처음 보는 자가 방문할 것이라는 걸 알았다.

개방도가 전해온 전갈에 의하면 그의 신분은 하오문주다.

살천문주와는 문주 복위 사건 때 큰 도움을 받았고 그때부터 막역한 사이로 지내왔단다. 대장간을 방문하는 것이 크게 눈에 띄는 행동은 아니다.

살천문주가 술을 내왔다.

세 사람은 말없이 술 한 잔씩을 마셨다.

기묘한 울림이 지속되었다.

하오문, 광활한 정보의 대지다. 개방, 세상 모든 것을 굽어보는 정보의 하늘이다. 살문, 와해되기도 쉽고 일어서기도 쉬운 도깨비 같은 집단이다. 사람들 틈에 파고들어 사람들의 이야기를 듣는다.

당금 무림에서 정보의 양과 질이 가장 뛰어난 세 문파가 만났다.

그들이 이야기하는 것은 모두 진실이다. 그들만큼 많은 일을 알고 있는 사람도 드물다. 그들이 이야기하는 것은 모두 거짓이다. 그들은 알고 있는 사실을 곧이곧대로 말할 수 없다.

세 사람은 침묵을 이어가며 또 술 한 잔을 들이켰다.

아는 것이 가장 많지만 입에 올릴 수 있는 말은 가장 적다.

"천외천…… 비객…… 하하하! 정말 기발한 발상입니다."

하오문주가 제일 먼저 입을 열었다. 입을 열자마자 정곡(正鵠)부터 찔렀다.

주위에는 여러 겹의 장벽이 쳐져 있다.

개방 문도로는 천지현황(天地玄黃) 중 수천이 있다. 동서남북(東西南北) 중 수동이 있다. 용호풍운(龍虎風雲) 중 수풍(守風)이 있다.

그들 세 사람이 대장간 주변을 어슬렁거린다.

하오문도도 있다.

하오문도 중 제일 손이 빠른 자는 누구일까?

알려진 것은 없다. 배수(扒手:소매치기)도 손이 빨라야 하지만 소투(小偸:도둑)도 빨라야 하고, 도곤(賭棍:노름꾼)도 빨라야 한다.

그들 중 누가 가장 빠른지는 알려져 있지 않다.

도곤은 도곤대로, 배수는 배수대로…… 자신의 세계에서 빠르다고 인정받으면 그것으로 족하다.

나머지는 얼마나 오래 버티느냐에 달려 있다.

하오문도의 명성은 끊임없는 노력으로 나타난다.

길 가는 사람의 전낭을 가로챘다고 해서, 두세 번 연속적으로 성공했다고 해서 모두 인정받는 것은 아니다.

큰 건에서 성공해야 한다.

무림인, 대상인(大商人) 등 감히 속이기 어려운 사람들의 눈을 속이고, 훔치고, 가로채야 명성을 얻을 수 있다.

또 다른 방법은 성공 횟수다.

수십 번, 수백 번 반복했는데도 들키지 않고 성공한다면 명성이 높아진다.

실제로 그런 사람들은 큰 모험도 하지 않는다. 안정된 수순을 밟아

나가기 때문에 반드시 성공한다.

하오문에서는 도박적으로 큰 건을 성공하는 사람보다 훨씬 쓸모가 있다.

하오문주는 호법으로 다섯 명을 데리고 다닌다.

하오문에서는 그들을 오기(五蚑), 즉 다섯 마리의 청개구리라고 부른다.

하오문주가 어떤 기준에서 그들을 선발했는지는 중요하지 않다.

문주를 쫓아다니며 손과 발이 되어 움직이는 사람들이라는 게 중요하다.

오기는 문주에게 지목되어 선발되었다는 자체로 무한한 영광이다.

현임 하오문주가 뽑은 오기가 대장간 주변을 어슬렁거린다.

각기 다른 특색을 지닌 자들이다. 덩치가 큰 자도 있고, 행동이 몹시 날래 보이는 자도 있다. 사내도 있고, 여인도 있다. 한 가지 공통점이라면 병기를 지닌 자가 없다는 점이다.

개방에서 파견된 호법과 하오문 오기가 한자리에 머물렀던 적은 없다.

지금은 한자리에 어울려 있다. 서로 말도 건네지 않고, 애써서 눈길을 피하지만 한자리에 머물러 있는 것만은 틀림없다.

그들은 모두 바깥으로 시선을 돌린다.

안에서 나누고 있는 대화는 귓전으로 흘려버려 곧바로 잊어버리는 대신 누가 안으로 접근하는 것은 철저히 차단한다.


"구대문파는 너무 강한 자들을 만들어냈어. 무소불위(無所不爲)의 절대권력을 지닌 자들이지. 구파일방이 그들을 어떻게 제어하는가는 중요하지 않아. 그때는 우리가 모두 죽은 후일 테니까."

살천문주가 침중하게 입을 열었다.

하오문주는 살천문주를 만나러 오는 길목에서야 하오문도들을 개 패듯 때려죽인 자들이 천외천 인물이란 것을 알아냈다.

하오문도가 파악한 정보는 아니다. 살문…… 살천문주가 약간의 정보를 흘려주었고, 그래서 파악할 수 있었다.

"우리 하오문도 마찬가지예요. 현재는 마방을 제외하곤 모두 문을 닫은 상태입니다. 움직일 수가 없어요."

"허허허! 좋은 일 아닌가? 세상에 악이 없어졌으니 말일세."

"……."

"그래, 동생은 어쩐 바람이 불어서 왔는가?"

"살문과 연수하려고요."

하오문주는 아무렇지도 않게 지나가듯이 말했다.

"살문과 연수?"

"팔부령으로 찾아가면 당장 꼬리가 드러날 것 같아서 이렇게 문주님을 뵈러 왔죠. 이것도 충분히 위험하지만."

"그렇지, 이것도 위험하지. 그런데 왜 살문과 연수를 하려는 겐가? 살문도 풍전등화인 건 마찬가진데."

"……."

하오문주는 대답하지 않았다.

당금 무림은 너무 답답하다.

살천문주 말대로 악이 없어졌으니 살판났다고 할 수도 있다. 하지만 배운 것이 도둑질인데…… 하오문도는 설 땅을 잃었다.

도둑질을 하면 처참하게 맞아 죽는다.

길 가는 길손의 전낭을 슬쩍했다는 이유로 목이 잘린다.

도방에서 속임수 좀 썼다고 척추가 부러져 죽는다.

세상 사람들이 모두 죽기 전에는 결코 없어지지 않을 것 중에 하나가 도둑질이다. 계집질이고, 노름이다.

하오문은 인간 세상의 어두운 부분에 기생한다.

그런 그들을 갑자기 밝은 세상으로 내몬다면 모두 밝은 태양 빛에 타 죽고 만다.

과거에는 하오문도였으나 현재는 아닌 사람들도 많다.

그들은 어둠을 벗어났고, 밝은 햇살 아래서 살고 있다. 도둑질을 끊고 농사짓는 사람, 기녀에서 벗어나 한 사내를 충실히 따르는 여인, 노름을 끊고 노를 저어주며 받는 푼돈에 만족하는 사공……

모두 밝은 세상에서 살고 있는 사람들이다.

본인 스스로 밝은 세상으로 나가게 만들어야 한다. 갑자기 확 잡아끈다고 따라 나갈 사람들이 아니다.

그러나…… 그것뿐이다.

무조건 죽인다고 능사는 아니라는 생각을 하면서도 감히 말을 건네지 못한다. 우리는 계속 도둑질을 할 테니 죽일 테면 계속 죽여보라는 말도 하지 못한다.

저들은 정말 죽인다.

마지막 씨가 마를 때까지 죽여댄다.

하오문은 살수문파만큼이나 답답한 처지가 되었고 활로를 모색하지 못하고 있다.

하오문주의 선택은 종리추다.

하오문 모두를 끌어들일 필요는 없다.

자신을 비롯해 몇몇 사람만 나서면 된다.

살천문주가 말했다.

"문주의 심정은 이해하네. 문주님께 여쭤보지. 하오문과의 연수라면 틀림없이 반길 걸세."


살천문주의 생각은 이번에도 어긋났다.

며칠 후, 쇳조각들 사이에서 찾아낸 글씨는 '불(不)'이었다.

"엇!"

살천문주는 연속적인 거절에 할 말을 잃었다.

개방의 청부도 거절했고, 하오문의 연수도 거절했다.

그렇게 배부른 상황도 아닌데…… 개방이나 하오문이나 그들이 힘을 보태준다면 천군만마를 얻은 것과 진배없는데.

"나도 어떤 의도인지 짐작할 수 없구먼."

"하하하! 살문주, 정말 재미있는 사람이군요."

수지호법의 눈빛이 반짝반짝 빛났다.

그는 대장간에 머물고 나서야 자신이 찾아온 살문주가 십삼사 년 전 십망을 피해 도망치던 꼬마라는 사실을 알았다.

자신들은 적지인살만 쫓았다.

꼬마는 문제 되지 않았다. 무공을 익힌 것도 아니고…… 단지 적지인살에게 손목이 붙잡혀 끌려 다니고 있을 뿐이다.

그때의 꼬마가 성장해서 살문주로 돌아와 있다니…….

살천문주가 이야기해 주지 않았다면 지금도 모르고 있을 것이다.

십망은 지나간 과거가 되었다.

소림사가 봉문에 들어감으로써 과거의 십망은 효력을 잃었다. 과거,

십망을 받고 세외로 쫓겨간 자가 다시 돌아와도 십망으로 다스리지 못할 것이다. 그러나 그들을 징치하고자 하는 무인이 직접 찾아갈 수는 있다. 천외천 무인이.

그때의 그 꼬마가 살문주라는 사실도 놀라운데 개방에 이어 하오문의 연수 제의까지 거절한 배짱은 더욱 놀랍다.

누구나 쉽게 생각할 수 없는 부분이다.

"음……! 살문주가 경거망동할 사람이 아닌 것은 알지만…… 이해할 수 없군."

아무도 이해할 수 없다.

살천문주까지도 종리추의 답변은 이해할 수 없다.

이제 다 모였다.

개방, 하오문, 살문.

이들이 서로 연수를 하면 천외천 무인들을 귀머거리에 장님으로 만들 수 있다. 잘하면 역습도 취할 수 있고, 중원에서 사라지게 할 수도 있다. 더욱 잘하면 그토록 염원하던 사무령에 한 걸음 더 가까이 다가갈 수도 있다.

종리추가 이 모든 기회를 스스로 저버리다니.

"내가 직접 문주를 만나뵈야겠소."

살문과 연수하는 것은 하오문에게도 중요하다.

당장은 모두 죽게 되리라. 살문이 초토화될 것이고 하오문주를 비롯해 살문과 연수한 사람들 대부분이 죽게 된다.

하지만 한 가지만은 알려줄 수 있다.

도둑이나 노름꾼마저 무자비하게 죽인다면 그들도 꿈틀한다는 것. 서슴없이 살문과 손잡을 만큼 발악한다는 것. 그것을 보여줄 수 있다.

두 가지 가능성이 있다.

살수들과 같은 잔혹한 사람들은 죽이되 도둑과 같이 미천한 자들은 가볍게 징치하는 것. 또 하나는 의도를 철저히 짓밟고 지금처럼 무자비하게 죽여대는 것.

천외천이 어느 것을 선택할지는 모르지만 하오문주는 물어봐야 한다.

살천문주가 말했다.

"문주님께 여쭤봐야겠소."

하오문주의 마지막 부탁도 거절되었다.

간단한 글자 한 자, 부(不).

"만나는 것조차 거부하다니…… 너무하는군."

하오문주는 허탈한 표정이었다.

팔부령으로 직접 찾아갈 수도 있다. 하지만 필요없다. 소림승들이 굳게 지키고 있으니 살문 살수들이 틈을 비집고 내려오지 않는 한 올라가서 만날 방도가 없다.

하오문주는 대장간에서 사흘을 더 보냈다. 혹시나 다른 답장이 날아들 수도 있기 때문에.

그런 기대는 물거품이 되어 사라졌다.

종리추는 다른 답장을 보내오지 않았다.

수지호법은 개방 총타에 '하오문주의 의례적인 방문'이라고 보고했다.

실제로 몇 번 밀마가 오간 것 외에는 아무런 변화도 없었다.

하오문주와 살천문주는 친형제처럼 술을 마셨고, 취했다.

하오문이 살문과 만난 것은 큰 사건이다.

둘이 손이라도 잡는 날에는 상당히 골치가 아파진다.

천외천은 관심을 기울였으나 곧 무시해 버렸다. 수지호법이 의례적인 방문으로 보고한 것처럼 살문과 하오문이 연계하는 움직임 따위는 전혀 보이지 않았다.

*　　　　*　　　　*

모자도 중 모도에는 소담한 별실 한 채가 있다.

조망이 좋은 곳으로, 어부의 집이 있던 곳이나 허물어 버리고 새로 지은 집이다.

그곳에 천외천의 천객들과 비객 비주 중 야이간을 감시하기 위해 하남에 가 있는 천애유룡을 제외한 나머지 비주 아홉 명이 모여 앉았다.

소림사룡 중 일인이었던 정운이 지나가는 말투로 중얼거렸다.

"운이 좋은 놈들이군. 하오문주, 살천문주…… 목숨을 또 한 번 부지했어. 아주 운이 좋은 놈들이야."

개방도가 전해온 전서에는 그들의 일거수일투족이 세세하게 적혀 있었다.

"그런 놈들을 죽이는 데 명분을 찾을 필요가 있나?"

칠성검문의 소문주 진조고가 말을 받았다.

"없지, 그냥 가서 죽이면 그만이지. 우스워. 실컷 사람을 죽여놓고도 회개했다면서 눈물을 뚝뚝 흘려대면 용서해야 하니 말야. 살천문주가 그런 작자지. 사람을 실컷 죽여놓고 이제는 문주가 아니니 상관없소 하는 꼴이잖아. 그런 자를 죽이는 데 명분은 무슨 명분."

정운의 말투에는 불만이 가득했다.

살천문주 곁에는 개방 호법들이 있다.

수지, 수동, 수풍.

그들이 곁에 있으니 살천문주를 죽이기 위해서는 그가 죽을 만한 명분이 있어야 한다. 아니면 실수들처럼 암살을 하거나, 그것도 아니면 개방 세 호법도 같이 도륙해야 한다.

"……."

모두들 정운의 말에 공감한 듯 꿀 먹은 벙어리가 되었다.

정운이 다시 입을 열었다.

"후개…… 도대체 어떻게 된 놈이야! 살천문주 같은 작자에게 호법이나 붙이고. 살천문을 감시하자는 거야, 우리 앞을 가로막자는 거야!"

그제야 지금까지 침묵을 지키고 있던 백천의가 입을 열었다.

"후개. 뛰어난 자지. 머리가 너무 뛰어나다 못해 모사꾼에 가까운 자. 지금은 천주(天主) 흑봉광괴께서 개방을 이끌고 있지만 조만간 후개가 이끌게 되겠지. 후후! 이상한 일이야. 그런 자가 아직 천외천에 합류하지 않고 있으니."

천외천의 고민은 그것이다.

개방을 자극할 필요가 없다. 좀 더 엄밀히 말하면 후개를 건드릴 필요가 없다.

후개는 현재 폐관 수련 중이다.

그렇게 내버려 두면 된다.

그가 파견한 호법들을 건드려서 득이 될 것은 아무것도 없다. 날개가 꺾인 살천문주, 두더지처럼 깊이깊이 땅속으로 기어들어 가는 하오문주 따위를 죽이기 위해서라면 더 더욱.

백천의가 말했다.

"난 혜공 선사의 직제자지. 선사님을 무척 존경했어. 덕이 높으신 분이고 항상 무림을 걱정하셨지. 하지만…… 소림문도가 당하는 데도 가만히 계시는 모습을 보고 느낀 점이 있었어. 그건 자비가 아니라 무능이었지."

백천의의 말에 모두 조용히 귀를 기울였다.

"팔부령에 살문이란 흉물이 있지. 아주 간특한 놈들…… 모두 한 번씩은 겪어봤으니 잘 알 거야. 소림이 놈들을 가둬뒀다고 하지만 놈들이 들락날락하는 것은 이미 공공연한 비밀."

"……."

"친다."

모두들 이와 같은 명령이 떨어질 줄 예상했는지라 별반 놀라지 않았다.

"나와 정운, 그리고…… 진조고가 간다. 그 정도면 충분할 거야."

"나도 갈게요."

백천의의 말이 떨어지기 무섭게 자리에 앉아 있는 사람 중 유일한 여인이 손을 들며 말했다.

백천의가 여인을 쳐다봤다.

비객 제일비주 유홍도 아픈 눈으로 여인을 쳐다봤다.

모두들 여인이 어떤 심정에서 가겠다고 나섰는지 알고 있다.

화산파의 강간 사건은 널리 퍼진 비밀이다.

"좋아, 제칠비주. 같이 가도록……."

"천주, 나도 가겠소."

제일비주 유홍이 말했다.

백천의는 고개를 끄덕였다.

"이것으로 모두 끝내는 거야. 중원에서 살수문파는 씨를 말리는 거야."

살문밖에 남지 않았다.

중원에 있는 모든 살수문파가 문을 닫았고, 마음 내키는 대로 무공을 휘둘러 대던 자들도 숨을 죽였다.

'진작 이렇게 됐어야 해.'

천외천 무인들은 만족했다.

혜명 대사는 뜻밖의 손님을 맞았다.

언제 어느 때 찾아와도 반가운 손님이다.

백천의와 정운, 소림사룡이라고 불릴 만큼 뛰어난 자질을 지닌 속가 제자들이다.

백천의와 정운을 보는 혜명 대사의 눈빛이 가늘게 떨렸다.

두 사질은 기연을 얻은 듯하다.

전에는 느껴지지 않은 강철 같은 기운을 뿜어낸다.

몸 전체가 강철로 이루어진 인간…… 무인이라면 누구나 바라는 경지이지만 소림 무승들이 추구하는 경지는 아니다. 그런 면으로 볼 때 두 사질은 소림과는 인연이 먼 기연을 얻은 것 같다.

"고진명과 상태수는 어떻게 된 일인가?"

혜명 대사는 자리에 앉자마자 물었다.

두 사질의 죽음은 죽음을 초월한 선사들의 마음까지 묵직하게 만들었다.

그들 외에도 많은 젊은 기재들이 죽임을 당했다.

일부는 후기지수 중에서도 최고라는 명성을 들었지만 죽음은 피하지 못했다.

특히 상태수의 죽음은 납득할 수 없다.

사람이 죽으면 땅에 매장하는 것이 순리다. 그러나 죽은 사람이 무인이라면 조금 순서가 뒤바뀐다. 무인의 경우에는 누구에게 어떤 무공으로 죽임을 당했는지부터 말을 해야 한다. 죽어서도.

문파가 있으면 문파에서, 문파가 없는 가문(家門)이라면 혈족 중에서 누군가가 사인(死因)을 밝혀낼 때까지 묻히지 못한다.

상태수는 화장했다.

당시 현장에 있던 사람은 백천의와 정운이었다.

두 사질은 상태수가 죽는 것을 막지 못했다. 살수가 갑자기 튀어나와 상태수에게 급습을 가했다고 했는데, 상태수가 당할 때까지 두 사질이 멀뚱히 서 있었다는 것도 납득할 수 없다.

상태수는 검에 찔려 죽었다고 했는데 상태수를 암습으로 죽일 만한 살수는 흔치 않다.

역시 화장으로 처리한 고진명의 죽음도 의문스럽다.

팔부령 싸움은 무림인들의 일방적인 공격으로 시작되어 공격으로 끝난 이상한 싸움이다. 살문은 방어에 치중할 뿐 역습을 가할 처지가 아니었다.

무림군웅들은 비적마의가 출현한 곳을 꼼꼼히 점검했고 지도까지 작성했다.

소림 오선사가 뚫고 들어간 길 외에 또 뚫은 길이 있다면 하후가 무인들이 광목이라는 묘수로 풀어낸 절벽 밑 소로뿐이다.

뚫고 들어갈 수도, 저쪽에서 나오지도 못하는 기묘한 상황.

그런데 느닷없이 기습은 무엇이고 하필이면 고진명이 당했는가? 살수가 있었다면 무림군웅들을 이끄는 현정 도인이 더 좋은 먹이였을 텐데.

그때 백천의와 정운이 옆을 지켰다.

두 사질은 소림승들이 미처 당도하기 전에 고진명을 화장했다.

혜명 대사는 범상치 않은 일이지만 신경 쓰지 못했다.

소림 오선사의 죽음에 이어 소림의 봉문은 혜명 대사의 넋과 혼을 모두 빼앗아갔다.

이제 한숨 돌려 정신을 수습했는데 느닷없이 상태수가 죽었다는 비보라니.

"살문 살수였습니다. 살문 살수들에게 당했어요."

백천의가 태연히 말했다.

"사숙이 원망스럽습니다. 살문을 좀 더 강하게 잡아주셨으면……."

정운이 혜명 대사를 원망했다.

"정운, 그게 무슨 말인가?"

혜명 대사는 진정 아무것도 모르는 듯 어리둥절한 표정이었다.

백천의와 정운은 서로를 마주 봤다.

'이게 뭐야? 정말 살문 살수들이 오가는 것을 모르는 것 아냐?'

'둘 중에 하나겠지. 살문이 움직이지 않았거나 소림이 눈과 귀가 멀 정도로 무능하거나.'

'소림은 무능하지 않아.'

'그렇다고 살문이 가만있었던 것도 아냐. 놈들은 움직였어. 외장인가 뭔가 하는 것들이 정보를 수집하고 있잖아.'

짧은 순간에 수많은 말이 눈빛을 통해 오갔다.

"정운, 답답하네. 빨리 말 좀 해보게."

"험!"

정운은 헛기침부터 했다.

"살문이…… 팔부령을 빠져나와 무림을 종횡하고 있습니다."

확정적으로 단정했다.

"뭐, 뭐라고!"

"상태수는 틀림없이…… 살문 살수에게 당했습니다."

"으음……!"

"그래서 왔습니다. 살문을 치기 위해서."

"……."

혜명 대사는 눈을 감고 염불을 외웠다.

고뇌가 깃든 얼굴이다.

"자네들은…… 백팔나한과 여기 있는 사숙들이…… 장님이라고 말하는 겐가?"

"그렇습니다."

백천의가 태연히 말했다.

"뭐, 뭣이!"

혜명 대사의 얼굴에 노기가 스몄다.

"살문은 하루가 멀다 하고 산을 오르내립니다. 그것도 보지 못하는 눈이라면 달고 있으나마나 한 거죠. 장님과 다를 바 없습니다."

"처, 천의, 네가 어찌 그런!"

"한마디만 해주십시오. 소림은 살수를 비호합니까!"

강철 같은 기세가 뭉클 피어났다.

거치적거리는 것은 모조리 짓뭉개 버리겠다는 기세다. 얼굴에서는 차디찬 냉기가 풀풀 날렸다.

"배, 백천의, 네, 네가 어찌 이리 불경한 말을……."

"불경한 말이기 때문에 나온 겁니다. 단순한 말뿐이니 피가 튀지 않는 겁니다. 이게 뭐 하는 짓입니까? 살수를 빙 둘러싸고…… 보호하는 겁니까? 대사님, 저희는 살문을 치려고 합니다. 막지 마시기 바랍니다."

"아미타불, 아미타불……!"

눈을 감고 있는 혜명 대사의 미간이 파르르 떨렸다.


백천의와 정운의 행동은 파문에 해당한다.

방장의 명령을 무시한 것이며, 백팔나한과 육십칠단승의 명예를 짓밟았다.

파문…….

이들에게는 소용없는 말이다.

백팔나한이 막아서면 백팔나한과 싸울 것이며, 육십칠단승이 막으면 피를 불러서라도 뚫고 올라갈 게다.

이들은 그러기 위해서 왔다.

이미 소림문도가 아니다.

말은 소림사룡이나 소림과는 전혀 무관한 사람이 되었다.

상태수, 고진명…… 그들의 죽음도 소림과 상관없다.

소림승이 관여할 죽음이 아니다. 그들 역시 소림을 떠난 사람들이니까.

'아미타불……'

염불밖에 나오지 않았다.


천외천 천객에게 용두방주 사(死). 백천의와 싸움 중 정운이 등을 암격(暗擊).


분운추월의 전서는 혜명 대사의 노기를 불러일으켰다.

소림사룡에 대한 노기가 아니라 분운추월에 대한 노기다. 아무리 절친한 벗이라고 해도 그렇지 소림을 어떻게 보고 이따위 망발을 늘어놓는가.

그러나 잠시 시간이 지나자 뭔가 이상하다는 느낌이 소록소록 피어났다.

천천히 되짚어보았다.

소림사룡이 연관되어 있으니 소림사룡의 종적부터 훑어 나갔다.

그 끝에는 혜선 대사가 있다.

혜명 대사에게는 사형(師兄)으로 현재 계율원 원주를 맡고 있는 분이다.

방장과는 뜻이 맞는 듯하지만 기본적인 노선은 달리하고 있다.

소림이 정치하는 곳은 아니지만 비유를 해보면, 방장이 온건파라면 혜선 대사는 강경파의 정점이다.

'혜선…… 사형……'

이 일은 혜선 대사로부터 시작되었다.

천외천이라고 부르는 절대강자들의 모임도 사형이 주도했다.

하지만 사형도 비객의 등장까지는 예측하지 못했으리라.

분운추월의 전서대로라면 천외천이 등장할 때쯤에는 십망이 여전히 존재했으니까. 소림이 봉문한다는 것은 생각도 하지 못할 시점이었으니까.

혜선 대사와 연관이 있는 천외천에 소림사룡이 들어가 있는 것은 어색하지 않다.


혜명 대사는 천외천을 알게 되었다.

팔부령에 틀어박혀 무공 수련에만 전념하고 있지만 중원이 어떻게 돌아간다는 것도 알게 되었다. 분운추월에서 받은 전서를 믿고 싶은 생각이 없었지만 백천의가 확실하게 말해 주니 믿지 않을 도리가 없다.

백천의의 말처럼 살문을 비호할 생각은 없다.

하지만 백천의처럼 수단과 방법을 가리지 않고, 단지 죽이는 것이 목적이라는 식의 행동도 원치 않는다.

'이미 소림을 떠난 사람……'

혜명 대사는 일어섰다.

이제 소림사룡과 소림은 인연이 끊겼다.

앉아 있는 백천의의 눈가에 불길이 일었다.

그도 혜명 대사가 무슨 마음으로 몸을 일으키는지 까닭을 짐작했다.

소림이 미덥지 못하다. 혜명 대사가 미덥지 않다. 자신에게 백팔나한과 육십칠단승을 맡겼다면 단숨에 쓸어버렸으리라. 그날, 팔부령 싸움에서 패배를 선포한 날 패배 대신 죽음을 안겨주었으리라.

"가자."

백천의와 정운이 일어섰다.

그들은 혜명 대사와 소림 무승들에게는 고개도 돌리지 않고 떠났다.


백팔나한과 육십칠단승은 동요하지 않았다.

팔부령 싸움 때처럼 무림인이 공격해 온다면 길을 비켜주자는 의견이 팽배했고, 그렇게 결정되었다.

단, 소림승들은 공격에 참여하지 않을 것이다.

소림은 봉문했다. 지금은 살문이 움직이지 못하도록 행동만 제어하면 된다. 싸움까지 벌일 이유가 없다.

싸움을 피하지는 않는다. 싸울 때는 반드시 싸운다. 이들처럼 막무가내로 몰아붙이는 것이 아니라 일 대 일로 정당하게 겨루리라.

천외천…….

천외천에 대해서는 이해하면서도 동조하지 않는다.

그들도 반드시 싸워야 할 사람들인 것만은 틀림없다. 다른 문제는 다 제쳐 두고 용두방주를 죽인 것만은 용서할 수 없다.


**용두방주 살인 사건, 미각(迷覺) 요망.**


분운추월은 무슨 생각일까?

거기도 나름대로 복잡한 상황이 있을 게다.

방주가 죽었으니 그 슬픔을 어디에 비할까?

그런데도 대사건 중에 대사건, 구대문파의 공분을 불러일으킬 수 있는 용두방주의 살해 사건은 언급하지 말아달라고 부탁해 왔다.

지금은 터뜨릴 때가 아니라는 판단이다.

방주가 죽은 것은 개방이지만 어느 문파나 똑같은 상황에 처해질 수 있다. 무당파도 안전하지 못하다. 화산파, 아미파, 해남파도 마찬가지다. 천외천에 가입되어 있는 사람들이 누군지 파악하지 못하는 한 장문인이 살해당할 위기는 상존한다.

'아미타불……!'

혜명 대사는 염불만 외웠다.


옛날에 엽사(獵師)가 살았다.

그는 뛰어난 사냥꾼이었지만 유독 호랑이만 만나면 맥을 추지 못하고 도망쳤다.

호랑이가 있어서는 목숨을 잃을지도 모른다는 생각에 위기를 느낀 사냥꾼은 극단적인 방법을 취했다.

다른 산에 사는 호랑이를 유인해 왔다.

한 산에 범 두 마리가 살 수는 없는 일.

두 범은 치열하게 싸웠고 터줏대감 노릇을 하던 범이 죽었다.

이제 다른 산에서 온 범이 돌아가기만 하면 된다. 그러면 산은 평화를 되찾게 된다. 엽사는 목숨에 위협을 느끼지 않고 마음껏 사냥을 할 수 있다.

그런데 호랑이가 돌아가지 않는다.

아예 눌어붙어 살면서 엽사가 잡을 짐승들까지 잡아 먹어치운다.

엽사는 다른 산으로 가려고 했지만 그것마저도 용이하지 않다. 호랑이가 울타리 밖을 배회하며 한 걸음이라도 울타리 밖으로 나오면 잡아먹겠다는 투다.

호랑이는 원한다. 활을 내놔라, 칼을 내놔라, 창을 내놔라…… 방구석에 죽치고 앉아 있어라. 꼼짝하지 말고.

진작 힘을 길러 범과 대적했다면……

범을 데려오지 말고 창술이라도 한 번 더 수련했다면…….


천외천은 혜선 대사가, 비객은 구파일방이 만들었으나 그들을 움직일 수 있는 사람은 단 한 명, 백천의뿐이다.

천외천에 가입하는 사람도 처음에는 누가 누구인지 알았지만, 시간이 지날수록 점점 비밀스러워지고 세력도 넓어질 게다.

중원무림은 다른 산에 있는 호랑이를 불러왔다.

호랑이는 자생하여 산 전체를 호랑이로 만들고 있다.

토끼, 노루, 곰…… 다른 동물은 살지 못한다. 오직 호랑이밖에는.

'아미타불…….'

무림은 사상 초유의 싸움…… 사형과 사제와 혹은 혈육 간에 싸움을 벌이게 될지도 모른다. 답답하게…….

◆第百八章◆

# 음살(蔭殺)

살문에는 직위가 없다. 문주는 있지만 나머지는 모두 스스로 알아서 한다.

높고 낮음은 나이 순서다.

무공이 높든 낮든 나이가 많으면 형으로 대접을 받는다.

다른 문파에 비해 살문이 다른 것 중 하나가 시간이 있을 적마다 자신이 지닌 비기를 가르쳐 준다는 것이다.

살수들은 비기를 가르쳐 주지 않는다.

같은 문도는 고사하고 자신의 처자식에게까지 비밀로 숨겨둔다.

언제 누가 적이 되어 만날지 모른다.

살수계에서는 어제까지만 해도 웃고 떠들다가 느닷없이 검을 들이대는 경우가 다반사다.

살문 살수들은 그런 관념이 없다.

내일 서로 검을 들이대는 경우는 생각하지 않는다.

"혀를 깨물고 죽어버리지."

혈살편복이 한 말은 그냥 지나치는 말이 아니다.

만약 종리추가 혈살편복에게 광부를 죽이라고 한다면 어떤 일이 벌어질까?

같은 살문 살수끼리는 죽음이 없다.

혈살편복은 자신이 한 말처럼 혀를 깨물고 죽을 것이다. 죽음으로 문주에 대한 보답도 하고, 광부에 대한 형제 간의 예도 다할 것이다.

그런 점이 살문을 강하게 만든다.

마음뿐만이 아니라 실질적으로도 강해진다.

자신이 새롭게 터득한 비기가 있으면 모두가 깨닫도록 몇 번이고 같은 말을 반복한다.

무공이 워낙 뒤처지는 살수가 있으면 모두가 일심으로 정성을 다해 수련을 도와준다.

무공이 뒤처진다고는 해도 일정한 경지에는 올라 있으니 새삼스럽게 초식을 가르치거나 하지는 않는다.

비부 상대다. 살수 상대다.

살문 살수들은 스스로 나서서 자칫 죽을 수도 있는 위험한 상대를 자청한다.

비망신사가 좋은 예다.

비망신사가 비망사를 벗어나 살문에 올 적만 해도 그의 무공은 살문 살수들 중 가장 낮았다.

살문 살수들은 비망신사를 내버려 두지 않았다.

"형님이 죽는 것은 괜찮지만 살문의 명예에 흠이 가니 안 되겠소.

자, 오늘부터 우리 함께 죽어봅시다."

혈살편복은 시마공과 폭혈공을 가르쳤다.

"요즘 천객인가 뭔가 하는 작자들이 나타나 설친다던데 정말 그렇게 빠른지 몰라. 풋! 그런 건 부딪쳐 봐야 아는 거지. 나도 빠른 거라면 하나 가지고 있는데…… 구경해 보시겠소?'

음양철극은 병기의 끝과 적과의 가장 빠른 길을 안다.

몸의 굴절이 어떻게 되어 있든 어떤 상태에서든, 순간적으로 가장 빠른 길을 찾아내고 그 길로 병기를 찔러 넣는다.

음양철극이 자신의 무공을 비망신사에게 전수시킨 방법이다.

그들은 그것으로 끝나지 않았다.

오가면서 슬쩍슬쩍 살검을 터뜨렸고, 비망신사는 하루에도 몇 번씩 목숨이 붙었다 떨어졌다를 반복했다.

비망신사는 강해졌다.

그가 강해진 것은 살문이 강해진 것이다.

살문 살수들은 모두가 강해지는 법을 알고 있다.

살문에 잠시 머무른 적이 있지만 그때는 몰랐다. 살문이 이렇다는 것을.


묵월광 살수들은 혼란스러웠다.

우선 당장 소고, 소여은, 적사를 어떻게 대할지 생각이 정리되지 않았다.

살문에는 한 가지 직위밖에 없다.

문주.

나머지는 모두 공평하다.

묵월광을 이끌던 소고와 적사, 소여은의 지휘를 받던 살수들이 평등해졌다.

묵월광 살수들은 자신들의 본분을 지키려고 했지만 살문 살수들이 내버려 두지 않았다.

"한 명의 수하가 생기면 백 명의 수하가 생기는 것은 금방이지. 그렇게 많으면 형제처럼 보살펴 주지 못할 것이고…… 호칭이야 뭐라고 부르든 상관없는데, 형제가 되지 않으려면 나가주는 것이 좋겠어."

그런 면에서 화령 살수들은 혜택을 받았다.

그녀들은 검을 놓고 벽리군과 어린의 치마폭에 숨었다.

"언니, 제가 도와줄게요."

"언니, 필요한 것 있으면 말만 하세요."

화령 살수들은 여인들 틈에 파묻혀 골치 아픈 서열 싸움에 끼어들지 않았다.

정말 골치 아팠다.

칠살수, 육도객도 그렇지만 소고, 소여은, 적사의 심기도 불편했다. 어제까지만 해도 '네네' 하던 관계에서 호형호제하게 되었으니.

종리추는 도와주지 않았다.

모든 것을 버리고 살문 방식에 따를 것을 은연중에 종용하는 것과 다를 바 없다.

문제는 의외로 쉽게 해결되었다.

문제를 푼 사람은 다름 아닌 비부다.

"사령 살수…… 칠살수…… 호형호제는 못하겠다? 이상한 놈들이네. 나 같으면 좋아라 할 텐데. 그럼 너희는 나랑 같이 있으면서 잡심부름이나 하면 되겠네. 난 살문 사람이지만 살수가 아니거든. 청부가 들어와도 난 안 움직여."

"우리는 살수지 잡심부름이나……."

"거, 되게 말귀 못 알아듣네. 살수가 아니라고 누가 싸우자고 덤비면 가만히 맞아주어야 하나? 거, 보기보다 되게 우둔하네."

칠살수와 사령 살수들은 서열 다툼에서 빠졌다.

그들은 비부와 같이 잡일이나 하는 처지가 되었다.

여기까지는 뭐라고 할 수가 없다. 본인들이 굳이 그렇게 신분을 낮추는 것도 진한 의리가 없으면 생기지 않는 것이기에.

*      *      *

적사는 시원한 계류(溪流)에 몸을 담갔다.

"꼭 이렇게 해야 합니까?"

사령 살수가 말했다.

적사가 데려온 자는 육도객 중에서도 눈가에 검상이 있어 어디서나 한눈에 들어오는 자다.

이름은 방평(方平)이나, 방삼(方三)이라고 부른다.

십팔도객 모두가 있을 적에 그는 세 번째로 큰 형이었다.

적사가 대래봉을 나설 때 그를 따라 가장 먼저 몸을 일으킨 도객이 방삼이다.

"살문 살수들이 강한 이유를 알았어. 너도 알았을 텐데?"

"그렇기는 하지만……."

"알고도 하지 않는 것은 알지 못한 것보다 못해."

방삼은 적사와 마찬가지로 옷을 벗고 계류에 몸을 담갔다.

땀을 씻어내야 한다.

이것도 살문 살수들에게 배운 마음가짐이다.

전에는 무공으로 제압하면 그만이었지 땀을 닦는다든가 옷소매를 묶는다든가 하는 자잘한 행동은 할 생각조차 하지 않았다.

살문 살수들은 작은 일을 빼먹지 않는다.

적사와 방삼은 땀을 깨끗이 씻어냈다.

땀은 냄새를 뿌린다. 모기나 파리도 끌어들이고…… 아주 사소한 상황 하나가 일을 망가뜨릴 수도 있다.

물론 무공이 강하면 그만이다.

보이는 족족 죽여 버릴 수 있는 무공이 있다면 두려울 게 없다.

살문 살수들은 그렇게 생각하지 않는다. 그런 무공이 있더라도 최선을 다해 몸을 숨겨야 한다. 싸운다는 것은 언제든지 가능하다. 가장 최종적으로 어쩔 수 없을 때 싸워도 된다. 그전까지는 최대한 몸을 숨겨 암습으로 죽여야 한다.

적사는 살문 살수들에게 많이 배웠다.

계류에 땀을 씻어내는 동안 먼지에 절은 옷도 빨아 널었다.

푸른 하늘은 구름 한 점 없다. 푹푹 내리쬐는 뜨거운 열기는 계류조차도 덥히려고 한다.

'하나, 둘, 셋, 넷……'

적사는 마음속으로 수를 헤아렸다.


"하나, 둘, 셋…… 이렇게 수를 헤아려. 뭐 해, 돌대가리들아! 어른이 시키면 해봐야지!"

"치잇! 그 정도는……."

"너, 너…… 몇 대 맞은 다음에 정신 차릴래!"

"알았수. 말해 보슈, 따라할 테니."

"수를 헤아리는 것은 관조(觀照)야. 마음을 보는 거지. 마음을 보는 방법에는 도들 텄으니 생략하고…… 마음이 시키지 않으면 일어서지 마. 천지의 기운은 마음과 닿아 있어서, 마음이 께름칙한 것은 천지의 기운이 좋지 않은 거야."

삼현옹은 마음이 시키지 않는 일은 하지 말라고 했다.

살문에서는 살수들뿐만이 아니라 모두가 사부요 제자다.


'백열둘, 백열셋……'

마음이 차분히 가라앉았다.

마음은 말한다. 일어서도 좋다고. 이제 일어나 몸을 말린 후 옷을 입고 천천히 나아가라고.

고개를 돌려 방삼을 보자 그만 픽 웃음이 새어 나왔다.

물에 들어오지 않겠다던 방삼은 시원한 계류에 흠뻑 젖었는지 코까지 골며 잠들어 있었다.


적사와 방삼은 담을 넘었다.

하인만 수십 명에 이른다는 장원(莊園)이다.

수십 명…… 쓸모없는 숫자다. 더군다나 모두들 깊은 잠에 빠져 있으니 장원이 아무리 넓어도 적사와 방삼의 발길을 막을 것은 없다.

그들은 천천히 걸었다.

마당은 무척 넓다. 한겨울에는 눈을 쓸기에도 벅찰 게다.

살문도 멸문당하기 전에는 큰 장원을 가졌지만 이곳에 비교하니 오히려 소박한 편이다.

당당히 중문을 밀치고 들어섰다.

삐이걱······!

중문이 꽤나 큰 소리를 내며 열렸지만 나와보는 사람 한 명 없다.

무인이 살지 않는 장원은 그렇다. 경계를 서는 자도 없고, 밤이 되기 무섭게 방구석으로 처박힌다.

내원(內院)을 찾는 것도 어렵지 않았다.

장원은 지역에 따라 특색이 있지만 같은 지역에서는 대개 비슷한 구조를 지니고 있다.

장주와 아녀자만 들 수 있다는 내원문을 밀쳤다.

삐이걱······!

이번에도 신경을 긁는 소리가 들렸다.

나와보는 사람은 역시 없다.

내원은 어둠에 묻혀 깨어날 줄 모른다.

장원의 구조를 파악하고 있으니 장주의 침소를 찾는 것도 어렵지 않다.

방삼이 문을 열었다.

월장(越牆)하여 장주의 침소에 들기까지 걸린 시간은 일 다경을 넘지 않았다.


장주는 여간 뚱뚱하지 않다.

알몸으로 누워 자는데 불쑥 솟아 나온 배가 숨을 쉴 때마다 크게 요동친다.

장주의 옆에는 역시 알몸의 여인이 잠들어 있다.

장주에게는 어울리지 않는 여인이다. 뛰어난 미모를 지녔고 몸도 가녀리다.

장주와 같이 누워 있는 모습을 보니 꼭 거목에 매미가 붙어 있는 형상이다. 장주가 잠꼬대라도 하는 날에는 툭 튕겨 나갈 것 같다.

방삼이 의자를 끌어다 침상 앞에 놓았다.

적사는 태연히 의자에 앉았다.

"어이! 그만 일어나."

"……."

"그만 일어나라니까!"

장주가 깜짝 놀란 듯 눈을 번쩍 뜨더니 방삼을 쳐다봤다.

"어! 누구냐!"

"으음… 왜 그래요, 소릴 지르고…… 어멋!"

장주와 여인은 화들짝 놀라 일어났다.

여인은 장주의 품 안으로 파고들어 바들바들 떨었다.

은밀하기 이를 데 없는 침소에 낯선 사내가 둘이나 들어와 있다는 것은 아무래도 기분 나쁘다. 그것보다 태연하게 의자를 끌어다 놓고 앉아 있는 적사의 모습은 꼭 염라대왕처럼 보였다.

"웨, 웬 놈이냐!"

그래도 장주는 아랫사람을 부린 경험이 있어 위엄을 되찾았다.

"나? 살수."

"뭐, 뭣! 사, 사, 살수!"

"누가 말야, 너를 죽이라고 하던데…… 그런데 묘한 소리를 하더라구? 글쎄, 청부금을 너한테 받으라는 거야. 네게 맡긴 돈이 있다면서. 어이, 불 좀 켜지 그래? 이런 이야기는 서로 얼굴을 맞대고 해야 하지 않겠어?"

방삼의 음성에 살의(殺意)가 들어 있지 않다고 판단했는지 사내와 여인은 평정을 되찾았다.

여인이 황급히 옷을 주워 입고 불을 켰다.

장주는 침상에 비스듬히 누운 채 적사만 노려봤다.

"아!"

불을 켜고 적사와 방삼의 모습을 본 여인은 깜짝 놀라 손으로 입을 가렸다.

두 사람이 익힌 무공은 축혼팔도다.

사람의 체형, 위치에 따라 순식간에 뻗어낼 수 있는 여덟 가지 도법으로 단 한 번의 손끝이 도법의 사활을 좌우한다. 최대한 이끌어낼 수 있는 모든 진기를 이끌어내 단 한 번으로 승부해야 한다.

그런 무공을 익혔기에 그들의 겉모습도 날카로울 수밖에 없다. 단한 번, 말을 잘못하면…… 아니, 비위라도 건드리면 단숨에 도가 뽑혀지고 목을 잘라 버릴 것 같은 살기가 느껴진다.

"그, 그래. 마, 마, 말해 봐! 어, 어느 놈이 어, 얼마에 나, 날 주, 죽이라고 처, 처, 청부했어!"

장주는 심하게 말을 더듬었다.

힘있는 자는 언제든 자신의 권위를 되찾을 수 있다.

위엄이란 기른다고 나오는 것이 아니다. 그만한 환경이 뒷받침되어야 나오게 된다.

"너 말야, 혓바닥부터 잘라줄까? 기분 나쁘면 확 죽여 버리는 수가 있어."

"바, 바라시는 것이 무, 무엇인지……."

장주는 조금씩 여유를 찾기 시작했다. 아무래도 단숨에 죽일 것 같지는 않고, 그러니 타협만 잘하면 위기를 벗어날 수 있겠다는 생각이 든 듯했다.

"바라는 것? 돈이지. 청부금."

"어, 얼마나……."

"얼마나 받을까? 어이, 네 목숨 값이 얼마나 돼?"

"……."

"십만 냥 어때? 있어?"

"그, 그 많은 돈이……."

장주의 말이 끝나기도 전에 방삼이 벌떡 일어서더니 일도를 휘둘렀다.

쒜에엑……!

도가 허공을 가르고, 붉은 피가 튀었다.

"아아악……!"

장주는 돼지 멱 따는 비명을 질러댔다. 오른팔이 어깨 부근에서 잘려져 나갔다.

방삼이 말했다.

"이제 이야기가 통하겠지?"


하인들이 잠에서 깨어나 내원을 에워쌌다.

힘센 장정 두 명이 문을 밀치고 들어섰지만 들어서기 무섭게 머리가 잘려 나뒹군 다음에는 감히 들어서려는 자가 없었다.

그들은 장주처럼 거만하지 못했다. 장주를 위해 목숨을 내놓을 생각도 없었다.

"이제 그만 돈을 받아야겠는데, 주지 그래?"

"저, 정말로 십만 냥은…… 어, 없……."

장주는 어깨에서 솟구치는 피를 지혈할 생각도 하지 못했다. 이불로 어깨를 감싼 채 바들바들 떨기만 했다.

두 사내가 진짜 살수라는 것을 이제야 깨달은 것이다.

하인 두 명의 목이 잘렸다. 서슴없이, 아주 간단하게. 큰 칼을 휘둘러 목을 잘라냈다.

'이, 인간 백정……'

이보다 더 어떻게 무서울 수 있을까.

"이, 이건 집문서…… 노, 논문서……."

장주는 부들부들 떨며 문갑을 열고 안에 있는 것을 쏟아냈다.

두루말이 문서가 수북히 쌓여 있었다.

"어이, 그렇게 서 있지 말고 저기 보자기에 싸."

여인이 화들짝 놀라 황급히 문서를 쌌다.

"수고했어."

방삼이 대도를 휘둘렀다.

일도에 장주의 머리가 잘렸다. 장주의 머리를 자르고 이어지는 곡선은 여인의 머리에까지 닿았다.

둥실! 여인의 머리도 허공을 날았다.

소고와 소여은은 같이 움직였다.

우열을 가릴 수 없을 만큼 아름다운 두 명의 미녀는 움직일 때마다 사람들의 시선을 사로잡았다.

용기있는 자가 미인을 얻는다고 한다.

틀린 말이 아니다. 미녀도 사람이고, 추녀도 사람이건만 너무 아름다운 여인에게는 가까이 다가설 엄두를 내지 못한다. 말을 걸기는커녕 눈길조차 제대로 주지 못한다.

"밥 먹고 갈까?"

"그래요, 언니."

두 여인의 꾀꼬리같이 영롱한 음성이 잔잔히 울려 퍼질 때도 사람들은 얼굴만 힐끔거릴 뿐 감히 말을 걸지 못했다.

객잔에 들어선 두 여인은 얼굴을 가린 면사까지 벗었다.

"아!"

"제길! 지독하군."

여기저기서 탄성이 터져 나왔다.

소여은은 마음만 먹으면 염기(艶氣)를 풍겨낼 수 있다.

웃고, 찡그리는 간단한 얼굴 표정만으로도 사내의 심금을 뒤흔들 수 있다.

소고는 천성이 딱딱해서 부드러움을 뿜어내지는 못한다. 하지만 그녀만이 간직한 차가움은 그 자체가 독특한 매력이다.

"소면 줘요."

"국물 좀 많이 줘요. 시원하죠?"

"그, 그럼요."

점소이도 정신이 나간 듯 입을 쩍 벌렸다.

두 여인이 한꺼번에 말을 걸어오니…….


고기도 먹어본 자가 맛있게 많이 먹는다.

여인에 관한 경험이 많은 사내는 남달리 용기를 낼 수 있고 스스럼없이 말을 걸 수 있다.

유삼(儒衫)을 입은 유생(儒生)이 소여은에게 말을 걸었다.

"행색을 보아하니 먼 길을 가시는 분 같은데, 어디까지 가시는 길이오?"

"왜요?"

소여은의 말속에 염기가 묻어났다.

"아니…… 소생의 장원이 여기서 멀지 않은 곳에 있는데 간단하게

나마 모시고 싶군요. 두 분의 미모가 워낙 범상치 않아서."

"호호호! 밉다는 소리군요?"

"하하하! 그렇게 들리셨으면 사과드립니다."

유생은 소여은이 넙죽넙죽 받아주자 한결 마음이 풀렸는지 자연스럽게 물꼬를 텄다.

"소생에게는 세 가지 보물이 있습니다."

"그래요?"

"하나는……."

"책 아니에요?"

"하하하! 맞습니다. 책이죠. 주역(周易)이란 책인데, 공자님의 손이 직접 닿은 귀한 책입니다."

"어멋! 그래요?"

소여은은 호들갑을 떨었다.

볼우물도 예쁘게 패였다. 콧잔등을 찡긋거릴 때마다 예쁘게 파이는 주름살이 앙증맞았다.

"세상에! 정말 아름답습니다."

유생은 마음을 감추려들지 않았다.

"두 번째는 뭔데요?"

"검입니다."

"검…… 이요?"

"예, 가보(家寶)로 내려오는 검인데 적장의 목을 다섯 개나 벤 명검이랍니다."

"어멋! 무서워."

유생은 확 껴안고 싶은 충동을 느꼈다.

소여은의 행동은 그로 하여금 어깨에 손을 올리는 것쯤은 용납할 듯한 분위기로 비쳐졌다.

'빨리 장원으로…….'

"세, 세 번째가 무엇인지 궁금하지 않으십니까?"

"궁금해요. 뭐예요?"

"하하하! 그건 말씀드릴 수 없습니다."

"체엣!"

"하하! 그런 뜻이 아닙니다. 소저, 오해는 푸시고…… 세 번째 보물은 직접 눈으로 봐야 하는 것이라서…… 어떻습니까? 갈 길이 바쁘지 않으시다면 저희 장원에서 오늘 밤 유숙하시는 게……."

유생은 들떴다.

그의 경험상 이런 경우 거절하는 여인은 없다.

잘생긴 외모에 번지르르한 말솜씨, 한눈에도 귀해 보이는 비단옷을 걸쳤는데 누가 거절하랴.

유생의 예감은 맞았다.

"좋아요. 대신 마차로 모셔가야 돼요. 알았죠?"

'마차가 문제겠니…….'

유생은 한달음에 객잔을 빠져나갔다.


유생의 장원에 도착한 소고와 소여은은 마중 나온 사람들을 보고 깜짝 놀랐다.

세상에 쌍둥이는 많지만 네 쌍둥이는 귀하다. 네 쌍둥이가 있다 해도 이들처럼 닮기도 힘들 게다.

네 명이 쭉 늘어서 있자 누가 누군지 알아보기도 힘들었다.

"제가 아는 분이 누구죠?"

소여은이 고개를 갸웃거리며 물었다.

"후후후! 우리 모두 하나인데 굳이 그 사람을 찾을 필요가 있습니까? 소저, 안으로 드시지요. 진수성찬을 준비해 놨습니다."

유생들은 여유가 넘쳤다.

그럴 수밖에 없는 것이 장원은 그들의 낙원이다. 그곳에서만은 그들이 왕이다. 누구도 함부로 들어올 수 없으며 쉽게 빠져나가지 못한다.

세상에서 가장 아름다운 여인 두 명, 그들은 이제 유생들의 허락이 있어야만 장원을 나갈 수 있다.

들어올 때는 마음대로 들어왔지만 나갈 때는…….

소고와 소여은은 주위를 한번 둘러본 후 유생들을 따라나섰다. 가타부타 말 한마디 하지 않고.


유생들은 두 여인을 데리고 연못 한가운데 있는 정자로 갔다.

사방이 삼십여 장은 족히 되는 큰 연못이다. 연못 한가운데에는 자그마한 섬이 있고, 섬에 정자가 세워져 있다.

정자로 오가는 길은 다리다.

튼튼한 돌다리가 정자 좌우로 연결되어 있다.

정자 안에는 술상이 차려져 있다. 편히 드러누울 수 있도록 자리도 마련되어 있다. 취할 때까지 술을 마신 다음 움직일 필요 없이 쓰러져 잠이 들어도 괜찮을 것 같다.

"후후! 넌 이리 와!"

정자로 들어서자 유생들의 말투가 확 바뀌었다.

"어멋!"

소여은이 작은 앙탈을 부리자 유생의 손이 허공으로 번쩍 들렸다.

"때, 때리지 마세요."

소여은이 겁먹은 표정으로 말했다.

"그래. 후후! 안 때릴 테니까 오늘 말 잘 들어. 알았어?"

"네."

유생은 소여은의 손목을 거칠게 잡고 자리에 앉혔다.

다른 곳에서도 실랑이가 벌어졌다.

유생 한 명이 소고의 뺨을 후려쳤다.

찰싹!

경쾌한 음향이 터지며 소고의 고개가 획 돌아갔다.

"후후! 어때, 이제야 조금 알 것 같아? 미친년, 어디서 고개를 빳빳이 들고 그래. 네 동생 못 봤어? 저렇게 말을 잘 들어야지. 또 한 대 맞을래?"

소고의 고개가 천천히 들렸다. 여전히 차가운 표정이다. 뺨을 맞아 아프다는 표정도, 무섭다는 표정도 떠올라 있지 않았다.

"자, 이제 좀 알아볼까? 너희 같은 계집은 쉽게 볼 수 없는데, 어디서 왔어?"

소여은 옆에 앉은 유생이 물었다.

대답은 소고가 했다.

"지옥."

쒜에엑……!

소고는 손을 뻗어 뺨을 때린 유생의 목을 움켜잡았다.

"뺨을 때린다? 알겠군. 네놈이 제일 먼저 여자를 길들인다는 놈이군. 그런데 겨우 뺨이나 때려서야 되겠어?"

"캑! 캑……!"

"이번 청부는 이상해. 죽이라는 청부면 굉장히 쉬운데 그게 아냐. 어쩌지?"

소고의 음성에 진득한 살기가 배어 나왔다.

"누, 누구!"

소여은의 옆에 앉아 있던 자가 화들짝 놀랐지만…… 이번에는 그의 손목이 소여은에게 거칠게 잡혔다.

"앉아. 왜 이렇게 서둘러? 그렇게 빨리 하고 싶어? 그러지 말고 천천히 하자, 응? 자, 이제 좀 알아볼까? 넌 몇 째야?"

"두, 둘째."

유생이 떨떠름한 표정으로 말했다.


"아아아악……!"

정자에서 처절한 비명이 터져 나왔다.

정자는 한 폭의 지옥도를 연출했다.

유생 네 명이 사지가 묶인 채 거꾸로 매달렸다.

정자로 들어서는 다리에는 험한 인상을 한 장정들이 손에 몽둥이를 들고 호시탐탐 기회를 노렸지만 두 여인의 살벌한 기세를 보고는 쉽게 다가서지 못했다.

유생들이 자신들의 왕국이라고 생각했던 건 고작 이런 것이었다.

쫘아악……!

채찍이 허공을 날았다.

발가벗은 유생의 상체에 붉은 핏자국이 얼룩졌다.

소고가 물었다.

"기억 안 나?"

"뭐, 뭘 말입니까? 소저, 아니, 여왕님! 제발 말씀 좀 해주십시오. 뭘 기억하란 건지……."

쫘아악……!

채찍에 강도가 높아졌다. 한번 찬바람을 일으키며 허공을 가를 때마다 피와 살점이 묻어났다.

유생 네 명은 점차 혈인(血人)이 되어갔다.

"기억 안 나?"

"나, 납니다요, 나요."

"뭐가 기억나는데?"

"그, 그러니까 그게……."

쫘아악! 쫘아아악……!

혈살편복은 좋은 수법을 가르쳐 주었다. 그가 가르쳐 준 채찍질이 싸움에서는 어떨지 모르지만 지금과 같은 경우에는 아주 유용하다.

유생의 상체가 갈라지며 피가 줄줄 흘러내렸다.

소여은이 소도를 꺼냈다.

"이건 여자 젖가슴이 아니라서 잘 될지 몰라……."

그녀는 유생의 얼굴에 깃든 공포를 보았다.

"왜? 겁나니? 너도 그랬잖아."

소도가 부드럽게 호선을 그릴 때, 피가 솟구쳤다. 비명도 터졌다.

"아아악……!"

"아아아악……!"

유생 네 명의 유두가 잘려져 나갔다.

"기억 안 나?"

소고는 똑같은 물음을 던졌다.

"기, 기억납니다."

"뭐가 기억나는데?"

"기, 길음골…… 아낙……."

"그래? 그 여자 어떻게 됐어?"

"벼, 벼, 병…… 신……."

"그게 청부야. 너희를 병신으로 만들어달래."

"제, 제발!"

사정은 너무 늦었다.

유생 네 명은 자신들이 길음골 아낙에게 했던 것과 똑같은 체벌을 받았다.

유두가 잘리고, 얼굴이 검상(劍傷)으로 뒤덮이고, 손가락이 부러지고, 음부 대신 음낭(陰囊)이 잘려 나갔다.

유생들은 철저하게 병신이 되었다.


악의 본거지.

그러나 대가댁 세도에 눌려 싫은 소리 한마디 던질 수 없었던 옥화장(玉華莊)에 불길이 치솟았다.

산 자는 한 명도 없다.

옥화장에 기숙하던 험상궂은 장정들도 한 사람 요행없이 모두 도륙당했다.

그들의 시신은 확인할 길도 없다.

활활 불타는 옥화장에 파묻힌 시신들은 불길을 사르는 좋은 재목에 지나지 않았다.

산 자가 없는 건 아니다.

유생 네 명.

오직 그들만 살았다.

그들의 육신은 발가벗겨진 채 커다란 기둥에 매달려 있었다.

사지가 잘렸고, 음낭까지 잘려 사내 구실을 할 수가 없게 되었다.

얼굴은 검상이 가득해 알아볼 수 있는 곳이라고는 두 눈동자밖에 없다.

끔찍한 몰골이다.

그러나 그들을 보는 사람들은 끔찍하다는 생각을 갖지 않았다.

평소에도 원한이 깊은 자들이다. 인근에 얼굴이 반반한 여자들은 내버려 두지 않았고, 항의를 하는 사람이 있으면 힘센 장정들이 달려들어 몰매를 가했다.

그의 뒤에는 든든한 배경이 있다.

항주(杭州) 자사(刺史)가 유생들의 부친이다.

"퉤엣! 그놈의 자식들, 속이 다 시원하네."

"그런데 저건 뭐지? 뭐라고 쓴 거야? 까막눈이라서……."

"이 자식들 죄상을 쓴 거야. 가만있자…… 이건 길음골 이야기잖아? 이 미친 자식들! 어쩐지 한동안 보이지 않더라 했지."

"어떻게 이런 짓을 할 수 있지? 그러고도 사람이야?"

누군가 돌을 집어 던졌다.

웬만해서는 흉측하게 변한 몰골을 봐서라도 눈감아줄 만한데 사람들의 원성은 하늘에 닿았다.

한 사람, 두 사람 돌을 집어 던지기 시작했다.

유생들이 살려달라고 악을 질러댔지만 듣는 사람은 없었다. 그때,

누군가가 다급히 소리쳤다.

"자, 잠깐! 모두 돌팔매질을 멈춰요!"

"왜! 너도 이놈들과 한편이야!"

"이 사람들, 정말 까막눈이군. 여기 쓰여 있잖아! 죽이지 말라고. 평생 이 몰골로 살아가게 하라고."

"응? 정말 그렇게 쓰여 있어?"

"사람들 하고는……."

사람들은 돌 대신 침을 뱉어댔다. 어떤 사람은 바지춤을 끌어 내리고 오줌을 갈겼다.

◆第百九章◆

# 제맥(制脈)

"절강성, 섬서성, 하남성, 호광성……."

흑봉광괴는 벌린 입을 다물지 못했다.

'이건 뭐가 잘못됐어!'

잘못돼도 크게 잘못됐다.

중원 전역에서 이렇게 한꺼번에 살인이 일어날 수는 없다. 아니, 살인은 하루에도 몇십 건, 몇백 건씩 일어난다. 많은 사람들이 제명대로 살지 못한다.

하지만 이건 그런 죽음과는 다른 죽음, 청부살인이다.

먼저 죽이는 자들은 신분을 떳떳이 밝힌다. 살수라고. 분명히 살수라고 신분을 밝힌다.

두 번째는 청부자를 죽이든 죽이지 않든 반드시 만인들의 규탄을 받게 만든다.

누구라고는 밝히지 않았지만 청부자의 억울한 사연을 적어놓는다.

죽은 사람을 동정하는 경우는 절대 없다.

그것이 흑봉광괴가 주목한 살인들의 특징이다.

이것은 비객이나 천객이 했던 일과 같은 성격이다.

세상에 악의 씨앗을 없애 버린다는 취지와 같다.

큰 차이점도 있다. 비객이나 천객이 무림인들로부터 너무 손속이 잔인하다며 경원당하는 데 반해 이번 살인의 흉수들은 세인들로부터 속 시원하다는 칭송을 받는다.

살인은 하루에 한 건으로 고정되어 있다.

한 성(省)에서 하루에 한 건은 반드시 일어나며 두 건은 일어나지 않는다.

'이거 미친놈들 아닌가!'

천외천이, 비객들이 살수를 죽이고 있다.

돈을 받고 사람을 해하는 행위는 반드시 근절되어야 한다. 의도가 좋든 나쁘든 돈과 사람의 생명이 연결되어서는 안 된다.

그럼 시점에서 벌어진 살인 행각이라니…… 지금 각 성에서 살인을 저지르는 자들은 천외천에 정면으로 도전하고 있는 것과 다를 바 없다.

'세상에, 이렇게 미친놈들이 많아서야……'

많은 사람이 걱정하지만 흑봉광괴는 천외천 천객의 등장을 두려워하지 않았다. 비객까지 그들에게 흡수된 지금에도 아무런 상관이 없었다. 가능하다면 한 번 더 구진법을 펼쳐 더욱 많은 천객을 양성해 내고 싶다.

세상을 둘러싼 악은 소멸되어야 한다.

세상은 무공 없이도 살 수 있어야 한다.

'어쨌든 이번 일은 알려야겠군.'

흑봉광괴는 천객에게 전서를 띄웠다.


백천의는 깜짝 놀랐다.

그가 알기로 살문은 움직이지 않고 있다.

자신이 팔부령에 들어온 지 나흘이 지났지만 살문은 꼼짝도 하지 않았다.

"뭐라는 전서요?"

"살인이 일어났다는군."

"누가 죽었기에 전서까지……."

"중원 각 성에서 청부살인이 일어나고 있다는군."

검을 만지작거리던 정운의 손길이 뚝 멈췄다. 또 한 사람, 칠성검문 소문주 진조고도 석상이 된 듯 굳어졌다.

"지, 지금 뭐라고…… 중원 각 성에서 청부살인이?"

"우리 천외천에 정면으로 승부를 걸어오는 놈들이지."

제일비주와 제칠비주, 그들은 백천의의 말에 귀를 기울일 뿐 끼어들지 않았다.

"아주 약은 놈들이야. 중원 각 성에서 동시에 살인을 저지르고 있어. 놈들은 한두 놈으로도 살인을 할 수 있지만 우린 안 그래. 하나를 잡으려면 수십 명이 움직여야 돼."

맞는 말이다.

한 문파나 집단이 살인을 저지른다면 달려들겠지만 개개인이 돌아다니면서 살인을 저지르는 것은 걸려들기만 바라는 수밖에 없다.

한 가지 방법이 더 있기는 하다.

현재 정보를 주고 있는 개방 문도를 더욱 혹독하게 가동시키는 것이다. 다른 정보원도 가동시킬 필요가 있다. 하오문도 괜찮고 무당파나 아미파 등 개방보다는 못하지만 그들 문파가 가지고 있는 정보도 활용해야 한다.

모든 것을 일시에 가동시켰을 경우 중원은 그물에 잡힌 고기를 건져내듯 한 명, 두 명 척살할 수 있을 것이다.

"우선 살문부터 쳐야겠군. 그런 다음⋯⋯."

백천의는 대래봉을 노려보았다.


"시주, 걸음을 멈추시오."

백천의는 걸음을 멈췄다.

팔부령에서 선장을 비켜 들고 있는 승려.

익히 아는 사숙이다.

혜온(慧溫) 사숙(師叔).

금강장(金剛杖)의 달인으로 일장(一杖)에 만 근 거력을 실어내는 초절정고수다. 칠십이단승, 지금은 육십칠단승이 되어버린 소림 최강고수 중 한 명이기도 하다.

"시주, 정중히 권고하겠소. 돌아가시오."

"후후! 못하겠다면?"

칠성검문의 진조고가 비웃음을 띠었다.

백천의와 정운의 얼굴에 못마땅한 기색이 떠올랐으나 곧 사라져 버렸다.

지금은 이런 강경수를 동원해서라도 뚫고 나가야 한다.

"아미타불! 시주, 소림을 너무 약하게 보지 마시오. 돌아가기를 정중히 권하겠소."

"그런가? 그럼 한번 보지."

스르릉……!

진조고가 검을 뽑아 들었다.

"잠깐!"

백천의가 앞을 가로막았다.

혜온 사숙이 소림 최강고수라고는 하지만 진조고와 맞부딪쳤다가는 죽음을 면치 못한다. 그것이 백천의의 판단이고, 아마도 옳을 게다.

그는 소림과 등을 돌리기는 했지만 이런 식으로 상황이 나빠지는 것은 원치 않았다.

"사숙, 물러서 주시지요."

백천의가 합장하며 정중히 말했다.

"시주, 아미타불! 소승, 방장님 명으로 지키고 있소이다. 소승을 베고 넘어갈 수는 있어도 비켜 드릴 수는 없소이다."

혜온 대사는 백천의와의 관계를 명확히 했다.

전 같으면 '시주'라는 말을 사용하지 않았다. 사질이라는 말을 사용했다. 이제 소림사룡은 소림과 무관하다는 것을 확실하게 못 박는 말이다. 또한 그 말은 조만간 소림으로부터 파문령이 내려올 것이라는 의미도 포함되어 있다.

"정말 답답하군."

백천의는 아주 잠깐 망설였다.

소림을 가볍게 보면 안 된다.

백팔나한, 육십칠단승…… 그들을 이끌고 있는 혜명 대사까지 일 대 일의 승부라면 누구든 꺾을 자신이 있다.

소림에는 진법이 있다.

육십칠단승은 백팔나한은 아니더라도 백팔나한진을 전개할 능력이 있는 사람들이다.

그들이 연수합격한다면…… 상황을 다르게 봐야 한다.

진법을 모르는 사람이 두 명, 세 명 모여 합격하는 것과는 질적으로 다르다.

그것도 자신있다.

솔직히 지금은 누구와 맞선다 해도 베어넘길 자신이 있다.

하지만 소림 백팔나한, 소림 육십칠단승을 베어넘긴다면 천하무림의 공분을 산다.

봉문했지만 소림은 아직도 천하무림의 정신적 지주다. 이들을 죽인다면 흉신악살을 도륙한다 해도 마도 무리로 낙인찍힌다.

백천의는 공갈을 쳤지만 통하지 않았다.

그는 곧 행동을 결정했다.

"사숙, 혜명 사숙님께서는 어디 계십니까?"


"사숙, 살문을 치겠습니다."

"아무타불! 시주, 살심을 거두시오."

이제는 혜명 대사까지 '시주'라는 말을 사용한다.

"소림이 막을 수 있다고는 생각하지 않습니다."

"아미타불!"

"살문을 보호하는 이유나 들려주시겠습니까?"

"한 가지를 알고 싶소, 두 가지를 알고 싶소?"

"열 가지라도 알고 싶습니다."

"한 가지만 알려 드리리다. 살문은 팔부령을 벗어나지 않았소. 그들이 팔부령을 벗어날 수 있는 길은 대래봉에서 내려오는 길뿐이오. 다른 길이 있다면…… 시주께서 그 길로 공격하는 것까지는 상관하지 않겠소이다."

결국 살문이 대래봉을 벗어나지 않았으니 소림이 공격할 수 없다는 뜻이다. 또한 대래봉으로 올라가는 무림인도 막겠다는 의사 표시다.

백천의는 한참 동안 혜명 대사를 쳐다본 후 일어섰다.

"왜 살문을 비호하는지 모르겠지만…… 후회하실 겁니다. 좋습니다, 살문 살수들이 내려오는 길을 찾아내죠. 그때 무슨 말씀을 하시는가 보겠습니다."

"아미타불!"

백천의는 찬바람나게 몸을 돌렸다.

'사질…… 소림이 왜 살문을 비호하겠는가. 소림 오선사가 열반에 드셨는데……. 사질이 소림 무공으로 상대하려 했다면 길을 터주었을 것이네. 살문은 반드시 소림 무공으로 꺾어야 하니까. 허허허! 소림 무공을 버린 소림 제자라니…….'

백천의는 혜명 대사의 속삭임을 듣지 못했다.


백천의는 비적마의가 있는 곳으로 걸어갔다.

웨에엥……!

한여름이라서인지 개미들은 기승을 부렸다.

백천의는 비적마의 앞에 손을 내밀었다. 그리고 기다렸다.

웨에에엥……!

비적마의가 날아와 손 위에 살짝 내려앉았다. 순간 '타악!' 하는 소리가 울려 나왔다.

정말 소리가 들린 것은 아니다. 비적마의의 모습이 꼭 그런 소리를 냈을 것 같았다. 손 위에 앉아 있던 비적마의는 튕겨 나갔다. 발로 차 버린 것같이, 손가락으로 튕겨낸 것같이.

백천의는 또 기다렸다.

한 마리, 두 마리…….

비적마의의 숫자는 늘었다.

물리기만 하면 전신을 마비시키는 개미다. 그러나 구진법을 통과한 천외천 천객에게는 아무 효과도 주지 못했다. 비적마의는 끊임없이 날아들었지만 몸에 닿자마자 무형의 벽에 막힌 것처럼 튕겨 나갔다.

"사방이 뚫렸군. 얼마든지 공격할 수 있겠어."

백천의가 중얼거렸다.

그는 오기가 치밀었다.

살문을 공격하는 것은 급하지 않다. 이미 목숨줄을 움켜잡고 있으니 서둘 필요도 없다. 혜명 대사에게 말한 것처럼 살문 살수들이 내려오는 길목을 찾아내서 도륙할 심산이다. 그런 연후 혜명 대사가 무슨 말을 하는지 들어보고 싶다.

"비적마의를 통과하는 방법이 벌써 세 가지가 나온 셈인가? 후후! 살문도 방법이 있겠지. 진조고, 팔부령 공기 좀 마시지 않겠나? 정운이 같이 있어줘. 진조고 혼자 놔두면 혈풍(血風)이 불 거야."

"그러지."

정운이 대답했다.

"우리도 남지. 팔부령은 넓으니까. 흔적을 찾으려면 많은 사람이 필요할 거야."

비객 제일비주가 말했다.

그가 남겠다고 한 것은 혼자만이 아니라 제일비 아홉 명과 제칠비 아홉 명 모두를 말한다.

백천의는 만류하지 않았다.

그는 오기가 치밀었다.

*　　　　*　　　　*

백천의는 팔부령에서 모자도로 황급히 달려왔다.

살문도 급하지만 중원 전역에서 벌어지는 살겁은 더욱 시급했다.

이번 살인은 다른 살인들과 전혀 다르다. 사람을 죽이면서도 사람들의 박수를 받고 있다. 돈을 받고 사람을 죽이는 데 모든 사람이 좋아한다.

이런 살수는 자칫 '의적(義賊)'으로 생각되기 쉽다.

흑봉광괴도 같은 생각이었다.

그는 개방도를 최대한으로 풀었다.

병에 걸려 자리에 누워 있는 개방도를 제외하고는 모두 정보 수집에 동원시켰다.

초점은 단 하나다.

누가 청부살인을 하는가.

청부는 어디서 접수하며, 살인자는 누구이며…….

"어떻습니까?"

"아무 소득도 없네."

"청부는 어디서 이뤄집니까?"

"글쎄…… 그게 전혀 감도 잡히지 않는단 말야."

"빨리 찾아내야 합니다."

"하오문도 동원하는 것이 어떤가? 보아하니 이번 살수는 약한 자의 편이라는 공통점이 있지. 약한 자…… 하오문이지 않나?"

백천의는 퍼뜩 떠오른 생각이 있었다.


야이간은 취국을 버리지 못했다.

천 노인의 돈만 움켜쥐면 쥐도 새도 모르게 죽여 버리려고 했는데 그게 여의치 않았다.

취국의 목에까지는 손을 댈 수 있는데 힘이 들어가지 않는다.

보드라운 살결을 만지는 순간 비옥한 동혈(洞穴)이 떠오르며 정신없이 빨려 들어갔다.

'천수를 누리려면 이 계집부터 죽여야 돼.'

생각뿐이다.

정사를 가진 후에는 늘 반복되는 생각이지만, 어느새 몸에 익을 대로 익어 살 내음까지 묻어났다.

취국을 죽이지 못하는 또 하나의 이유는 양물(陽物) 때문이다.

양물에 이상이 생겼다.

취국에게는 제 기능을 십분 발휘하면서 다른 여인 앞에서는 오뉴월에 늘어진 버들가지처럼 축 늘어져 일어서지 않았다.

입으로도, 가슴으로도…… 두 명, 세 명을 동원하여 해봐도 기운 잃은 성기는 일어서지 않았다.

여자 없이 살 수 있을까?

살 수야 있겠지만 살아도 사는 것 같지 않은 세월이 되리라.

무슨 낙으로 산단 말인가, 세상에 즐기는 단 하나가 여자인데.

야이간은 자신의 물건에 맞는 여자를 구하지 못할까 봐 두려웠다.

세상에 여자는 많지만 그를 사내로 만들어주는 여자는 단 한 명뿐이다. 현재까지는.

또 한 여인, 생각나는 여인이 있기는 하다.

팔부령 칠성각에서 자극적인 쾌락을 선물해 준 앵앵.

시녀에 불과한 계집이지만 그녀를 떠올릴 때도 양물이 움직이는 것을 느꼈다.

하지만 모험은 할 수 없다.

다른 계집을 품었을 때도 양물이 정상적으로 발기하는 것을 확인한 후에 취국을 죽여도 늦지 않다. 아니, 그때는 반드시 죽인다. 멀쩡하던 양물을 반병신으로 만들어놓은 계집이니까.


야이간은 오밤중에 찾아온 손님을 보다 가래침이 솟구쳤다.

"퉤엣!"

결국 대청 바닥에 가래침을 뱉어냈다.

"후후후! 잘사는군. 역시 야이간이야."

찾아온 손님은 하후가주다.

'이 작자…… 언제까지 내 숨통을 옭아 쥐고 있을 참이야! 차라리 죽여 버려!'

자신의 진면목을 알고 있는 자들은 모두 죽었으면 좋겠다. 죽지 않으면 죽이기라도 했으면 좋겠다. 너무 많아서 탈이지만.

"오셨습니까?"

야이간은 최대한 공손하게 응접했다.

'빌어먹을! 어쩐지 일이 척척 풀려 나간다 했지.'

"야심한 시각이라 차밖에 준비 못했습니다. 술을 준비하기에는……."

"이거면 됐어. 술 얻어먹자고 온 게 아니니까."

하후가주는 마치 몸종 다루듯이 한다.

"용건만 말하지."

"네."

"현재 중원에서 일어나고 있는 살인에 대해서 알아봐줘. 기한은 십 일이야."

"저, 가주님, 그 일은 지극히 은밀히 진행되기 때문에……."

야이간도 알고 있다. 숨죽이던 살수들이 다시 움직이기 시작했다는 것을. 그들은 한결 정교해졌고, 은밀해졌다. 종적을 잡아내기 힘들다. 적어도 지금까지의 방식으로는 잡을 수 없다. 환히 꿰뚫어 보고 있을 테니까.

"십 일이야. 십 일 안에 알아놔야 될 거야."

하후가주가 일어섰다.

야이간은 그제야 하후가주의 등 뒤에 서 있는 사내를 보았다.

사내가 돌아서며 씩 웃었다.

'강자다! 엄청난 고수다!'

야이간은 긴장했다. 손발이 파르르 떨렸다.

하후가주의 무공에 상당히 놀랐지만 이렇지는 않았다. 그런데 떨린다. 마음보다 몸이 먼저 상대를 알아보고 있다.

하후가주의 뒤를 이어 사내가 말했다.

"십 일 후에는 내가 찾아오지. 넌 진작 죽었어야 해. 야이간, 묵월광의 실수. 그것만으로도 죽을 이유는 충분하지."

"처…… 천외천."

천외천은 사람들 입을 통해 퍼지기 시작했다.

천외천이 알려지니 구대문파에서 극비리에 진행시켰던 비객의 존재
도 알려졌다.

천외천과 비객의 존재는 더 이상 비밀이 아니다. 누가 천외천 인물
이며, 누가 비객인지는 아직도 비밀 속에 가려져 있지만 그들이 존재한
다는 사실만은 기정사실화되었다.

천외천과 비객의 존재가 알려진 것은 백천의의 생각이 구파일방의
뜻과 다른 점도 큰 몫을 했다.

그들은 안으로 숨을 생각이 없었다. 구대문파야 체면을 생각해야 하
니 은밀하게 비객 같은 존재를 만들었겠지만 천외천은 악을 징벌하면
그만이다.

문파로부터 버림받는다 해도, 자신의 명성에 먹칠이 된다 해도 상관
없다.

천외천은 모든 것을 버린 사람들이다. 세상에 남은 것이 하나도 없
는 사람들이다.

숨을 이유가 없다.

"한마디를 더 해야겠군."

"처…… 천객."

야이간은 사내의 정체를 쉽게 짐작해 냈다.

"그래, 내가 바로 천객이지, 너 같은 놈을 죽이는."

야이간은 환상을 봤다.

자신의 허리가 잘리고 머리가 열십자로 쪼개졌다.

'빌어먹을!'

야이간은 허리를 굽혔다.

"말씀대로……."

"무릎 꿇어."

야이간은 고개를 힐끔 들어 사내를 쳐다보다 무릎을 꿇었다.

"손을 앞으로 쭉 뻗고."

오체투지를 하라는 말이다. 노예가 되라는 말이다.

야이간은 손을 쭉 뻗었다.

'내 인생도 참 더럽군. 어디서 이런 놈이 나타나 가지고…….'

"하하하! 팔부령의 영웅치고는 초라한 모습이군. 똑똑히 들어라, 야이간. 이게 네 모습이야. 절대 잊어버리지 말도록."

사내가 찻잔을 들어 야이간의 머리에 쏟았다.

뜨거운 찻물이 머리를 적셨다.

'으음……! 흐흐흐! 이 야이간에게…… 야이간에게…….'

사내의 냉혹한 음성이 뒷머리를 두들겼다.

"십 일이야. 십 일 안에 개방보다 더 많이, 더 깊게 살수들에 대해서 알아내. 그렇지 않으면 넌 죽어."


사내와 하후가주가 돌아간 후 야이간은 깊은 생각에 잠겼다.

아무도 들어오지 못하게 했다. 지금 심정 같아서는 누구든지 보는 즉시 죽여 버릴 것 같았다. 설혹 취국이라 할지라도.

'늙은이…… 늙은이 수작에 꼼짝없이 말려들었군.'

야이간은 천 노인이 왜 순순히 모든 상권을 내줬는지 이해했다.

그동안 풀리지 않아 마음 한구석을 찜찜하게 만들던 문제다.

천 노인은 드러났다.

묵월광의 자금원으로 천 노인이 지목되었고 벌써부터 심한 감시를 받아왔다.

단지 구대문파가 천 노인을 내버려 둔 것은 그의 자금이 어디서 시작해 어디서 끝나는 줄 몰랐기 때문이다.

천 노인은 자금을 움직이지 않았다.

일점(一點)으로 따로따로 떨어져 있는 상권을 망하면 망하는 대로 흥하면 흥하는 대로 가만히 내버려 두었다.

묵월광은 한술 더 떠서 천 노인조차 움직이지 않았다.

묵월광이 천 노인을 움직였으면, 천 노인도 자신의 상권을 움직이지 않을 도리가 없다.

잡아 가둔다고, 고문을 한다고 불 사람들이 아니다. 천 노인 같은 경우는 잡히는 순간 혀를 깨물고 죽을 위인이다.

그런 마당에 야이간이 뛰어들었으니 얼마나 좋았을까? 얼씨구나 좋다 하고 넘겨주었겠지.

야이간은 상권을 움직였다.

구대문파는 움직이는 상권을 그림자처럼 쫓았다. 아니, 지금도 쫓고 있을 게다.

완벽히 움직이는 데는 보름이 걸린다.

천 노인의 상권은 그만큼 넓고 크다. 오죽하면 중원제일갑부라는 말이 공공연히 나돌까. 정말 그렇지는 않더라도 상당히 재산이 많은 것만은 틀림없다.

천외천은 묵월광에게 천객 한 명을 잃었다.

그들은 지켜보고 있다. 상권이 움직이는 모습을, 자금이 묵월광에 흘러드는 모습을…… 결국 상권은 야이간에게 고정될 터이니…… 죽는다, 그때는.

천외천은 묵월광이 드러나거나, 아니면 묵월광과 완전히 분리되었다는 사실을 아는 순간 자신을 죽일 게다.

그날은 앞으로 며칠 남지 않았다.

'십 일이라고? 내가 바본 줄 아나!'

앞으로 십여 일이면 천외천도 알게 된다. 야이간과 묵월광은 연관이 없다는 것을. 천 노인의 상권을 가로챈 것은 단순히 개인적인 행동이었다는 것을.

천 노인과 소고도 괘씸했다.

그들은 자신의 행동을 읽었다.

자신이 천외천을 붙잡고 근 한 달 동안 씨름하는 동안 그들은 유유히 활로를 모색하리라. 아니다, 지금쯤은 벌써 활로를 모색했고 빠져나갈 대로 빠져나갔다.

'내가 미끼였군. 바보같이…….'

야이간의 머리는 빠르게 돌아갔다.

소고가 어디로 갔을까? 모든 것을 다 잃은 상태에서 버틸 힘이나 남았을까? 천 노인의 재산을 미끼로 던지고 도주할 곳이라면…….

'살문이야!'

그곳밖에 떠오르는 곳이 없다.

'모두가 살문 짓이야. 살문. 종리추!'

두 주먹이 불끈 쥐어졌다.

2

적사와 방삼은 토굴에서 생활했다.

토굴 생활도 여의치 않다. 인근 마을 사람들이 미친 사람이 아닌가 싶어 기웃거리는 통에 며칠 있지도 못하고 장소를 옮기는 일이 되풀이 되었다.

두 사람은 사람의 발길이 닿지 않는 척박한 숲 속으로 숨어들었다.

숲은 연못에 있는 섬처럼 수천 평의 논이 펼쳐진 한가운데 있는 논 속의 섬이다.

농사꾼의 더위를 식혀줄 소나무 몇 그루가 고작이지만 마을 사람들은 그나마도 이용하지 않는 듯했다.

숲에는 무덤 두 구가 있는데 아주 정성스럽게 손질된 것으로 보아 마을 유지의 숲인 것 같다.

적사와 방삼은 서로 등을 맞대고 주위를 살폈다.

그들은 은신처를 찾을 때는 사방이 환히 조망되는 곳을 제일 조건으로 선택했다.

"영주."

"아직도 영주인가? 묵월광이 없어진 지가 언제인데……."

"제게는 계속 영주죠."

"……."

"견가이호(見加爾湖)가 보고 싶군요."

몽고 제일의 호수, 견가이호.

몽고인들에게 견가이호는 마음의 고향이다.

"보게 될 거야."

"영주님은 중원인인데…… 견가이호가 보고 싶습니까?"

"보고 싶지. 어머니 품처럼 따뜻한 호수지."

적사와 방삼은 왜 종리추가 그런 얼굴을 했는지 이제야 이해가 되었다.

청부살인이란 것이…… 한 명만 나서도 틀림없이 해치울 수 있는 가벼운 것들뿐이었다.

그건 청부살인이 아니라 도살이다.

청부를 할 것도 없이 청부자가 직접 죽일 수 있는 자들이다. 조금만 독하게 마음먹으면.

이런 일에 왜 두 명이나 보냈는지…… 이런 하잘것없는 일을 시키면서 왜 그렇게 무거운 표정을 지었는지.

이제는 이해가 된다.

사람이 사람에게 쫓기는 일처럼 피곤한 것은 없다.

동물에게 쫓기는 것이라면 잠시 숨을 돌릴 수도 있지만 사람에게 쫓기는 것은 한 치의 방심도 용납되지 않는다.

적사와 방삼은 쫓기고 있다.

그들은 또 예감하고 있다, 자신들이 멀리 도주하지 못할 것임을. 적들은…… 기가 막히게도 자신들의 행동을 손바닥 들여다보듯이 알고 있으니.

"몽고에서는 축혼팔도 하면 전설의 무공이었는데 중원에서는 형편없이 쫓기는군요. 이렇게 쫓길 줄이야 미처 몰랐습니다."

"그런 말 하는 걸 보니 모르는 게 있군."

"뭡니까, 그게?"

"절대적인 무공은 없다는 것."

"아하!"

적사와 방삼은 말을 끊고 논 저쪽을 바라봤다.

검은 그림자들이 꿈틀거리고 있다.

잡초가 살랑이는 것 같기도 하고, 사람 머리만한 바위가 구르다 멈춘 것 같기도 하다.

"지독하군요. 또 찾아냈어요."

방삼이 말했다.

"저들은…… 살수가 무엇인지 알아. 숨을 곳, 피할 곳을 모두 알고 있어."

"그럼 살수답지 않게 행동해야겠군요."

"그게 문제야. 살수는 살수답게 행동하지 않는 사람들을 모두 죽일 수 있거든. 드러난 사람들이니까."

"결국 방법이 없다는 말 아닙니까?"

"그렇지."

적사와 방삼은 몸을 일으켰다.

쉴 만큼 쉬었으니 또 움직여야 하지 않는가.


쒸이이익!

비망신사의 말이 옳다.

이들은 비망사의 절기를 모두 익혔다. 찰나간에 사방 다섯 방위에서
쏟아져 들어오는 무공은 가히 상대할 생각을 잃게 만든다.

폐에엑……!

축혼팔도가 펼쳐졌다.

다른 때 같으면 일도에 혈우(血雨)가 내렸으리라.

지금은 그렇지 않다. 연속적으로 축혼팔도는 네 번이나 쳐내고도 비
객들의 합공을 완전히 물리치지 못했다.

'제길! 내가 이 정도인데 다른 놈들은 죽을 맛이겠군.'

적사는 육도객이 걱정되었다.

물론 그들과 같이 간 사람들은 절정살수들이니 믿을 만하다.

혈영신마, 혈살편복, 음양철극…… 모두 제 몫을 해줄 사람들이다.

종리추는 두 명을 한 조로 묶었다.

그는 단 한 마디만 했다.


"목숨을 맡겨야 할 거야. 철저히 믿고 맡기면 두 사람 모두 살겠지만 한
사람이라도 맡기지 않으면 둘 다 죽어."


'목숨을 맡겨라! 제길, 좀 쉽게 풀어서 말해 줬으면 오죽 좋아.'

폐에엑! 싸악!

축혼팔도를 전개해 옆에서 찔러오는 선장을 비껴냈다.

상대의 병기가 선장인 것을 보니 불문의 제자인 듯싶은데…… 머리도 길렀고 승복도 입지 않았다. 유일하게 승려라는 걸 알아볼 수 있는 건 목에 걸린 염주뿐이다.

적사는 선장을 비껴내자마자 곧바로 좌측을 향해 축혼팔도를 뻗어냈다.

타앙!

틀림없다. 한 가지는 알았다. 전방에서 흘러 들어온 공격을 비껴내는 순간 좌측에 있는 자가 숨 돌릴 틈도 주지 않고 공격을 가해온다.

적사의 눈에 방삼이 보였다.

그는 겨우 큰 걸음으로 서너 걸음이면 닿을 수 있는 곳에 있건만 상태는 자신과 크게 달랐다.

전신이 피투성이다.

입으로도 피를 쏟아내고 있고 도를 잡고 있는 팔에서도 핏물이 줄줄 흐르고 있다.

'목숨을 맡겨라. 맡기면 살고, 맡기지 않으면 둘 다 죽는다! 제길! 그래, 맡겨보자!'

"방삼!"

소리를 빽 질렀다.

선택의 여지가 없다. 방삼은 마지막 한 번의 공격을 남겨뒀을 뿐이다. 다음 공격에서 그는 죽는다.

방삼이 죽으면 자신은 아홉 명의 살공을 견뎌내야 한다. 다섯 명만 해도 쩔쩔매고 있는데……

방삼이 고개를 쳐들었다.

허공에 둥실 떠올라 비조처럼 날아오는 적사의 모습을 보았다.

"영주!"

"축혼!"

"팔도!"

적사와 방삼은 마주 외치며 축혼팔도를 전개했다.

방삼은 전면을 향해 쓸어냈다. 대도가 눈에 보이지 않을 만큼 빠른 속도로 쳐 나갔고, 상대는 맞받지 못하고 슬쩍 물러섰다.

축혼팔도였으니 지금까지 버텼다. 그렇지 않았으면 진작 땅바닥에 드러누웠을 게다. 아니, 논바닥에.

적사는 좌측으로 일도를 쳐냈다.

째앵!

적사의 일도는 마침 막 공격을 시작하려던 자의 검과 부딪쳤다.

쓰으윽……!

적사는 정말 오랜만에 팔뚝으로 전달되는 감촉을 느꼈다.

사람 살을 파고들었을 때, 대도가 흥분에 겨워 흘려내는 울음이다.

"크윽!"

비명은 나중에 터졌다.


적사와 방삼은 종리추가 서로에게 목숨을 맡기라는 뜻을 알아냈다.

무당파에는 양의검진(兩意劍陣)이라는 소진(小陣)이 있다.

단 두 명이 펼치는 검진으로 쌍둥이처럼 서로가 영감(靈感)으로 상대의 뜻을 읽을 수 있을 때 펼칠 수 있다고 한다.

완벽한 조합이 이루어진다.

말도 없고, 행동도 없고, 초식도 사전에 약정한 바 없다. 서로의 내공도, 무공도 각기 다르다. 하지만 모든 것을 하나로 꿰뚫고 있다. 상대의 몸과 마음이 내 영육(靈肉)에 합일하여 진정한 하나가 된다.

양의검진의 구결이나 심법은 무당파의 진산비기라 알 수 없다.

종리추를 비롯해 중원 무인들이 아는 양의검진이란 상식적인 무리(武理)에 불과하다.

종리추는 거기서 생각해 냈다. 완벽한 조합을.

살문 살수들은 양의검진을 펼칠 만한 조건을 갖추고 있다.

쌍둥이는 아니지만 쌍둥이보다 더 상대의 마음을 깊이 이해한다. 속속들이 들여다보고 있다고 해도 과언이 아니다. 상대의 눈빛만 보고도, 아니, 손끝이 움직이는 모습만 보고도 무엇을 하려는지, 무엇을 원하는지 알게 된다.

종리추는 양의검진을 말했다.

적사는 다시 한 번 감탄했다.

자신과 방삼은 축혼팔도를 익힐 때부터 손발이 맞았다. 도를 조금 높이 쳐들었으면 하는 마음이 들 때면 방삼은 생각처럼 도를 조금 높이 쳐들었다.

자신이 나설 때 방삼이 걸어나온 것은…… 우연이 아니다.

치밀한 종리추의 안배다.

'괘씸한 자식! 틀리기만 해봐, 가만 안 놔둘 테니!'

적사는 팔꿈치로 방삼의 옆구리를 찔렀다. 그와 동시에,

"타앗!"

적사는 일직선으로 쭈욱 치달리며 연달아 삼초나 축혼팔도를 뻗어냈다.

방삼은 과연 그의 생각대로 따라왔다.

뒷걸음질로 쭉 따라오며 뒤를 완벽하게 막아주었다.

창! 창!

두 번은 병기와 부딪쳤다.

쓰으윽!

드디어 손목이 흔들렸다.

손목이 울리는 정도로 짐작하건대 적어도 옆구리 절반 이상이 베여졌다.

적사는 어깨를 뒤로 젖혀 방삼의 어깨에 부딪쳤다.

"타앗!"

다시 고함을 터뜨렸다.

그가 이번에 신형을 날린 곳은 비객들이 있는 곳이 아니라, 죽은 자가 있는 곳이다. 아홉 명이 둘러싼 곳 중에서 유일하게 뚫린 곳이기도 하다.


적사와 방삼은 안전하다고 생각되는 곳까지 도주해 왔으면서도 한참 동안이나 흥분되는 마음을 삭이지 못했다.

처음 무공을 배웠을 때의 흥분이 고스란히 살아나는 듯했다.

"무엇을 느꼈느냐?"

"영주님의 호흡이오."

방삼은 조금도 망설이지 않고 대답했다.

"나도 그래."

적사도 숨기지 않았다.

서로가 서로의 호흡을 읽었다. 호흡이 움직이는 방향을 알았고, 대도가 움직이는 방향으로 축혼팔도를 흘러냈다.

자신이 축혼팔도를 쳐낸 것이 아니다.

호흡이 흘렀고, 대도가 따라갔고, 가장 나중에 진기를 실었다.

"다시 한 번 해보자."

"네."

방삼도 상기된 표정이었다.


'안 돼! 읽을 수 없어!'

조금 전까지만 해도 완벽하게 읽을 수 있었던 호흡이 느껴지지 않는다. 방삼의 등은 따뜻하기만 하다. 어깨는 호흡을 할 때마다 들먹이지만 전에 느꼈던 호흡…… 살아 있는 숨결은 느껴지지 않는다.

"어때? 읽혀지나?"

"아…… 뇨, 죽었어요."

방삼도 당황했다.

두 사람은 방금 전까지만 해도 완벽한 한 쌍이었다. 두 사람이 움직이고 있으나 한 사람이 움직이는 것처럼 일사불란했다.

"너무 피곤한 모양이군. 잠시 쉬자."

적사는 운공조식으로 피로를 풀었다.

전신을 가장 좋은 상태로 만들기 위해 적절한 긴장도 유지시켰다.

그는 알고 있다. 이런 기회는 평생에 한두 번밖에 찾아오지 않는다는 것을.

이것은 깨달음이다.

축혼팔도를 배 이상 강하게 만들 수 있는 검리(劍理)가 코앞에 있다. 아마도 초식이란 것을 만들었던 사람들은, 자신이 익히고 있는 축혼팔도를 만든 사람도 이런 현상을 경험했을 게다.

'축혼팔도, 축혼팔도……'

축혼팔도에 온 정신을 집중했다.

방삼과 일체가 되어 싸웠던 순간도 되새겼다.

"영주님, 해보죠."

방삼이 먼저 서둘렀다.

방삼도 무인이다. 축혼팔도를 절정으로 익힌 도객이다. 그는 적사가 자부하던 죽음의 수련에서 벗어난 강자다.


적사와 방삼은 다시 어깨를 마주했다.

등 뒤로 방삼의 등이 와 닿는다.

'이런……!'

적사는 또 실망했다.

운공조식도 하고 몸도 즉각적으로 축혼팔도를 전개할 수 있도록 최상의 긴장감을 유지시키고 있는데 조금 전의 느낌은 되살아나지 않는다.

'도가 죽었어. 도기(刀氣)가 일어나지 않아. 내 도기는 일어나는데 방삼의 도기가 일어나지 않아. 하나는 살았는데 하나는 죽었어.'

문득 다른 생각도 들었다, 방삼도 똑같은 생각을 하고 있지 않을까 하는.

"내 도기가 느껴지나?"

"아뇨."

"아!"

적사는 세찬 둔기로 머리를 얻어맞은 것 같은 충격을 느꼈다.

중심까지 잃어버린 신형이 비틀거렸다. 눈앞의 세상이 와르르 무너지는 것 같았다.

도를 잡고 있을 힘도 없어 놓아버렸다.

두 무릎을 땅에 꿇고 두 손을 땅에 짚고…… 황소처럼 씩씩 터져 나오는 거친 숨을 몰아쉬었다.

해답은 간단한 곳에 있다.

좀 전에는 서로의 목숨을 주었는데 지금은 지키고 있다. 내 목숨을 굳게 지킨 상태에서 상대의 도기만 읽으려고 한다.

방삼도 적사가 느낀 것을 느낀 듯 땅바닥에 털썩 주저앉아 먼 산을 바라보았다.

두 사람은 다시 해볼 필요도 느끼지 않았다.

이제는 마음 놓고 대도를 전개할 수 있다.

이것은 축혼팔도라는 도법을 진일보시킨 것이 아니라 자신의 마음을 좀 더 넓게 열어주었다.

이런 일도 있다.

단전을 더욱 강하게 만든 것도 아니고 진기를 더욱 강하게 쏟아낸 것도 아니다. 도법이 더욱 강해진 것은 더 더욱 아니다. 그런데도 무공은 한층 강해졌다.

마음이 열리니, 목숨을 맡기니…… 신지(神智)가 열리며 축혼팔도를 놀리는 손길이 정교해졌다. 축혼팔도는 빠른 도법이니 정교하다는 말은 맞지 않는다. 군이 말하자면 조금 더 빨라진 느낌이다.

'중단전…… 종리추가 말하던 중단전이야. 마음의 밭.'

종리추는 자신이 알고 있는 모든 것을 살문 살수들에게 전수했다.

미안하게도 종리추에게서는 배울 점이 거의 없었다.

그는 늘 엉뚱한 이야기만 했다. 바람이 어떻다느니 물결이 어떻다느니…… 중단전, 상단전, 하단전…… 삼단전이 합일될 수 있다는 묘한 소리도 했다.

종리추의 무학은 깨달음의 무학이다.

그의 말을 알아듣지 못하는 것은 그의 세계에 올라서 보지 못했기 때문이다.

산 중턱에서 세상을 본 자와 산정에서 본 자는 분명히 다른 것을 본다. 한 사람은 산 너머 멀리 펼쳐진 호수나 강을 볼 수도 있지만 한 사람은 고작해야 나무밖에 보지 못한다.

나무를 보는 사람에게 눈을 좀 더 들면 바다가 보인다고 백 번 말해 봐야 아무 소용없다.

'중단전이 열리고 있어.'

적사와 방삼은 중단전의 실체를 경험했다.

대체로 속가와 불가는 하단전을 이용한다. 도가는 상단전을 이용한다.

무림이란 곳에서 서로 교류하다 보면 상대의 장점을 배우게 되어 있고 현재는 거의 대다수 문파가 상단전과 하단전을 모두 응용한다.

중단전을 말하는 문파는 거의 없다.

불가에서 참선을 하면 마음이 열린다고 한다. 도가에서 득도를 하면 마음이 열린다고……

마음이 열리고 있다.

"가자, 놈에게 보답을 해줘야지."

적사가 말했다.

◆第百十章◆

# 대치(對峙)

분운추월과 무불신개, 그리고 육장로 화두망은 한시도 마음을 놓지
못했다.

　방주를 죽인 자들인데 후개인들 죽이지 못할까.

　후개가 죽으면 개방의 맥은 끊어진다고 봐야 한다. 지금도 다른 제
자들은 끊어졌다고 본다. 방주가 취임 직전에 전수받는 타구봉법이 후
개에게 전해지지 않았기 때문이다.

　사실을 올바르게 아는 세 장로는 혼신을 다해 후개의 신변을 지켰
다.

　"먼저 폐관 수련부터……."

　후개는 고개를 가로저었다.

　"타구봉법은 깨달음의 무학이지요. 권각으로 익히는 무학이 아닙니
다. 제가 우둔하여 바로 깨닫지 못하고 있으나 폐관 수련을 해서는 안

됩니다. 지금 저의 경혈은 몹시 혼탁해져 있기 때문에 주화입마의 가능성이 높습니다."

"타구봉법을 전수받았다는 사실을 절대 말씀하셔서는 안 됩니다."

"하하! 저도 어린아이가 아니니 안심하세요."

말은 그렇지만 안심할 상황은 아니었다.

흑봉광괴의 생각은 결코 나쁘지 않다. 워낙 악을 미워한 사람이니 그런 생각을 할 수도 있다.

문제는 생각을 행동으로 이어갔다는 것이다.

구진법이 무엇인가? 너무나 참혹하여 개방에서조차 금기시한 무공이지 않은가. 그걸 무림기재들에게 수련시켰으니.

'어느 문파나 구진법을 깰 무학이 있다. 파훼법이 너무 간단하니까······.'

후개는 용두방주가 마지막으로 남긴 말을 되새겼다.

지금 그들이 할 수 있는 행동은 그것이 고작이었다.

개방도가 수만을 헤아린다지만 후개가 믿을 수 있는 사람은 삼장로와 호법들 몇 명뿐이다.

나머지는 옥석(玉石)을 분별할 수 없다.

'먼저 천객들의 무공을 눌러야 해. 그런 다음 개방을 되찾는 수밖에 없어. 각 파도 모두 개방과 같은 상황일 테니······.'

어디서부터 일을 풀어가야 되는가.

다른 문파에 지인이 없는 것은 아니지만 의사를 물어볼 수는 없다.

천외천은 정도인들이 모인 곳이다. 악을 원수처럼 미워해 자신의 모든 것을 버리고서라도 살인을 할 용의가 있는 사람이면 누구든지 가입할 수 있다.

누가 가입되어 있는지 알 수가 없으니 답답하기만 하다.

'파훼법이 너무 간단하다…… 각 문파에 모두 파훼법이 있다. 그렇다면 의외로 초식이 간단하다는 것인데…….'

후개는 백천의 무공을 생각했다. 방주와 싸울 때 전개하던 검공을. 그리고 정운의 검공도 떠올렸다.

비록 등 뒤에서 가한 일격이지만 평소 방주의 무공으로는 얼마든지 피할 수 있었다.

그날은 그러지 못했다. 고스란히 당했다.

정운의 검이 너무 빨랐기 때문에 피할 수 없었다.

아무리 생각을 거듭해도 파훼법이 떠오르지 않았다.


후개는 밥을 먹지 않는다.

간혹 분위기를 맞추기 위해 고기도 먹고 술도 마시지만 근본적으로는 풀을 먹는다.

주변에 널려 있는 것이 모두 음식이다.

아무것이나 따서 물에 쓱 담갔다 꺼내면 싱싱한 음식이 된다.

생식(生食)을 시작한 지도 벌써 십여 년이 훌쩍 넘었다.

후개는 풀을 뽑아 물에 씻었다.

풀에는 모두 맛이 있다. 쓴 것도 있고, 단 것도 있으며, 뒷맛이 떨떠름한 것도 있다. 생긴 것만큼이나 모두 맛이 다르다.

후개는 풀 서너 개를 하나로 모아 입에 넣었다. 그때,

"맛있나?"

후개에게 던진 말이라고는 믿을 수 없는, 반말이 아닌가?

후개는 태연히 등을 돌렸다.

그곳에는 아는 사람만 있다.

삼장로, 분운추월과 무불신개와 화두망.

그런데 분운추월과 무불신개가 잔뜩 긴장한 표정으로 화두망을 노려보고 있다.

화두망의 입에서 나온 소리는 뜻밖에도 젊었다.

"대답을 못 들은 것 같은데?"

역시 젊은 소리다.

후개는 몹시 놀랐지만 마음속 격동을 겉으로 드러내지는 않았다.

"화두망이 아니군."

"화두망은 변장하기 어려워. 이 큰 머리 하며, 붉은 머리칼 하며."

갑자기 분운추월이 빽! 소리를 질렀다.

"종리추!"


살문주의 인피면구는 무림에 널리 알려져 모르는 사람이 없다.

혈영신마를 구해갈 때, 하후가의 삼 형제를 이용한 것은 지금도 말들이 많다.

"사, 살문주, 화두망은?"

분운추월이 노기 반, 걱정 반이 담긴 눈길로 물었다.

"이게 인피면구인데 살아 있으면 얼굴 가죽이 없겠지."

"뭐, 뭣! 네, 네 이놈!"

"하하! 걱정 마시오. 그 노인네, 얼굴이 너무 더러워서 만질 수가 있어야지. 지금 곤히 잠들어 있을 테니 깨우지 마시고."

"뭐? 그, 그럼 그 얼굴은?"

"인피면구라고 꼭 사람 가죽을 이용하는 건 아니오. 동물 가죽을 이

용해도 충분하지. 솜씨만 좋으면. 특히 개방도 얼굴은 아주 쉽게 얻어
낼 수 있지. 너무 지저분해서 아무 가죽이나 상관없으니까."

"뭐, 뭐라고! 하하하!"

분운추월은 실컷 웃었다.

무불신개는 웃지 못했다. 그는 종리추를 잡기 위해 무림군웅들을 이
끌고 팔부령에서 대치한 적이 있다. 옥진 도인과 함께 천우진을 깨기
위해서, 퇴로를 막기 위해서 부단히도 노력했다. 종리추에게 죽은 문
도의 얼굴이 지금도 되살아난다.

"후개, 할 말이 있을 텐데?"

대담하게 단신으로 개방 총타까지 들어온 종리추가 물었다.

"할 말이 있지."

후개도 담담히 대꾸했다.

"사람을 보냈는데 거절했더군."

"목숨을 구해준 거야."

"그래서 고맙게 생각하고 있소. 나중에야 미처 살피지 못한 부분이
있다는 것을 알았소."

분운추월과 무불신개는 놀랐다.

종리추가 뛰어난 것은 알고 있다. 하지만 그것은 무공 부분이고 총
명에서만은 단연 후개가 앞선다고 생각했다. 한데 지금 이야기는 오히
려 후개가 덕을 봤다지 않은가.

"수지호법은 괜히 있는 거야. 빼서 다른 일에 쓰는 것이 좋을걸."

"참조하겠소."

"자, 그건 그렇고…… 그럼 본격적으로 이야기를 나눠볼까?"

종리추의 말에 후개는 개울가를 가리켰다.

삼장로조차도 말을 들을 수 없는 한적한 곳이다. 개방 용두방주가 비밀 대화를 나눌 때 사용한 곳이기도 하다.

종리추와 후개는 근 서너 시진 동안이나 깊고 깊은 대화를 나눴다.

두 젊은 용이 무슨 이야기를 나누는지는 분운추월도, 무불신개도, 뒤늦게 달려온 화두망도 듣지 못했다.

종리추와 후개는 개울가에서 풀을 씹어 먹으며 이야기했다.

어떤 때는 웃기도 했으나 대부분 검미를 찡그리며 이야기한 경우가 많았다.

'이게 과연 옳은 일인가?

삼장로는 한쪽에 물러서서 두 사람의 대화를 지켜보기만 했다.

마음이 착잡했다.

개방이라면 구파일방 중에서도 알아주는 대방파다. 그런데 이제는 방주가 살해당했어도 복수할 생각조차 하지 못한다. 살인을 유도한 자가 개방 제일장로이니 말해 무엇 하랴.

그것도 모자라 살수와 손을 잡는다.

종리추는 어쨌든 살수다.

돈을 받고 사람을 죽이는 살수다.

도저히 용납해서는 안 될 자와 긴 이야기를 나누고 있다.

중천에 떠 있던 해가 뉘엿뉘엿 넘어가 붉은 노을을 뿌려낼 때 종리추와 후개가 일어섰다.

두 사람은 서로 포권지례를 취했다.

한 여름날에 있었던 두 사람의 대화.

두 용이 두 번째 만난 날이다. 첫 번째는 웃을 수 없는 상황에서 헤어졌으나 두 번째는 웃으며 헤어졌다.

*　　　　　*　　　　　*

하오문주는 야심한 밤에 찾아온 손님을 뚫어지게 응시했다.

"누가 보냈다고?"

"개방 후개께서 보내셨습니다."

전서를 가져온 걸개는 허리에 사결 매듭을 하고 있다.

결코 전서나 나를 사람이 아니다. 사결 매듭이라면 호법 이상일 텐데…… 그렇다면 아주 중요한 극비 문서다.

하오문주는 개방 걸개의 외호를 묻지 않았다.

이마가 툭 불거져 나온 짱구머리에 기다란 검상…… 개방에 이런 자로 사결 매듭을 한 자는 수천(守天)호법뿐이다.

'수천이 직접 오다니.'

하오문주는 전서를 뜯었다.

"이, 이건!"

전서를 읽어 내려가던 하오문주의 입에서 경악성이 터져 나왔다.

내용이 얼마나 섬뜩했던지 손발이 후들거린다. 웬만한 일에는 꿈쩍도 하지 않는 담력을 소유했다고 생각했는데.

"내게 시간이 있소?"

"없습니다."

"지금 가부를 결정해야 하는 것이오?"

"목숨을 버릴 요량이면 바로 대답을 주실 것이라는 분부이셨습니다."

"후개가 직접 그런 말을 했소?"

"네."

"음……!"

하오문주는 신음을 터뜨렸다.

그는 한 번도 후개를 본 적이 없다.

그는 많은 젊은이를 만났지만 그중 가장 뛰어난 젊은이는 종리추였다.

이제 생각을 바꿔야 할 때가 온 것 같다.

차후 개방을 이끌어갈 후개도 종리추에 못지않은 기재다. 전서의 내용이 사실이라면.

'개방에 서광이 비치는가……'

하오문주는 잠시 고민했다.

"알겠소. 따르겠다고 전해주시오."

기어이 후개가 원하는 대답을 주었다.


수천호법이 떠나자마자 하오문주는 급히 오기(五蚑)를 불렀다.

네 사내와 한 여인, 하오문주가 보기에 가장 뛰어난 재주를 지닌 사람들이다.

무공이 이들보다 뛰어난 자들은 많다.

향주 중에도, 망주, 모지 중에도.

하지만 하오문에서 가장 필요로 한 사람, 손 기술이 뛰어난 자들은 바로 이들이다.

하오문주는 오기를 뽑으면서 어느 한 가지에 치중하지 않았다.

도곤이면서 소투이고, 소투이면서 배수다.

이들은 각 부분에서 고루 두각을 나타낸다. 배문에 들여보내도, 투문에 들여보내도 될 자들이다.

"목숨을 원하려는데…… 주겠느냐?"

"넷! 드리겠습니다!"

오기는 선선히 대답했다.

하오문도 중에서는 찾아보기 어려운 충성심이다.

하오문주는 서신 한 장을 내밀었다.

"이게……?"

"펴보아라."

오기 중 한 사내가 서신을 펼쳤다.


**천음**(薦瘖) **백석강**(白石江).


"문주님, 여기는……?"

"지금부터 너희는 살문 살수가 된다."

"네?"

"문주님, 그건……?"

"살문주의 명에 죽고 살아라. 하하! 살문에는 하오문 식솔이 많이 있으니 그리 외롭지는 않을 게다."

"문주님, 이건……."

"오래 걸리지 않아. 너희들이 죽는 데는 말이다."

"……."

"아마도 올해를 넘기지 못할 것 같은데…… 그래도 괜찮다면 백석 강으로 가라."

하오문주의 얼굴빛은 어두웠다.

진심으로 말하고 있다. 살문주에게 가서 충성하라, 아마도 올해가 지나기 전에 죽으리라.

도대체 무슨 일인가?

오기 중 배문에서 온 자가 물었다.

"저희들의 죽음이…… 문주님께 좋은 겁니까? 아니면 하오문을 위한 겁니까?"

"어떤 대답을 듣고 싶은가?"

"들려주십시오."

"나."

"……."

오기는 잠자코 있었다.

기문에서 온 여인이 곱게 일어서서 허리를 반으로 굽혀 인사했다.

네 사내가 뒤따라 일어섰다.

"하오문에는 정이 없습니다. 모두들 이용만 했지 정을 주지 않더군요. 하오문에는 그런 단점이 있습니다. 모두 약한 처지이다 보니 이용을 너무 많이 해요."

"……."

"사람을 부리는 것은 좋지만 이용하는 것은 나쁩니다. 그래서 저희들은 문주님께 뽑혔을 때 감지덕지했습니다. 문주님은 사람을 이용하는 분이 아니시니까."

"하하! 잘못 알았군. 난 가장 잘 이용하는 사람이지."

말하던 사내가 고개를 흔들었다.

"문주님을 위해서라면 살문 살수가 되겠습니다. 종리추란 사내……

맘에 들지는 않지만 그 사내를 위해 목숨을 바치죠. 문주님을 복위시켜 준 사내이니 이 오기의 목숨을 받을 자격이 있습니다."

"문주님! 부디 오래 사십시오!"

오기는 투박하게 인사하며 나갔다.

'하하! 사람들 하고는…… 아마도 나 역시 올해를 넘기지 못할 것 같아. 우린 너무 큰일에 말려들었어.'

하오문주는 처음으로 후회했다. 그리고 처음으로 뿌듯했다.


수천호법은 돌아가지 않았다.

그는 하오문주의 대청이 환히 보이는 나무 위에 걸터앉아 몇 사내와 한 여인이 들어가는 것을 보았다.

잠시 후, 그들이 나왔다.

"살문주, 젊은 애송이 놈이라고 들었는데 맘에 안 들면 콱 속곳을 훔쳐 버릴 거야!"

그들의 말로 미루어 모든 것이 완벽하게 이루어졌다.

'됐어, 이것으로…… 그러나저러나 자칫하면 속곳 잃어버리겠는데?'

수천호법은 얼굴에서 면구를 벗었다.

차디차면서 맑은 얼굴이 드러났다.

쒜엑! 쒜에엑……!

느닷없이 닥쳐오기 시작한 검풍은 여간해서 끝나지 않았다.

놈들은 악착같이 따라붙었다. 객잔으로 가면 객잔으로, 숲으로 가면 숲으로, 산으로 가면 산으로……

놈들은 두 여인의 몸에 천리향(千里香)이라도 피워놓은 것처럼 냄새를 잘도 맡고 찾아왔다.

"오늘은 힘들겠어."

소고가 중얼거렸다.

지금껏 용케도 피해왔지만 더 이상은 힘들 것 같다.

이상한 것은 종리추다.

종리추는 마치 이런 상황을 예측한 듯 명령을 내렸다.

처음 공격은 어디서 시작될 것인지, 공격을 받으면 어디로 물러설 것인지…….

이상하게도 그가 한 말은 들어맞았다.

귀신이 씌운 사람이라 앞일을 예측하는 것인지…….

생각해 보면 이상할 것도 없다.

그가 지시한 살인은 사람들을 한 방향으로 모으고 있다.

개방문도나 야이간이 동원한 상인 집단은 모두 한 방향으로만 추적하면 된다.

그럴 수밖에 없는 것이 두 여인의 살인은 언추(彦啾)에서 시작해 조밀(曹謐)로 향하고 있다.

일로북진하고 있는 것이나.

지도를 펼쳐 놓고 줄을 그어보면 곧장 일직선이 그어진다.

그런데도 다음 살인 장소를 예측하지 못한다면 개방과 야이간은 명청이나 다름없다.

종리추는 그것을 미리 읽은 것뿐이다. 아니, 유도해 낸 것이다.

"언니, 지금부터는 마음껏 싸워도 돼. 여기가 천음(薦瘖)이야."

"벌써 천음까지 왔나?"

"천음까지만 끌어들이면 된다고 했으니 이제 우리가 빠져나갈 구멍을 찾아봐야지."

"그게…… 힘들 것 같아."

소고는 어둠 속을 노려보았다.


소고가 머물고 있는 야산은 야트막하지만 사방을 훤히 내다볼 수 있다.

이런 지형을 쉽게 찾아내는 것도 장기다. 살문 살수에게 배운 비기

중 하나. 살문 살수들은 이런 지형을 찾는 데 아주 특이한 재능을 지니고 있다.

백전을 치르면서 꾸준히 지형을 분석한 탓이리라.

덕분에 나중에 합류한 묵월광 살수들은 힘들이지 않고 자신에게 가장 유리한 지형 찾는 법을 배웠다.

지금 지형은 아주 좋다.

적은 아래에서 올라온다. 올라오는 길은 한군데. 이쪽은 도주하려고 마음만 먹으면 후방 다섯 곳 중 한곳을 선택할 수 있다.

소고가 노려보는 곳…… 그곳은 지형이 아니다.

"아!"

소여은이 검을 뽑아 들며 뒤로 한 발 물러섰다. 상대는 소여은으로 하여금 그런 행동을 하게 만들었다.

"어디에서 온 것들인지 말한다면…… 목숨은 부지시켜 주지."

마치 자신의 주머니 속에 든 목숨처럼 자신만만하게 말하는 사내.

사내의 오른쪽 허리에는 검이 매달려 있다. 왼쪽 허리에는 도가, 등 뒤에는 기다란 창이 보인다.

과거, 이런 모습을 한 사람 중 유명한 사람이 있었다. 삼절기인.

현재, 이런 모습을 한 사람 중 유명해진 사람이 있다. 삼절수사(三絶秀士) 정군유(鄭君愈).

천외천 천객 중 한 명이다.

소고와 소여은은 그를 본 적이 있다.

그는 야시장에서 사령 살수 십이도객 중 한 명을 간단하게 찔러 죽였다. 창으로.

정군유가 팔짱을 낀 채 걸어왔다.

'피할 곳이 없어. 사방이 비객이야.'

비객이 얼마나 동원되었는지 모르겠다. 비망신사의 말로는 구파에서 열 명씩 선발했다니 구십 명이고, 아홉 명이 일조이니 모두 십 조다. 그중 이곳에 온 비객은 몇 명이나 되는가.

"말했다. 어디서 왔는지 말한다면 목숨은 부지시켜 주겠다고."

소고가 뒷걸음질해서 소여은에게 왔다.

"날 업고 뛸 수 있겠어?"

"언니를?"

"빨리 말해!"

"응."

"좋아, 그럼 일검이 교차하는 즉시 나를 낚아채. 아니면 난 죽어."

"아, 알았어."

"뒤도 돌아보면 안 돼. 무조건 뛰어. 내 몸에 칼이 들어와도 돌아보지 마. 무조건 업고 뛰어. 알았어?"

"응."

소여은은 불길함을 느끼면서도 일말의 희망을 가졌다.

천객의 무공이 인간의 경지를 넘어선 것은 이미 여러 번의 싸움을 통해 입증되었다. 하지만 소고의 무공도 만만치 않다. 사무령을 넘볼 만큼 강하다.

'언니는 이길 수 있어!'

고오오오……!

말없는 싸움은 벌써부터 시작되었다.

정군유는 무방비 상태로 뚜벅뚜벅 걸어왔다. 소고는 검을 뽑아 들고 있는데 그는 병기조차 뽑지 않았다.

두 걸음 정도를 남겨놓았을 때에야 잠시 망설이는 듯하더니 도를 뽑아 들었다.

일도에 죽이기로 작정한 것이다.

소고는 죽일 테면 죽여보라는 듯 검을 들고는 있지만 기수식을 취하지는 않았다.

쒜에엑……!

결국 정군유가 먼저 공격을 시작했다.

천객이 된 이후로 먼저 공격을 시작한 적은 이번이 처음일 게다.

'날…… 정말…… 죽일 거야?'

정군유의 도가 멈칫했다.

그 순간 소고의 검이 날았다. 소리도 없고, 경기(勁氣)도 발출되지 않은 음유(陰柔)한 검이다.

스으윽! 쒜에엑……!

정군유는 뒤늦게야 자신의 실책을 깨달았다.

다른 때 같으면 죽음으로 이어질 실책이다. 하지만 구진법을 겪은 사람에게는 다른 길이 열린다. 실책을 자각했다는 것은 활로를 찾은 것과 진배없다.

쒜에엑……!

소고의 검은 중간에서 막혔고, 정군유의 대도는 가슴을 후려쳐 핏물을 빨아들였다.


'아아! 나 죽을 것 같아. 가만히 내버려 두어도 죽는데 왜 꼭 이렇게 잔인하게 죽이려는 거야?'

'살려줘. 살고 싶어. 살려줘.'

'오라버니, 정말 날 죽이실 거예요? 그런 거예요?'

소여은은 끝없는 환청에 시달렸다.

소고를 업고 뛴다는 것은 여간 고통스러운 게 아니었다.

그녀의 몸은 종이짝처럼 가볍다. 그녀가 무거워서는 절대 아니다. 다만 그녀가 뿜어내는 요사한 기운이 다리에서 힘을 빼앗아간다.

'무슨 놈의 혈뢰삼벽이 이래…….'

소여은은 정신없이 뛰었다.

등이 축축했다.

소고가 흘린 피는 결코 적은 양이 아니다. 지혈을 할 사이도 없이 가슴에서 폭죽이 터지는 것을 본 즉시 낚아채 달렸으니 현재로도 중한 상태일 게다.

그래도 계속 달리고 또 달렸다.

비객으로부터, 정군유로부터 벗어나는 길은 경공밖에 없다.


소고와 소여은은 움직이는 데 상당한 불편을 느꼈다.

소여은이 자란 곳은 어산열도다. 소고가 자란 곳은 하남성이다. 두 사람 모두 호광성(湖廣省)과는 거리가 멀다.

호광성 사람들은 말끝이 휘어지는 묘한 어투를 구사하는데 두 여인은 그것이 잘 되지 않았다.

애당초 여인이 아니었다면, 면사로 얼굴을 가려도 용모가 돋보일 만큼 뛰어난 미모를 지니지 않았다면 걱정할 필요도 없는 부분이지만 이제는 세심한 부분까지 모두 신경 써야만 한다.

하기는 이제 더 이상 신경 쓰지 않아도 될지 모른다.

앞에는 무심한 강이 흐르고 있으니.

"어디로 갈까?"

소고가 힘없이 물었다.

"무조건 강을 건너야지 뭐."

급박한 상황에 직면하게 되면 소여은은 더 신난다.

그녀의 뱃속에는 두 사람이 사는 것 같다. 소여은과 적각녀. 아무 일이 없을 때는 소여은이고, 지금처럼 상황이 급박해지면 적각녀가 되어 무서운 투지를 일으킨다.

소여은은 부지런히 강가를 헤집고 다녔다.

"언니, 괜찮아?"

"아직은……"

소고의 음성이 평온해졌다.

소여은은 문득 불안해졌다. 이러다가 혹시 잘못되는 것은 아닌지.

"잠시 좀 쉬어야겠다."

소여은이 등에 업고 있던 소고를 내려놨다.

소고의 앞가슴은 붉은 피로 가득했다. 얼굴은 백지장보다 창백했고 입술은 검게 죽어간다.

"언니!"

"괜찮아, 심맥은 비켜갔어. 후후! 혈뢰삼벽이면 될 줄 알았는데…… 안 되네."

"거의 될 뻔했어. 잠시 멈칫거렸다고."

"그랬지?"

소고의 눈가에 기쁨이 일렁거렸다.

'위험해! 좋지 않아!'

소여은은 터지려는 울음을 간신히 억누르고 가슴부터 지혈시켰다.

대도는 왼쪽 가슴 위에서 시작해 오른쪽 가슴 아래로 흘렀다.

'아아! 신이시여, 제발!'

소여은은 평소 찾지 않던 신까지 찾았다.


신이 존재하는가?

삐걱! 삐이걱……!

여인의 비단결처럼 칠흑같이 어둡기만 하던 강물이 움직였다.

근처에 사는 누군가가 강 건너에 다녀오는 듯 노 젓는 손놀림이 급하지 않다.

소여은은 강가에 숨어 노 젓는 소리를 쫓았다.

비객이 유인하는 것일 수도 있다. 또 비객도 자신과 똑같은 소리를 듣고 배를 기다리고 있을지도 모른다. 비객이면 어느 정도 피하겠는데 정군유가 있다면…… 틀렸다.

삐걱! 삐걱……!

배가 가까이 다가왔다.

휘익! 쉬이익……!

배에서 느닷없이 경풍이 일었다.

지금까지 느릿하게 다가온 것과는 사뭇 다르게 재빠른 경공들이다.

'역시 비객!'

소여은은 소고를 부여잡고 깊이 몸을 숨겼다. 그런데…… 무엇인가가 그녀를 노려보고 있다. 소여은은 께름칙한 기분에 눈을 들어 앞을 봤다.

'이런! 깜짝 놀랐잖아!'

소여은은 안도의 한숨을 내쉬었다. 겨우 고양이 한 마리 때문에 놀라다니.

야옹! 야아옹……!

고양이도 놀랐는지 소여은을 보고 울어댔다.

'이런! 안 돼!'

마음속 절규는 이미 늦었다. 배에서 신형을 날린 자는 벌써 그녀와 일 장 떨어진 곳까지 다가왔다.

"그만 나와. 가지."

사내의 음성을 듣는 순간 소여은은 벌떡 일어섰다.


"네놈은 누구냐!"

정군유는 여유롭지 못했다.

"남들이 그러더군, 살문주라고."

"후후! 네놈이군. 오늘 대어가 걸렸어. 아주 좋아. 그래, 남들이 살문주라고 한다면 네놈은 뭐라고 생각하는데?"

"사무령."

"뭐?"

"젊은 나이에 벌써 가는귀가 먹다니……."

"하하하! 천방지축이 따로 없군. 사무령이라…… 내 듣기로 사무령은 살수들의 신이라던데 언제 사무령이 동네 강아지들이 물고 다니는 뼈다귀가 되었지?"

"빨리 하지."

"뭐?"

"환자가 있어서 말야. 치료를 해줘야 하거든."

정군유는 침착하게 걸어왔다.

안하무인 격으로 뚜벅뚜벅 걸은 것이 아니라 조심스럽게 발걸음을
내디뎠다.

종리추가 말했다.

"구진법을 익혔다고 들었는데…… 그거 별거 아냐. 그 정도가 구진
법이라면…… 미안하지만 난 열 살 때 구진법을 통과했지."

"뭐!"

놀라는 순간은 극히 짧았다. 하지만 종리추가 달려들어 검을 쳐내기
에는 충분한 시간이었다. 불행히도…… 정군유는 너무 가까이 다가왔
으면서도 병기를 뽑지 않았다.

사각!

"크윽! 비, 비겁…… 하게……."

"용두방주를 죽일 때는 더욱 비겁했지. 다른 사람들은 몰라도 천객
은 비겁하다는 말을 할 수 없어."

종리추는 신형을 돌렸다.

쐐에엑……!

정군유의 공격은 끝났지만 다른 사람의 공격은 끝나지 않았다.

아홉 방위에서 일시에 몰아쳐 오는 기세는 피할 엄두조차 내지 못하
게 만들었다.

"분광십팔검(分光十八劍)! 점창파의 무공이군!"

종리추의 말이 떨어지기 무섭게 점창파 무인이 나가떨어졌다.

그의 이마에는 비수 한 자루가 자루까지 깊숙이 박혀 있었다.

"암기닷!"

누군가 소리쳤다. 하지만 늦었다.

종리추는 이미 살심을 일으켰다. 무서운 분노가 전신에서 솟구쳐 나
왔다.

파앗! 파파파파팟!

전신에서 화려한 불꽃이 터졌다.

수많은 물고기들이 햇살에 모습을 드러낸 것같이 아름답게 반짝였
다.

'아름다워……!'

소여은은 감탄했다.

무공을 펼치는 데 아름답게 느껴지는 경우가 있을 줄은 몰랐다.

하지만 결과는 결코 아름답지 못했다.

먼저 죽은 점창파 무인을 제외한 여덟 명이 강한 철퇴로 두들겨 맞
은 듯 튕겨 나갔다.

곧 그들의 전신에서 피가 솟구쳤다.

한두 군데서 솟구치는 피가 아니라 전신 곳곳에서, 적어도 십여 군
데 이상 되는 곳에서 솟구쳤다.

'너무 빨라, 너무…….'

소여은은 종리추가…… 솔직히 인간 같지 않았다.


소고의 나신은 아름답다.

칠흑같이 검은 강물 위에서 새초롬히 수줍은 듯 고개를 느러낸 날빛
사이로 드러난 나신이라 더욱 아름답다.

종리추는 혈도를 짚어 지혈부터 시킨 후 헝겊에 강물을 찍어 혈흔을
깨끗이 닦아냈다.

아름다운 가슴 사이로 기다란 선이 그어졌다.

금창약(金瘡藥)을 뿌리고 마른 헝겊으로 상처를 동여맸다.

손길 하나하나에 정성이 깃들었다.

"이리 올 줄 알고 있었어?"

"왜…… 부딪친 거야?"

종리추는 엉뚱한 말부터 물었다.

"언니가 그랬어. 혈뢰삼벽이면 될 줄 알았는데 안 되더라고."

"후후! 소고답군."

"우린 이제 어디로 가는 거야?"

종리추는 대답하지 않았다.

모진아와 유구가 느릿하게 노 젓는 소리가 강물 위에 은은하게 번졌
다.

『사신』 제11권으로…

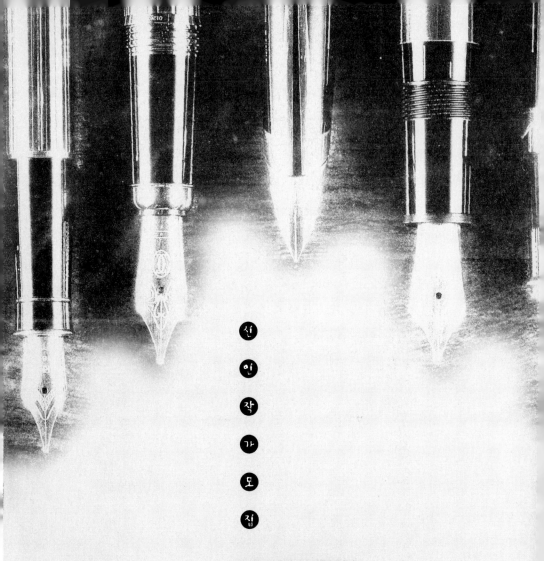

신인작가모집

시작이 반이라고 했습니다.
작가의 길에 대한 보이지 않는 벽을 과감히 깨뜨리십시오!
청어람은 작가 지망생 여러분들의
멋진 방향타가 되어드리겠습니다.

저희 도서출판 청어람에서는
소설 신인 작가분들을 모집합니다.
판타지와 무협을 사랑하시는 분들의 많은 참여를 바랍니다.
소정의 원고(A4용지 150매)를 메일이나 우편으로 보내주시면
검토 후 출판 여부를 알려드리겠습니다.

**주소**:경기도 부천시 원미구 심곡1동 350-1 남성B/D 3F 우편번호420-011
**TEL**:032-656-4452  · **FAX**:032-656-4453
http://www.chungeoram.com
**e-mail**:chungeoram@chungeoram.com